MORD ZUR APFELBLÜTE

Daniel E. Palu ist Krimi-Autor und arbeitet als Journalist für fast alle großen Zeitschriftenverlage. Mitunter kann er beides verbinden, wenn er für Kriminalmagazine recherchiert oder den True-Crime-Podcast »Hollywood Crime« schreibt, der von Fernsehmoderator Steven Gätjen eingesprochen wird. Mit dem Ermittler aus seinem Kriminalroman teilt Daniel E. Palu die italienische Herkunft und die Vorliebe für guten Kaffee. Wer die Augen offen hält, kann ihn in einem Hamburger Café bei der Arbeit an Berlottis nächstem Fall antreffen.

DANIEL E. PALU

MORD ZUR APFELBLÜTE

Kriminalroman

emons:

Bibliografische Information der Deutschen Nationalbibliothek
Die Deutsche Nationalbibliothek verzeichnet diese Publikation
in der Deutschen Nationalbibliografie; detaillierte bibliografische
Daten sind im Internet über http://dnb.d-nb.de abrufbar.

© Emons Verlag GmbH
Alle Rechte vorbehalten
Umschlagmotiv: Montage aus shutterstock.com/BERNATSKAIA
OKSANA, shutterstock.com/Natalia Bazilenco
Umschlaggestaltung: Nina Schäfer, nach einem Konzept
von Leonardo Magrelli und Nina Schäfer
Umsetzung: Tobias Doetsch
Gestaltung Innenteil: DÜDE Satz und Grafik, Odenthal
Lektorat: Carlos Westerkamp
Druck und Bindung: CPI – Clausen & Bosse, Leck
Printed in Germany 2022
ISBN 978-3-7408-1501-1
Originalausgabe

Unser Newsletter informiert Sie
regelmäßig über Neues von emons:
Kostenlos bestellen unter
www.emons-verlag.de

Dieser Roman wurde vermittelt durch die
Literaturagentur Bettina Querfurth, Frankfurt am Main.

Für Robert und Martha

Oh, hätte ich die Flügel einer Taube!
Ich flöge fort, ich flöhe weit fort und hätte Ruhe.
Ich fände meinen Zufluchtsort weit entfernt
von Unwetter und Sturm.

Ēriks Ešenvalds: »A Drop in the Ocean«
nach Psalm 55: 7–9

Welche geheimnisvolle Macht
zerrt mich gegen meinen Willen
fort von diesem Schreckensort und führt mich
dem verhassten Licht entgegen?

Claudio Monteverdi: »L'Orfeo« (1607)

Eins

Je älter man wird,
desto größer wird der Kindergarten.

Der Morgen ließ einen jener Altländer Tage vermuten, die sich nicht entscheiden können, was sie werden wollen, und deshalb in einem unansehnlichen Grau verharren. Dieses Wetter gibt »Fifty Shades of Grey« eine ganz neue Bedeutung, dachte Berlotti, als er das Portal hinter sich zuzog und jemanden seinen Namen rufen hörte.

Suchend ließ er den Blick schweifen und sah den Schlossverwalter unter den jahrhundertealten Eichen auf sich zueilen. Berlotti ging ihm entgegen und traf ihn auf Höhe des von einer hohen Buchshecke umgebenen Rosengartens. Moritz Schönbeck war untersetzt und trug stets ein gutmütiges, meist sogar fröhliches Gesicht spazieren, das ihm an diesem frühen Morgen allerdings abhandengekommen zu sein schien.

»Gut, dass ich Sie treffe, Herr Berlotti. Ich wollte fragen …«

Schönbeck sah auf den Boden, als läge unter dem Kies das Satzende verborgen. Berlotti dämmerte, dass es sich um keine zufällige Begegnung handelte. Verlegen blickte der Schlossverwalter zu Berlotti herauf, der ihn um einen halben Kopf überragte, obwohl er selbst nicht gerade ein Riese war.

»Wie kann ich Ihnen helfen?«, fragte Berlotti. »Ich bin auf dem Weg zur Arbeit …«

»Als Ihre Frau Mutter anrief, nachdem Ihr Haus gebrannt hatte, und mich fragte, ob ich einen Ort wüsste, wo Sie vorübergehend unterkommen könnten … also …«

Die Hände in den Taschen, trat Schönbeck von einem Fuß auf den anderen und suchte noch immer nach den richtigen Worten. Auch die Frühlingsanfangssonne schien nicht so recht zu wissen, wohin mit sich, und hielt sich bedeckt hinter der dichten Wolkendecke. Berlotti ahnte inzwischen, worauf der Mann hinauswollte. Und nicht nur, weil er das Wort »vorübergehend« dezent betont hatte.

»Wissen Sie schon, wie lange Sie noch bleiben?«, brachte Schönbeck schließlich zerknirscht hervor. Er hatte einen roten Kopf, der auch deshalb überdeutlich zutage trat, weil sich sein Haarausfall von der hohen Stirn und den Geheimratsecken bis zur kreisrunden Tonsur am Hinterkopf vorgearbeitet hatte. »Ich bin ja nur der Verwalter, und der eigentliche Pächter steigt mir langsam aufs Dach.«

Der Mann war sich dessen bewusst, dass er rot war, und schien sich seiner Scham zu schämen. Berlotti tat er leid. Und er selbst schämte sich, dass der Mann überhaupt in solch eine Situation geraten war. Er hatte sich nie wirklich daran gewöhnt, plötzlich Schlossherr zu sein. Nachdem Unbekannte Berlottis Elternhaus mit Molotowcocktails in Brand gesetzt hatten, hatte seine Mutter einige Bekannte angerufen, die fast alle ihre Hilfe angeboten hatten. Am Ende hatte sie aus einer ganzen Reihe an Möglichkeiten wählen können, und Berlotti hatte es nicht überrascht, dass sie ausgerechnet das Angebot von Moritz Schönbeck angenommen hatte, einem ehemaligen Stammkunden ihrer Pizzeria in Neu Wulmstorf, vorübergehend im Dachgeschoss von Schloss Agathenburg unterzukommen.

Von der ersten Minute an hatte sie die Rolle als Burgfräulein in dem Schloss am Rande des Alten Landes auf halber Strecke zwischen Elbe und Stade eingenommen. Seitdem führte sie in jeder freien Minute ihren großen Bekanntenkreis im Schlossgarten herum, als hätte sie ihn selbst angelegt, oder wirbelte in der Küche, von der aus allerdings das Schlosscafé bewirtschaftet werden musste. Mehr als einmal hatten Gäste des Cafés bestellen wollen, wonach es im ganzen Schloss duftete – Spinatlasagne, mit Antipasti belegte Focaccia, Vitello tonnato, Pasta alla puttanesca –, und waren enttäuscht von dannen gezogen, weil es zwar hervorragende Kuchen, aber eben kein italienisches Drei-Gänge-Menü gab.

Berlotti wollte gerade antworten, als das Smartphone in seiner Sakkoinnentasche vibrierte. Er sah aufs Display und warf Schönbeck einen entschuldigenden Blick zu, während er abnahm.

»Katharina? Kann ich gleich zurückrufen?«

»Moin, Chef, falls du schon in Hamburg bist, kannst du gleich wieder umdrehen.« Im Hintergrund war eine Radiostimme zu hören, die über eine Terminierung der verschobenen Wahl zur Hamburger Bürgerschaft berichtete. »Ich bin auf dem Weg in deine Richtung. Sebastian Weller hat mich kontaktiert.«

»Weller? Da klingelt was bei mir, ich komm nur gerade nicht drauf.« Berlotti gab dem Schlossverwalter mit dem Zeigefinger zu verstehen, dass er gleich wieder für ihn da sein würde. »Der Streifenpolizist, der uns im Journalistenfall auf die Spur des Täters geführt hat?«

»Genau der. In Neuenfelde liegt eine merkwürdig verstümmelte Leiche, so was hätte er noch nie gesehen, nicht mal im Fernsehen. Ich hab gesagt, wir übernehmen das.« Und dann, etwas verunsichert, schob sie nach: »War doch okay, oder?«

»Verstümmelte Leichen sind mein Spezialgebiet«, entgegnete Berlotti und fing sich einen verstörten Blick von Schönbeck ein. »Schick mir die Adresse, ich bin schon so gut wie unterwegs.«

Er legte auf, rieb sich die Augen und strich sich durch die dunkelbraunen, mittellangen Locken. »Wie mein Vater immer zu sagen pflegt: ›*L'ospite è come il pesce, dopo tre giorni puzza.*‹«

Erwartungsgemäß sah ihn sein Gegenüber ratlos an, weshalb er hinzufügte: »›Besuch ist wie Fisch, nach drei Tagen beginnt er zu stinken.‹«

»Das habe ich nicht … So war es nicht gemeint!«

Berlotti winkte ab. »Wir sind Ihnen sehr dankbar für die großzügige Gastfreundschaft, die wir niemals so lange hätten beanspruchen dürfen. Ich kümmere mich darum, versprochen.«

Als sich die Andeutung eines Lächelns in Schönbecks pausbäckigem Gesicht breitmachte, traute sich auch die Morgensonne zaghaft hinter einer Wolke hervor, deren Umrisse Berlotti an ein Gummibärchen erinnerten. Während er noch über dessen tieferen Sinn nachdachte, stieg er in seinen Fiat 500 Cabrio und machte sich auf den Weg.

***

Neuenfelde lag, vom Schloss Agathenburg aus gesehen, am entgegengesetzten Ende des Alten Landes. Mit Francop und Cranz stellte es den Osten und zugleich Hamburger Teil des Alten Landes dar. Sehnsüchtig dachte Berlotti an das Haus seiner Eltern in Rübke, das nur wenige Kilometer vom neuen Tatort entfernt war, und wunderte sich gleichzeitig darüber, dass es sich schon wieder wie Heimat angefühlt hatte, obwohl er kaum mehr als ein paar Tage darin gewohnt hatte, ehe er daraus vertrieben worden war. Aus Protest ignorierte er auch diesmal wieder die unsägliche Autobahn durchs Alte Land und lenkte seinen dunkelgrauen Fiat Cinquecento über die Panoramastrecke durch Mittelnkirchen und Jork, vorbei an endlosen Obstbaumreihen.

Ich muss schnell eine ordentliche Behausung finden, ging es ihm durch den Kopf. Gleich morgen würde er noch einmal Druck bei der Versicherung machen und auf eine rasche Entscheidung drängen, damit die Gelder für ein Ausweichquartier endlich bewilligt würden. Die Wohngebäudeversicherung seiner Eltern, die angeblich nur unzureichend gegen Brandstiftung abgedeckt war, hatte einen ebenso unanständigen wie unzulässigen Versuch unternommen, sich vor der Zahlung der Versicherungssumme zu drücken. Er musste das lösen. Und seine Eltern zurück in ihre Heimat, zurück auf ihr Grundstück im Alten Land verfrachten. Denn alte Bäume verpflanzte man nicht. Seine Eltern hatten mit der Migration nach Deutschland vor fast vier Jahrzehnten schon genug Wurzeln gekappt. Dann und erst dann bestand die Aussicht, zu so etwas wie Normalität zurückkehren zu können.

Was Katharina wohl damit gemeint hatte, die Leiche sei merkwürdig verstümmelt? Bevor er eine Antwort darauf finden konnte, funkte schon eine weitere Frage dazwischen. Warum war Weller, ein Hamburger Streifenpolizist, als Erster an einem Tatort im Alten Land? Und vor allem: Warum rief er ausgerechnet Katharina an? Berlotti war nicht entgangen, dass Weller sich bei ihrer ersten und seines Wissens bislang einzigen Begegnung für die Kollegin interessiert hatte. Umgekehrt hatte sie kein Interesse gezeigt. Oder hatte er sich getäuscht? In diesem Zusammenhang kamen ihm die Gerüchte über seine Kollegin in den Sinn: »Die Braut, die sich nicht traut.« – »Schon Anfang dreißig, aber total bindungsunfähig.« – »Flüchtet sich in belanglose Abenteuer.« Aber selbst wenn zwischen Weller und ihr etwas lief, was ging es ihn an?

Ein Traktor bog aus einer Einfahrt auf die Straße, sodass Berlotti eine Vollbremsung hinlegen musste und mehrmals laut hupte. Vom Fahrer ignoriert, tuckerte er nun mit zwanzig Stundenkilometern seinem Tatort entgegen.

Gelber Löwenzahn sprenkelte die sattgrünen Wiesen neben der Fahrbahn. Und darüber sprossen Millionen Blüten aus wenige Stunden zuvor noch nackten Zweigen und öffneten ihre weißen Köpfe Richtung Sonne. So weit das Auge reichte, waren die Äste der Kirschbäume über Nacht aufgesprungen und trugen dicke Knospen. Es war nur eine Frage von Tagen, bis sie seine Heimat in einen rosa-weißen Blütenteppich verwandelten. Und die Apfelbäume würden ebenfalls nicht mehr lange auf sich warten lassen.

»Auf Wiedersehen im Alten Land«, wollte ihn bereits ein Schild verabschieden, vor dem er aber abbog. Kurz darauf stellte er seinen Wagen am Friedhof von Neuenfelde ab. Er hatte schon mitbekommen, dass für manche Bewohner des Alten Landes Neuenfelde als Hamburger Stadtteil allenfalls geografisch dazugehörte. Angeblich störte es die Neuenfelder wiederum wenig, die das Naserümpfen der Altländer gleichmütig zur Kenntnis nahmen.

Altländer war nun einmal Altländer, egal, in welchen Winkel der Region es einen verschlagen hatte.

Neben ihm standen vier weitere Zivilfahrzeuge. In den beiden Polizeiautos saß niemand. Obwohl mindestens ein halbes Dutzend Kollegen vor Ort sein musste, konnte er keinen einzigen von ihnen entdecken.

Berlotti nahm ein paar Plastiküberzieher aus dem Handschuhfach und stieg aus seinem Cinquecento. Keine Menschenseele war zu sehen oder zu hören. Kein Anwohner weit und breit, um einen Blick auf den Tatort zu werfen, was wohl der frühen Morgenstunde geschuldet war.

Wo waren denn alle? Er folgte dem Kiesweg ans hintere Ende des Friedhofs, vorbei an einem Aufsitzrasenmäher und der Friedhofskapelle zu seiner Linken und einem Entwässerungsgraben zu seiner Rechten. Der Pfad endete an einem Steg, der in ein düsteres Gewässer ragte. Sogar die Büsche und Bäume, die den Teich umgaben, hatten etwas Bedrohliches. Die Sonne war wieder hinter einer dichten Wolkendecke verschwunden, sodass kaum Licht das Gewässer erreichte. Wozu der Steg? Der Teich war zu klein für Boote, und dem Geruch nach zu urteilen hatten Blaualgen das Kommando übernommen, sodass sicher auch niemand auf die Idee kommen würde, darin zu baden. Kein Lebewesen schien sich freiwillig hier aufhalten zu wollen. Kein Vogel war zu hören, keine Ente zu sehen, die ihre Runden drehte. Gedämpft drangen nun Stimmen zu ihm. Ein Mord an diesem verschlafenen Fleck Erde? Ausgerechnet am Rande eines Friedhofs?

Es gab Fälle, die warfen Fragen auf, ehe man überhaupt angefangen hatte, sich näher mit ihnen zu beschäftigen. Er ging um einen niedrigen Schuppen herum auf die Stimmen zu und stand plötzlich vor einem Baum, von dem Berlotti nicht erkennen konnte, um was für ein Exemplar es sich handelte, weil er noch kahl war. Katharina, die mit ihrem Handy Fotos von etwas machte, auf das ihm der Blick durch zwei Männer verstellt blieb, bemerkte ihn.

»Bäääääh!«, schrie es in diesem Moment hinter ihm, und Berlotti machte vor Schreck einen Satz nach vorn. Wenige Meter neben dem mutmaßlichen Tatort waren auf einer schmalen Rasenfläche einige Schafe eingepfercht, die an den Seiten von einem Fleet und besagtem Teich begrenzt wurden.

»Bäääääh!«, wiederholte das Schaf, diesmal vorwurfsvoller, wie es Berlotti schien. Vermutlich konnte es sich Besseres vorstellen, als in aller Herrgottsfrühe gestört zu werden.

»Jaaa, is ja gut«, beschwichtigte Berlotti. »Sag mir einfach, was du gesehen hast, dann lassen wir dich in Frieden weitergrasen.«

Er langte über das Gatter, um das Schaf zu streicheln, doch er erntete nur einen vielsagenden Blick und schaute kurz darauf auf ein wollenes Hinterteil, das blökend davontrabte.

»Vernimmst du die ersten Zeugen?«, erkundigte sich Kriminalkommissarin Katharina Meinhold. Obwohl sie erst seit wenigen Monaten zusammenarbeiteten, war jedes Zusammentreffen mit Katharina für Berlotti wie eine Begegnung mit einer guten Freundin. In ihrer blauen Jeans und der weißen Bluse sah sie ebenso elegant wie leger aus. Ihre dunkelbraunen Locken und die Sommersprossen betonten den seriös-attraktiven Look noch.

»Ich versuche die Aussage noch zu entschlüsseln«, gab Berlotti schulterzuckend zurück. »Und hier so?« Er zeigte auf die Stelle, auf die sich die Aufmerksamkeit der Kollegen konzentrierte. »Klang ja geheimnisvoll am Telefon.«

In diesem Moment trat Sebastian Weller zu ihnen und gab Berlotti zur Begrüßung die Hand. Er strahlte den Hauptkommissar an, während er ihm die Finger zermalmte.

»*Bonntschorno*. Schön, Sie wiederzusehen!« Vereinzelt fielen Weller blonde Strähnen seiner Surferfrisur ins Gesicht.

Der leuchtet ja geradezu von innen. Nicht sehr pietätvoll, grollte Berlotti, keine fünf Meter neben einer Leiche ein Feuerwerk der guten Laune abzufackeln.

Er deutete ein unbestimmtes Nicken an, konnte seine Mundwinkel aber nicht dazu überreden, sich freundlicherweise nach oben zu bewegen. Die beiden Streifenpolizisten, die eben noch die Sicht versperrt hatten, gaben nun den Blick frei auf einen älteren Mann, der mit dem Rücken an dem blattlosen Baum lehnte, die Beine von sich gestreckt.

Berlotti hatte dem Tod schon oft ins Auge gesehen. Und doch war es diesmal anders.

Der Kopf ruhte überstreckt an dem Stamm, als säße der Mann zum Sonnenbaden hier. Die geschlossenen Augen hätten den Eindruck noch verstärkt, hätten nicht zwei Löffelschalen aus ihnen herausgeragt. Blut und eine durchsichtige Flüssigkeit waren aus den Höhlen gelaufen und verliehen ihm die Aura einer

Madonnenstatue, die blutige Tränen weinte. Einen gänzlich unheiligen Eindruck vermittelte dagegen der Mund der Leiche: Er war geöffnet, unnatürlich in die Breite gezogen, eine fortwährende lautlose Anklage. Unwillkürlich musste Berlotti an Edvard Munchs »Schrei« denken. Das Gemälde behagte ihm ebenso wenig wie dieser Anblick. Die Hände waren von einem Gegenstand durchbohrt, den er nicht sofort identifizieren konnte. Was ging in einem Menschen vor, der jemand anderen derart zurichtete?

Berlotti gab sich seit Jahren keiner Illusion mehr hin. Töten lag in unserer Natur, das war ihm durch seine Arbeit längst klar geworden. Es war eben nicht so, dass überwiegend abnormale Menschen zum Mörder wurden. Er war unzähligen völlig normalen Leuten begegnet, die jemanden getötet hatten. Ihre Motive waren ebenso profan wie menschlich nachvollziehbar gewesen: Entweder wollten sie Beute machen, materieller oder sexueller Art. Oder es ging darum, Macht auszuüben. Andere töteten aus Angst, Notwehr oder Eifersucht. Erst vor einigen Tagen hatte er eine pensionierte Gymnasiallehrerin in einer Kultursendung im Radio die öffentliche Hinrichtung von Sexualstraftätern fordern hören. Sie war sogar so weit gegangen, anzubieten, das Todesurteil auch mit ihren eigenen Händen zu vollstrecken. So viel zum Thema, Mörder seien meist gestörte Extremisten. Doch diese Tat hier ging über all das hinaus. Bei einer solchen Hinrichtung war blanker Hass im Spiel. Es hatte etwas von einem Ritualmord, der Tote sollte zur Schau gestellt werden. Aber was wollte der »Künstler« ihnen damit sagen?

Ove Schwan von der Gerichtsmedizin kniete neben dem Mann. Hätte er seine Haare noch, könnte er als Ottfried-Fischer-Double auftreten, dachte Berlotti. Wie der Schauspieler nuschelte, keuchte und schnaufte auch Schwan sich durch eine Ermittlung. Schwan war Mitte fünfzig und sah eher aus wie ein freundlicher Metzgermeister als ein Gerichtsmediziner. Vielleicht lag das an dem weißen Kittel, der auch als Schürze eines Fleischereifachverkäufers durchgehen konnte, wenn man nicht allzu genau hinsah.

Aus einem Koffer, der dem Werkzeugkasten von Berlottis Vater Alfio ähnelte, entnahm Schwan ein etwa handflächengroßes Modul. Dessen Nadelelektroden befestigte er an den Lidwinkeln des Toten oder dem, was davon noch übrig geblieben war. Berlotti ging vor dem Toten in die Hocke, achtete darauf, nicht in die kniehohen Brennnesseln zu fassen, die hier überall wucherten, und näherte sich seinem Gesicht.

»Ah, die Frau Berlotti. Auch schon da! Wie immer als Letzte am Tatort.« Uwe Brehms durchdringende Stimme hätte fast dafür gesorgt, dass Berlotti vor Schreck das Gleichgewicht verloren hätte und nach vorne auf die Leiche gekippt wäre.

Uwe Brehm hatte einen Stiernacken, zu dem die schmale Nase mit den arroganten Nasenlöchern einen bizarren Gegensatz darstellte. Wie der Gerichtsmediziner war auch der Leiter der Spurensicherung auf dem Kopf komplett kahl. War es Schicksal oder eine böse Laune der Natur, dass ausgerechnet stets Brehm an seinen Tatorten auftauchte? Es musste doch noch mehr Mitarbeiter in diesem verdammten Dezernat geben! Dass Brehm auf seinen Vornamen anspielte, war zu einem ungeliebten Ritual zwischen ihnen geworden. Gabriele klang im Deutschen wie ein Frauenname. Sehr witzig.

»Wer im Glashaus sitzt ...« Wie erwartet schaute Brehm ihn verständnislos an, weshalb Berlotti hinzufügte: »Wessen Vorname im Italienischen so ähnlich klingt wie ›runzlige Rosine‹, sollte sich vielleicht nicht zu weit aus dem Fenster lehnen.«

Mit grimmiger Genugtuung stellte Berlotti fest, dass er Brehm mit der sehr freien und gar nicht exakten Übersetzung kurzzeitig verunsichert hatte.

»Versauen Sie mir nicht meinen Tatort, sonst kriege ich Sie mit einer Dienstaufsichtsbeschwerde dran!«

Berlotti ignorierte die Bemerkung. Katharina ging neben ihm in die Hocke. »Schon merkwürdig, oder?«, sagte Berlotti zu ihr und deutete auf das Gesicht des Toten. »Da steckt was quer im Mund.«

Schwan nickte. »Hole ich gleich raus, eins nach dem andern.«

»Hat was von Mafia-Methode, wenn Sie mich fragen«, fühlte

Brehm sich bemüßigt zu sagen. Dass ihn niemand gefragt hatte, schien ihn nicht zu stören. Und Berlotti wusste schon, ehe Brehm es aussprach, was als Nächstes kommen sollte. »Sind Sie sicher, dass Sie nichts damit zu tun haben?« Sogar die Kunstpause, die Brehm einlegte, hätte Berlotti voraussagen können. »So als Hamburgs ermittelnder Kripo-Mafioso …«

»Da kennen Sie mich aber schlecht«, erwiderte Berlotti, schaute ihn aber nicht an. Er wollte nicht, dass Brehm ihm ansah, wie genervt er von den Sprüchen war. »Ich hätte es nicht wie eine Hinrichtung, sondern wie einen Unfall aussehen lassen.« Berlotti fuhr fort: »Wissen wir denn schon, ob ich ihn hier umgebracht oder nur hier abgelegt habe? Und ob ich die Tat allein begangen habe oder meine Mutter ihn festgehalten hat, damit ich seine Hände durchbohren konnte?«

Katharina schmunzelte, Brehm schnaubte und raunzte einen seiner Mitarbeiter an, der mit Schwarzfolie einen Schuhabdruck aufnahm.

»Woran erinnert Sie das?« Berlotti sah Katharina und Weller an, der mittlerweile ebenfalls neben ihnen in die Hocke gegangen war. Dabei imitierte er die Handhaltung der Leiche, indem er seine Hände ineinanderlegte. Weller zuckte die Schultern, Katharina überlegte kurz, schüttelte dann aber den Kopf.

»So steht man beim Abendmahl vorm Pastor und wartet darauf, den Leib Christi in die Hände gelegt zu bekommen.«

»Leib Christi?« Weller sah ihn ratlos an.

Berlotti war von seiner Mutter bis zu seinem achten Lebensjahr in Sizilien ausnahmslos täglich in den Gottesdienst geschleift worden. Seitdem befand er, genügend Zeit auf harten Kirchenbänken für zwei Leben verbracht zu haben. Angesichts Wellers Reaktion legte Berlotti die Stirn in Falten. Er wusste von Weller, dass der sich auf populistischen Nachrichtenseiten tummelte. Warum befürchteten eigentlich ausgerechnet jene Menschen den Untergang des christlichen Abendlandes, denen Kirche und Christentum zehn Kilometer am Allerwertesten vorbeigingen? Oder tat er Weller damit unrecht?

»Eucharistie, Hostie, Verwandlung, mein Leib für euch,

Vergebung der Sünden?« Berlotti untermauerte seine Worte mit einer Scharade, indem er die imaginäre Hostie aus seinen ausgebreiteten Händen nahm und sich in den Mund schob. In Wellers Gesicht zeichnete sich ein einziges großes Fragezeichen ab. Vermutlich ging Weller allenfalls Ostern und Weihnachten in die Kirche, und da gab man sich wegen gnadenloser Überfüllung meist nicht mit etwas so Langwierigem wie dem Abendmahl ab.

Schwan hatte seine Messung abgeschlossen und widmete sich nun den Händen des Opfers. Vorsichtig hob er sie an, sodass deren Rückseite sichtbar wurde.

Berlotti kniff die Augen zusammen. »Eine goldene Gabel?«

»Dann müssen wir wohl nur nach jemandem suchen, dem zwei Löffel und 'ne Gabel im Besteckkasten fehlen, und schon haben wir unseren Täter!«, schlug Weller triumphierend vor.

Berlotti sah ihn entgeistert an. »Wie viel goldenes Besteck besitzen Sie denn …«

»Ich nicht, aber meine Mutter hat so'n Zeug noch von ihrer Aussteuer!«, fiel ihm Weller ins Wort.

»… das wahrscheinlich mehrere hundert Jahre alt ist?«, fuhr Berlotti unbeirrt fort. »Die Gegenstände sind historisch und offensichtlich wertvoll.«

Schwan griff dem Toten in den Mund und versuchte, das Objekt zu entfernen. Da ihm das nicht gelingen wollte, stemmte er sich mit einem Bein gegen einen Baum. »Mann! Wie hat der das denn darein bekommen?«, schimpfte er vorwurfsvoll, als würde er von dem Toten eine Antwort erwarten. Mit einem Ruck löste er den Stiel, was eine Blutfontäne zur Folge hatte, die aus dem Mund strömte. Dem Stiel folgte eine Schale, die anders als bei herkömmlichen Löffeln nicht oval war, sondern kreisrund und vergleichsweise winzig. Zudem war sie mit dem Stiel nicht waagerecht verbunden, sondern ragte im Fünfundvierzig-Grad-Winkel schräg nach oben.

»Was'n das für'n Teil? Zum Suppelöffeln eignet der sich aber nicht!«, meinte Weller.

»Wie lange ist der Mann schon tot?«, erkundigte sich Berlotti.

»Kann ich noch nicht sagen«, murmelte Schwan, der den löffelähnlichen Gegenstand in einen Papierbeutel steckte.

»Eher zwei Stunden oder zwei Tage?«

»Weder noch.«

»Ist die Schändung die Todesursache«, unternahm Berlotti einen neuen Anlauf, »oder wurde die Verstümmelung nachträglich inszeniert?«

»Na, den Löffel scheint er jedenfalls nicht abgegeben zu haben«, schaltete sich Brehm von der Spurensicherung ein, und seine Mundwinkel zuckten über den eigenen Gag.

Beinahe beneidete Berlotti den Toten, dass der sich Brehms Witze nicht anhören musste. Katharina, der nicht entging, dass ihr Chef kurz davor war, Brehm einen weiteren Spruch reinzudrücken, zog ihn zur Seite.

»Was bisher geschah, Herr Hauptkommissar.«

Indem sie die jeweils letzte Silbe der Halbsätze betonte, um ihn auf den wirklich wahnsinnig schlechten Reim aufmerksam zu machen, hatte sie Berlotti auch schon ein Grinsen entlockt, das sie ebenfalls zum Lächeln brachte.

»Eine Anwohnerin war mit ihrem Hund unterwegs, als der plötzlich losgerannt ist und den Mann gefunden hat. Sie sagt, das hier ist ihre tägliche Gassistrecke, die sie morgens vor der Arbeit und abends nach Einbruch der Dunkelheit entlanggeht. Deshalb kann sie versichern, dass der Mann gestern Abend gegen halb zehn noch nicht dort gelegen hat.« Dann fiel Katharina noch etwas ein. »Könnte sein, dass Hundespeichel an der Leiche klebt. Die Flüssigkeit in Augäpfeln scheint sehr verlockend zu riechen und zu schmecken.«

»Ich werd's mir merken, für den Fall, dass der kleine Hunger wiederkommt«, entgegnete Berlotti trocken.

»Kollege Weller hat ihre Aussage schon aufgenommen. Anscheinend kennt sie den Mann nicht. Sie besteht darauf, dass er definitiv nicht von hier ist.«

»Wie kommt sie darauf?« Berlotti lehnte sich an das Gatter, hinter dem das Schaf graste. »Erstens war sein Gesicht entstellt, und zweitens wird sie wohl kaum sämtliche Einwohner von Neuenfelde kennen.«

»Offenbar doch.« Katharina stützte sich auf das Gatter, zog sich hoch und setzte sich obenauf. »Die Zeugin ist nicht nur im Kirchenvorstand und der hiesigen Jazztanzgruppe, sondern arbeitet vor allem als Sprechstundenhilfe des einzigen Hausarztes am Ort. Da sollte man schon die meisten der fünftausend hier lebenden Menschen kennen.«

Berlotti sah sie an und schüttelte den Kopf. »Die meisten bestimmt, aber garantiert nicht alle. Es wird Männer geben, die weder in die Kirche gehen noch Jazz tanzen und ihre intimen Gesundheitsangelegenheiten lieber vor jemand anderem ausbreiten als ausgerechnet vor der Frau, die am Sonntag den Kelch mit dem Blut Christi reicht.«

»Hm, da ist was dran.« Katharina sah ihn nachdenklich an.

Einen Moment lang schwiegen sie gemeinsam und schauten auf das Treiben der Spurensucher, das an einen Ameisenhaufen erinnerte. Jeder hatte seine Aufgabe, der er pflichtbewusst nachging.

»Wäre jedenfalls deutlich einfacher, wenn er Ausweispapiere bei sich hätte«, fuhr Katharina fort. »Hat er aber nicht. Handy auch nicht. Und wie er hierhergekommen ist, wissen wir ebenfalls noch nicht. Entweder zu Fuß, aber dann wäre er eben doch hier aus der Gegend. Oder mit dem Auto, aber dafür müssen die Kollegen sämtliche Fahrzeughalter ermitteln, deren Wagen hier noch rumstehen. Autoschlüssel hat er allerdings auch nicht bei sich.«

»Öffentliche Verkehrsmittel?«, schlug Berlotti vor und stieß sich mit dem Rücken vom Gatter ab. Katharina sprang mit Schwung herab und landete lautlos neben ihm.

»Neuenfelde ist nur mit dem Bus an den Verkehrsverbund angeschlossen«, sagte sie und kritzelte sich eine Notiz in ihr Buch. »Um das abzuklären, wäre ein Todeszeitpunkt hilfreich.«

Wer war dieser Typ? Wie war er hierhergekommen? Und warum lungerte er geblendet, stigmatisiert und ziemlich tot an einem trüben Teich neben einem Friedhof herum? Berlotti sah nachdenklich von Katharina zu Weller, dann weiter zu dem Toten, zu Brehm und Schwan. Die Sonne focht einen Kampf mit einer einzelnen wuchtigen Wolke aus, und während es vereinzelten Strahlen gelang, zu ihnen durchzudringen, ließ Berlotti den Blick in die Ferne schweifen, wo er in den Bäumen hängen blieb, die die Ostseite des Friedhofs säumten. Mit einem Mal rasteten in seinem Hirn zwei lose Enden ineinander, verschmolzen zu einem Gedanken und befahlen seinen Beinen, sich in Bewegung zu setzen. In seinem Rücken meinte er die fragenden Blicke seiner Kollegen zu spüren. Froh, dank seiner braunen Lederboots mit Gummisohle festen Stand auf dem rutschigen Gras zu haben, marschierte er los, sein Ziel fest im Visier.

＊＊＊

Keine fünf Minuten später stand er vor dem wuchtigen Eingangsportal von St. Pankratius. Die barocke Pfarrkirche aus Backstein machte, anders als manche ihrer Geschwister, einen freundlichen, einladenden Eindruck. Er sah kurz hinauf zum sicher vierzig Meter hohen Glockenturm, ehe er an der Tür rüttelte, die sich wider Erwarten öffnen ließ.

Im Vorraum empfing ihn ein achteckiger Taufstein, dem man den Dienst an der Gemeinschaft über Jahrhunderte hinweg ansah. Auch der Kirchenraum war verwaist. Sein »Hallo« verhallte unbeantwortet. Er wollte sich schon wieder zum Gehen wenden, als ihm das große Deckengemälde auffiel, das die gesamte Holzkonstruktion über dem Altarraum ausfüllte. Jesus war dort als Weltenrichter im Jüngsten Gericht zu sehen, flankiert von Engeln, Propheten, Aposteln und Märtyrern. Für einen Moment verschlug es Berlotti den Atem. Er drehte sich einmal um sich selbst, um die ganze Pracht dieser Malerei auf sich wirken zu lassen. Dabei blieb sein Blick an der Kirchenorgel auf der Empore hängen, deren Spitzen mit der Holzdecke zusammengewachsen schienen.

Es dämmerte ihm, dass es sich um die Orgel des berühmten Orgelbaumeisters Arp Schnitger handeln musste, von der er vor einigen Jahren gehört oder gelesen hatte. Sofern er sich richtig erinnerte, lag der Mann mit seiner Familie sogar hier in der Kirche begraben, so prominent war er seinerzeit gewesen.

Er verließ die Kirche wieder und ging unter alten Lindenbäumen hindurch, an einigen Grabmalen vorbei, die mitunter von lebensgroßen Engeln bewacht wurden, durch einen schmalen Vorgarten zum Pfarrhaus.

Die Frau, die ihm nach mehrfachem Klingeln die Tür zu dem kleinen rot geklinkerten Haus mit Spitzdach öffnete, schien wie aus dieser Welt gefallen. Sie stand in der Tür und war doch abwesend. Ihr Gesicht aschfahl, ihr Blick leer, obwohl sie ihn ansah. Die schwarze Kleidung ließ ihre Haut noch grauer wirken. Auf dem Arm hielt sie eine hellgraue Siamkatze, die mindestens doppelt so schwer schien, wie ihr gutgetan hätte. Zu allem Überfluss trug der Vierbeiner ein gehäkeltes Outfit, dessen grobe Maschen vom Hinterteil bis über den Kopf reichten und in einem flauschigen Bommel auf dem Kopf gipfelten. Mit Mühe verkniff sich Berlotti ein Grinsen.

»Ja?« Die Stimme der Frau klang so brüchig wie die einer abgesungenen Mezzosopranistin.

Er nannte Namen und Dienstgrad. Berlotti war Erstaunen gewohnt, wenn er bei Menschen vor der Tür stand, auch Erschrecken, Unbehagen oder Misstrauen schlugen ihm häufig entgegen. Doch bei der Frau, die vor ihm stand, rief sein Erscheinen keinerlei Reaktion hervor. Und auch der wahr gewordene Traum eines jeden Katzenvideoliebhabers blickte ihn unbewegt aus seinen stahlblauen Augen an.

»Ich bräuchte einmal Ihre Hilfe«, unternahm er deshalb den Versuch, zu ihr durchzudringen. Als sie immer noch nicht reagierte und mehr durch ihn hindurch- als ihn ansah, fügte er hinzu: »Ist alles in Ordnung mit Ihnen?«

»Mein Mann …«, sie verließ den Ort, an dem sie sich gedanklich eingerichtet zu haben schien, und nahm ihn zum ersten Mal wirklich wahr, »… lebt nicht mehr. Ich …«

Dann weinte sie.

Berlotti stutzte. Woher wusste sie vom Fund des Mannes auf

der anderen Seite des Friedhofs? Hatte er die Identität seiner Leiche etwa schon herausgefunden? Berlotti legte eine Hand auf ihren Oberarm und drückte sanft zu. Ein heiserer Schluchzer entfuhr ihr.

»Es tut mir leid«, sagte er sanft. »Aber woher wissen Sie ...? Ich meine, wann ist Ihr Mann denn gestorben?«

Wieder schluchzte die Frau, diesmal noch lauter. Wieder vergingen einige Augenblicke, in denen nichts geschah. Dann schloss sie wortlos die Tür. Auch wenn Berlotti sich zeitnah Antworten auf seine Fragen wünschte, wunderte er sich kaum über das Verhalten der Pastorin, hatte er doch häufig genug erlebt, wozu Trauer die Menschen trieb. Gerade als er noch einmal an die weiße Haustür mit den vier Milchglasfenstern klopfen wollte, öffnete sie sich wieder, und diesmal stand Schneewittchen vor ihm.

»Guten Tag«, sagte eine Frau in den Dreißigern mit einem armdicken geflochtenen Haarzopf, der seiner Trägerin bis über das Gesäß reichte. »Ich bin Olga, die Küsterin hier.« Sie strich sich eine Strähne ihres pechschwarzen Haares hinters Ohr, das ebenso schneeweiß war wie der Rest ihrer Haut, und sah ihn erwartungsvoll an.

Kurz darauf traten sie nebeneinander ins Halbdunkel der Kirche. Trotz der großen Fenster drang nur wenig Tageslicht zu ihnen.

»Arme Kerstin«, sagte Olga, während sie an barocken Kirchenbänken und farbenfrohen Wappen an den Wänden entlang, die mutmaßlich an wohlwollende Spender erinnern sollten, auf den Altarraum zugingen. »Sie hing sehr an Rudi.«

War das nicht selbstverständlich, dass Eheleute aneinander hingen? War man nicht deshalb verheiratet? Offenbar hatte Olga andere Erfahrungen gemacht, sonst hätte sie sich nicht zu dieser Bemerkung bemüßigt gefühlt. Oder wollte sie damit andeuten, dass die Zuneigung der Pfarrerin zu ihrem Gatten, mit dem sie sich die Pastorenstelle teilte, über ein normales Maß hinausging?

»Wie ist Herr ... ähm ... Rudi denn gestorben?«

»Autounfall mit Fahrerflucht vor zweieinhalb Wochen. Ist auf der Bundesstraße von der Fahrbahn abgekommen und mit hundert Kilometern pro Stunde vor einen Baum gefahren. Rudolf ist noch am Unfallort verblutet. Wegen der fremden Lackspuren auf der Fahrerseite nehmen Ihre Polizeikollegen an, dass er abgedrängt worden ist.«

Sie sagte das weder vorwurfsvoll noch traurig, sondern mitfühlend, als wäre er, Berlotti, es, den sie trösten musste angesichts der schlechten Nachricht.

Nachdenklich stand Berlotti neben dem barocken Taufstein, der von drei Putten getragen wurde. Sein Blick glitt nach oben, auf die meterhohe Bekrönung, die von der Decke herabhing und mit musizierenden Engeln üppig verziert war. Ein tödlicher Unfall mit Fahrerflucht? Und keine drei Wochen später lag ein Mann wenige hundert Meter vom Wohnort des Unfallopfers tot im Gebüsch?

»Was ist denn eigentlich passiert? Ich habe die Polizeisirene gehört. Sind Sie deshalb hier?«, erkundigte Olga sich, während sie am Altar herumhantierte.

»Ich darf Ihnen zum jetzigen Zeitpunkt leider noch nichts sagen.«

Aus einer verborgenen Tür im Altar, dessen Kreuzigungsszene so farbenfroh und lebendig wirkte, dass Berlotti beinahe erwartete, Jesus würde jeden Moment vom Kreuz zu ihnen herabsteigen, holte Olga den Kelch und eine Schale für die Hostien hervor und drückte sie ihm in die Hände. Enttäuscht musterte er die silbernen liturgischen Gerätschaften, die derart modern aussahen, dass sie so gar nichts mit den Gegenständen zu tun hatten, die in der Leiche steckten.

»Gehört zu den Sachen auch Besteck?« Obwohl er wenig Hoffnung hatte, wollte er seine Arbeit vernünftig machen und alle Möglichkeiten ausschließen.

»Besteck?« Sie sah ihn verständnislos an, als hätte er sie gerade nach ihrer Konfektionsgröße gefragt. »Wozu soll das gut sein? Sie müssen den Leib Christi nicht zersägen und sein Blut nicht aus dem Kelch löffeln.«

Eine Sackgasse. Aber was hatte er auch erwartet? Er wollte schon abdrehen, da platzte es aus ihr heraus.

»Löffel! Doch, natürlich!« Sie klatschte in die Hände. »Zumindest theoretisch …«

»Theoretisch?«, fragte Berlotti leicht verwirrt.

Ohne eine Antwort zu geben, stürmte Olga eine knarzende Holztreppe hinter dem Altarbild hinauf. Oben angelangt, entfernte sie das Vorhängeschloss zu einer schulterhohen Holztür. Aus der unbeleuchteten Abstellkammer murmelte, klapperte, klirrte und rumpelte es. Einem unterdrückten Kieksen entnahm Berlotti, dass sie entweder fündig geworden war oder in eine Mausefalle gefasst hatte. Kurz darauf präsentierte sie ihm einen acht Zentimeter langen Löffel, als hätte sie soeben den Heiligen Gral entdeckt. Berlotti nahm ihn ihr aus der Hand und betrachtete den gedrehten Stiel und die kleine runde Schale. Allerdings war er ebenfalls aus Silber und hatte nur ein vergoldetes Kreuz in der Mitte des Tellers.

»Ich konnte mich erst nicht daran erinnern, weil die Pastorin das Teil nie benutzt. Aber dann ist mir eingefallen, dass wir darüber in meiner Ausbildung zur Küsterin gesprochen haben.«

»Was macht man denn damit?«

»Früher war der Kelchlöffel im Gottesdienst gebräuchlich. Heute wird er zwar oft noch zum Kelch mitverkauft, weil er nach wie vor zur heiligen Messe gehört, allerdings nur noch theoretisch. Bei der Bereitung des Abendmahls fügt der Diakon dem Wein etwas Wasser bei und spricht leise die Worte: ›Wie das Wasser sich mit dem Wein verbindet zum heiligen Zeichen …‹«

»›… so lasse uns dieser Kelch teilhaben an der Gottheit Christi, der unsere Menschennatur angenommen hat‹«, fügte Berlotti gedankenverloren hinzu. Warum fielen einem bloß Formulierungen ein, die man dreißig Jahre lang nicht mehr gehört hatte? Man konnte zwar die Kirche hinter sich lassen, dennoch blieb sie stets ein Teil von einem.

Olga sah ihn erstaunt an und nickte bestätigend. »Früher wurden Wein und Wasser mit dem Kelchlöffel vermischt, heute kippt man es einfach von einem Gefäß ins andere. Und auch

Verunreinigungen, die der Diakon früher mit dem Löffel aus dem Kelch fischte, gibt es heute nicht mehr.«

Berlotti wollte ihr die Hand geben, allerdings waren ihre Hände noch mit Messbesteck belegt, weshalb er ihr eine Hand sanft auf die Schulter legte. »Vielen Dank, Olga. Sie waren mir eine große Hilfe.«

»Das freut mich. Aber ich verstehe immer noch nicht …«

»Unweit von hier ist ein Verbrechen geschehen, ich weiß selbst noch nichts Genaues.«

***

Die Anzahl der Einsatzkräfte am Teich hatte sich amöbenartig vermehrt. Ein Schäferhund der Hundestaffel schnüffelte durchs Gebüsch auf der Suche nach einer Fährte des Täters. Der Erdboden hatte sich in ein Meer aus nummerierten Kunststofftafeln verwandelt. Ein Polizeifotograf machte Aufnahmen von allen und allem: dem Toten, dem Baum, den Berlotti inzwischen als Apfelbaum identifiziert hatte, sowie den umliegenden Häusern, die sich durch das dichte Geäst erahnen ließen. Berlotti, der solchen Menschenmengen an einem Tatort nichts abgewinnen konnte und den Toten und sein Umfeld am liebsten ungestört inspizierte, tröstete sich mit dem Gedanken, dass es jedem einzelnen der Anwesenden vermutlich ebenso ging.

Noch unbemerkt von seinen Kollegen, stellte sich Berlotti an eine Ecke des Teiches, versuchte, seinem Spiegelbild in die Augen zu schauen. Doch er blickte nur in einen unansehnlichen Teppich aus Entengrütze und fand das überaus sinnbildlich. Unweit einer Kirche wurde ein Mann mit Messbesteck geradezu hingerichtet, die Hände noch dazu in christlicher Haltung. Es wäre schon ein Zufall, wenn das Zufall wäre, dachte Berlotti.

Katharina war in dem Gedränge nicht zu sehen, ebenso wenig Weller. Schwan, der Gerichtsmediziner, hatte seinen Koffer zugeklappt. Berlotti tauchte unter dem Absperrband hindurch, das den Schotterweg vom hinteren Teil des Friedhofs zum Apfelbaum-Tatort abgrenzte, und gesellte sich zu ihm.

»Und?«

»Es zahlt sich immer aus, Profis ihre Arbeit machen zu lassen«, entgegnete Schwan vielsagend, ohne Boshaftigkeit in der Stimme. Das schätzte Berlotti an dem Schwergewicht. Ihm ging es nie ums eigene Ego, das unterschied ihn aus Berlottis Sicht elementar von Kollegen wie Brehm.

»Das Opfer ist ein Mann fortgeschrittenen Alters, mutmaßlich zwischen fünfzig und siebzig. Der Tod ist in den vergangenen zwölf Stunden eingetreten. Die Lidwinkel reagieren nicht mehr auf Reizstrom, also liegt der Zeitpunkt des Todes wohl acht bis zwölf Stunden zurück. Dafür spricht auch seine Körpertemperatur von dreißig Komma fünf Grad Celsius. Daraus lässt sich ableiten, dass der Mann seit neun bis zehn Stunden tot sein könnte. Genauer eingrenzen lässt sich das schlecht, und auch diese Angaben sind vorläufig, das will ich noch einmal betonen.«

»Das bedeutet …« Berlotti warf die Hirnzellen an, die fürs Kalkulieren zuständig waren. »Neun bis zehn Stunden …«, murmelte er und warf einen Blick auf seine Armbanduhr. »Minus Gassirunde um halb zehn …« Wie ein Grundschüler nahm er seine Finger zur Hilfe. »Der Mann wurde irgendwann zwischen halb zehn und halb eins nachts umgebracht. Das ist genauer, als ich es mir hätte träumen lassen, Herr Schwan. Gute Arbeit.«

»Vorsicht!« Schwan zückte den Zeigefinger wie ein Dirigent seinen Taktstock. »Äußere Faktoren können das Ergebnis verfälschen. Ich lasse meine Messdaten im Institut noch einmal durch den Computer laufen, gemeinsam mit den Infos, die ich hier gesammelt habe. Dann wird das Ergebnis eventuell noch exakter.«

Während der Ausführungen des Gerichtsmediziners hatte sich auch Brehm zu ihnen gesellt. Berlotti versuchte ihn zu ignorieren und wandte sich weiter an Schwan.

»Woran ist der Mann gestorben?«

Schwan griff sich seinen Koffer, als würde der nicht mindestens fünfzehn Kilo wiegen. »Ehrlich gesagt kann ich dazu noch nichts abschließend sagen.«

»Meinen Sie, er war noch am Leben, als man ihn mit dem Besteck bearbeitet hat?«

»Puh, nageln Sie mich nicht darauf fest –«

Eine fragwürdige Formulierung, fand Berlotti, angesichts der ineinandergenagelten Hände, sagte aber nichts.

Stattdessen funkte Brehm dazwischen. »Wenn Sie nicht aus einem Fenster im sechzehnten Stock fliegen wollen, geben Sie dem Hauptkommissar lieber, was er von Ihnen will!«

Berlotti spürte einen Stich in der Brust. Nein, du bekommst wegen dem jetzt keinen Herzkasper, ermahnte er sich. Ohne dass es ihm bewusst war, hatten sich seine Hände zu Fäusten geballt. Vor seinem geistigen Auge durchlebte er die Szene erneut, die ihm in den vergangenen Monaten regelmäßig den Schlaf geraubt hatte: Der Mensch, den Berlotti des Mordes an zwei Journalisten verdächtigte, stand am zertrümmerten Fenster des Kommissariats und stürzte sich in die Tiefe, ehe er ihn daran hindern konnte. Nie würde er seinen letzten Blick zurück in Berlottis Augen vergessen. Nie das Gefühl vom Stoff der Kapuze, wie er zwischen seinen Fingern hindurchglitt, ohne dass er sie greifen konnte. Und nie den Anblick, wie der Körper auf dem Kopfsteinpflaster aufschlug.

Einige Medien hatten darüber spekuliert, dass Berlotti ihn aus dem Fenster gestoßen hatte, obwohl Videoaufnahmen das Gegenteil belegten. Dass Brehm auf diesen Zug aufsprang, war widerlich. In Gedanken brüllte er dem Leiter der Spurensicherung schlimme Dinge ins Gesicht. Äußerlich gefasst und mit ruhiger Stimme stellte er eine einzige Frage: »Haben wir ein Problem?«

Brehm lachte schnaubend durch die Nase und hob abwehrend die Hände. »Ich? Ein Problem? Mit Ihnen? Ich bin doch nicht lebensmüde!«

Schwan sah Brehm fragend an, als hätte er dessen Anspielung entweder nicht gehört oder ihre Bedeutung nicht verstanden, wofür Berlotti ihm dankbar war, und vollendete den Satz, den er angefangen hatte. »Nageln Sie mich nicht darauf fest, aber anhand der Blutungen an Augen und Händen ist es ziemlich wahrscheinlich, dass der Mann zu dem Zeitpunkt, als ihm die Löffel durch die Augenhöhlen ins Gehirn gerammt wurden, noch lebte.«

Berlottis Eingeweide zogen sich zusammen. Was für eine elende Art zu sterben. Qualvoll und unnötig! Wobei, korrigierte er sich umgehend, welche Art, gewaltsam zu sterben, war schon nicht unnötig?

»Dann müsste es aber doch zumindest einen heftigen Kampf gegeben haben«, hakte Berlotti nach.

Schwan zögerte einen Augenblick, stellte dann seinen Koffer noch einmal ab. »Sie haben recht. Es gibt keine Spuren eines Kampfes, soweit ich das bislang beurteilen kann. Keine Hämatome, auf den ersten Blick auch keine Kratzspuren oder fremden Hautbestandteile unter den Fingernägeln.«

Berlotti holte sein Notizbuch aus der Innentasche seines Cordsakkos. Doch anstatt etwas hineinzuschreiben, kaute er nachdenklich auf der Plastikkappe seines Stiftes herum. »Der Mann hat sich kaum freiwillig und ohne Gegenwehr derart misshandeln lassen. Da stimmt doch was nicht!«

»Das ist in der Tat merkwürdig«, pflichtete Schwan ihm schnaufend bei. »Nach der Obduktion kann ich Ihnen sicher mehr sagen.«

Berlotti bemühte sich, die seit einigen Minuten stärker werdenden Kreislaufprobleme ebenso zu unterdrücken wie eine aufkommende Gereiztheit, die ihn immer dann beschlich, wenn ein bedrohlich niedriger Koffeinpegel auf sich aufmerksam machte. »Wir müssen den Toten so schnell wie möglich identifizieren. Bevor die Leiche abtransportiert wird, nehmen wir Fingerabdrücke«, sagte er an Schwan gewandt.

»Sonst …«, mischte sich Brehm erneut ein und zog sich mit der ausgestreckten Hand den Hals entlang.

Berlotti sah Schwan an, zuckte mit den Schultern und sagte kopfschüttelnd: »Der Klügere gibt nach. Eine traurige Wahrheit, denn sie begründet die Weltherrschaft der Dummheit.«

***

Die Wolke schien ihre Arbeit fürs Erste verrichtet zu haben. Eine kalte Sonne hatte sich inzwischen hervorgekämpft. Bevor Berlotti in sein Auto stieg, hielt er noch einmal Ausschau nach Katharina. Stattdessen entdeckte er Weller. Er sprach mit einer Frau, die im roséfarbenen Frotteebademantel in der Tür ihres Bungalows stand und sich mit beiden Armen umschlang.

Als Weller Berlotti entdeckte, hob er die Hand, wie um ihm zu winken. Er wechselte noch einige Worte mit der Frau, die zurück ins Haus ging und die Tür hinter sich schloss. Weller joggte die fünfzig Meter zu ihm. So frisch aus dem Ei gepellt, gut drauf und voller Endorphine, die ihn von innen heraus strahlen ließen, konnte doch niemand auf Dauer sein. Schon gar nicht am Tatort eines brutalen Mordes!

»Keiner der Anwohner scheint etwas mitbekommen zu haben, aber wir sind ja noch nicht durch.«

Berlotti nickte und öffnete die Tür seines Fiats. Dann fiel ihm noch etwas ein. »Wie kommt es eigentlich, dass man Sie angerufen hat und nicht die zuständige Polizeidienststelle?«

Weller grinste verschmitzt. »Bei denen in Finkenwerder sitzt mein Schwager. Ich hab dem gesagt, falls was richtig Krasses passiert, soll er mich anrufen, jederzeit. Will ja weiterkommen in meinem Job.«

Also hatten sie Wellers Ehrgeiz die Ermittlung zu verdanken. Berlotti wusste noch nicht so recht, was er von dessen Engagement halten sollte. Also nickte er nur unbestimmt und wollte sich in seinen Fiat setzen. Doch Weller schien noch etwas auf dem Herzen zu haben, zumindest ließ sein Dackelblick darauf schließen.

»Was ich fragen wollte …«

Berlotti sah ihn mit hochgezogenen Augenbrauen an.

»… darf ich mitmachen? Bei den Ermittlungen, meine ich.«

Mitmachen? Ernsthaft?

»Ich weiß, ich bin kein Kripobeamter. Aber ich werde hart arbeiten und bin doch sowieso schon Teil der Ermittlungen.« Noch während er das sagte, merkte er, dass er wohl etwas weit gegangen war. Weshalb er noch schnell ein »irgendwie« nachschob.

Berlotti hatte noch mit dem Wort »mitmachen« zu kämpfen. Je älter man wurde, desto größer wurde offenbar auch der Kindergarten. Andererseits: Was war gegen einen engagierten Polizisten einzuwenden, der sich reinhängte, seinen Job liebte und Karriere machen wollte? Im Leben ging es schließlich nicht darum, ob man gewann oder verlor. Es zählte doch bloß die Tatsache, dass man mitspielte. Oder mitmachte, *irgendwie.*

Berlotti murmelte etwas in den nicht vorhandenen Bart, das sich als »mal sehen« und »kümmere mich« identifizieren ließ. Er schwang sich auf den Fahrersitz, wendete und hörte dank des geöffneten Fahrerfensters, wie Weller ihm verdutzt ein »Tschau for now« hinterherrief. Was war mit ihm los? Er war weder eifersüchtig auf Wellers Aussehen noch auf die Verbindung, die er mit Katharina zu haben schien. Ja, Weller hatte eine populistische Ader, zumindest hatte er zugegeben, dass er die einschlägigen Nachrichtenseiten und Blogs las. Aber er konnte seine Mitarbeiter schließlich nicht aufgrund ihrer – mutmaßlichen – politischen Gesinnung casten. Weller war ein Kollege, der Zusammenhänge erkannte und ihnen nicht zuletzt diesen Fall beschert hatte. Insofern war er tatsächlich bereits Teil der Ermittlungen. Warum sollte er nicht über seinen Schatten springen? Eine schlimmere Bruchlandung als die mit dem Kollegen, den er beim Dezernat für Interne Ermittlungen angezeigt hatte, weil er Ermittlungen in seinem ersten Hamburger Fall gezielt boykottiert hatte, konnte er wohl kaum erleiden.

∗∗∗

Die Knochen stießen ein unerträgliches Kreischen aus, als das Blatt der Kreissäge auf sie traf. Es klang, als würde sich der Körper unter Schmerzen winden, dabei war nichts mehr übrig, das noch hätte schreien können. Der Brustkorb war weit geöffnet, ebenso die Schädeldecke. Eingeweide lagen verstreut, Herz und Leber jeweils in Schalen, um gewogen zu werden, der Darm auf einem langen Tisch ausgebreitet neben einem Maßband, andere Organe, die Berlotti nicht identifizieren konnte, in Einmachbeuteln, die teils mit einem Knoten verschlossen waren, teils auch noch offen ihrem weiteren Schicksal harrten. Entgegen der weitläufigen Annahme roch es in der Rechtsmedizin nicht nach Verwesung oder Exkrementen, sondern nach Formalin und Desinfektionsmittel. Die Dämpfe hingen im gesamten Gebäude wie der Geruch eines Kadavers. Es war jedoch weder der Geruch noch der Anblick, der Berlotti zu schaffen machte. Es war das lautstarke Geräusch der Kreissäge, die der junge, blässliche Mitarbeiter am Nebentisch hingebungsvoll durch einen Toten trieb. In diesem Augenblick öffnete sich die Tür, und Schwan kam kaugummikauend in den Raum, die Hand zum Gruß erhoben.

»Und?« Berlotti hielt sich die Ohren zu und versuchte gleichzeitig die Kreissäge zu überbrüllen.

»Was?«

»Waaas?«

»Moment!«

»Waaaas?«

Schwan machte dem Kollegen am Nebentisch ein Handzeichen, dass er sein schweres Geschütz abschalten und sich einem anderen Körper im Raum widmen sollte. Der nickte und wandte sich dem Intimbereich einer männlichen Leiche mit schulterlangem schlohweißen Haar zu. Berlotti unterdrückte den Impuls, sich zu schütteln, um die Gänsehaut wieder loszuwerden, und unternahm einen zweiten Anlauf. »Und?«

»War gut«, schnaufte Schwan, verknotete den olivgrünen Obduktionskittel in seinem Rücken, streifte sich weiße Gummihandschuhe über und führte Berlotti zu einem Sektionstisch aus Edelstahl, auf dem er den Toten vom Morgen wiedererkannte. Eine Naht, die sich oberhalb der Augenbrauen einmal um den Schädel herumzog, ließ den Mann wie Frankensteins Monster aussehen, und die groben Stiche, die sich über den Oberkörper verteilten, verstärkten den Eindruck noch. Nichts an diesem Mann deutete darauf hin, dass etwas »gut« war, wie Schwan behauptete.

»Gut?«

»Eine Obduktion, wie ich sie mir wünsche, sehr erhellend.« Berlotti spürte, wie sein Körper die Stresshormone Kortisol und Adrenalin ausschüttete, die seinen Blutdruck ansteigen und sein Herz schneller schlagen ließen. Ausnahmsweise einmal ganz ohne Koffein, sondern nur durch die Aussicht auf einen ersten Hinweis in einem neuen Fall. Der Zynismus angesichts der schauerlichen Kulisse war ihm durchaus bewusst, und dennoch: Er liebte Ermittlungen im frühen Stadium, das Sammeln von Indizien, eine Erkenntnis reihte sich an die andere, und es ergab sich allmählich ein Bild. Es war wie bei einem Puzzle, wenn man die einzelnen Teile nach Farben und Motiven sortierte, Eck-, Rand- und Mittelteile auf unterschiedliche Häufchen legte, damit das Zusammensetzen später leichterfiel. Er setzte sich mit einer Pobacke auf den Sektionstisch, stieß dabei aber an den Abspritzschlauch, der im Becken am Kopfende hing. Der schlackerte wiederum an eine Nierenschüssel, die scheppernd auf den Boden krachte, weshalb Berlotti schnell wieder herunterstieg. Schwan sah ihn über seine Brille hinweg stirnrunzelnd an und begann schließlich mit seinem Bericht.

»Ihr Toter ist Ende sechzig, Anfang siebzig, würde ich sagen. Gut in Schuss, viele Muskeln, wenig Körperfett.« Schwan deutete dabei mit seinen hellen Latexhandschuhen nacheinander auf die Schultern, die Oberarme mit dickem Trizeps und noch dickerem Bizeps sowie die ausgeprägte Brustmuskulatur, die sich links und rechts neben der schwarzen Naht abzeichnete. »Wie die meisten Bodybuilder hat auch unser Freund hier die Beine vernachlässigt. Die Wadenmuskeln sind vergleichsweise wenig stark ausgeprägt. Ansonsten hat sich der erste Eindruck bestätigt: keine Hämatome am Körper, jedenfalls keine, die in den vergangenen Tagen zugefügt wurden.«

»Aber er wird sich doch wohl kaum selbst –«

»Das hab ich ja auch nicht behauptet«, unterbrach Schwan den Hauptkommissar und zog eines der unteren Augenlider herab. »Dem Mann wurde mit Pfefferspray die Sicht geraubt. Das war mit bloßem Auge heute Morgen am Tatort nicht ohne Weiteres ersichtlich, da die Rötung vom Blut aus den Augenhöhlen überdeckt wurde. Außerdem sind die Schleimhäute in der Nase extrem angeschwollen, was an der hohen Dosis des Narkosemittels liegt, das darüber aufgenommen wurde und sich im ganzen Körper verteilt hat.« Schwan drückte mit einer Hand die beiden Nasenflügel auseinander, um Berlotti zu zeigen, was er meinte. Der sah allerdings bloß dunkle Nasenlöcher voller Nasenhaare und sonst nichts. »Stoffpartikel in den Nasenhaaren lassen ziemlich sicher darauf schließen, dass die Person mit einem in Chloroform getränkten Tuch oder Lappen betäubt wurde.«

Berlotti fuhr sich durch die Locken, verschränkte die Arme vor dem Cordsakko und schloss dann die Augen, um den möglichen Tathergang vor seinem geistigen Auge ablaufen zu lassen. »Der Angreifer wollte einen Kampf um jeden Preis vermeiden und hat seinen Gegner mit Pfefferspray und Chloroform bezwungen. Kein schlechter Schlachtplan, wenn man davon ausgeht, körperlich unterlegen zu sein.«

Berlotti sah den kräftigen Mann vor sich, wie er sich brüllend vor Schmerzen die Augen zuhielt und die Betäubung weder sehen noch sich dagegen wehren konnte. »Ich ahne, wie der Täter weiter vorgegangen ist«, sagte Berlotti.

Schwan verstand das als Aufforderung fortzufahren und nickte, wie um Berlottis unausgesprochene Vermutung zu bestätigen. »Der Mann wurde erst betäubt, dann mit den Löffeln in den Augen und der Gabel in den Händen regelrecht hingerichtet. Er ist langsam ausgeblutet, bis sein Organismus irgendwann aufgegeben hat, weil die Organe keinen Kraftstoff mehr bekommen haben, um ordentlich zu arbeiten.«

Berlotti schüttelte den Kopf. Ihm fehlte schlichtweg die Phantasie, um sich auszumalen, wer so etwas tat. Und warum.

»Außerdem hat einer der beiden Löffel die Haut zerstört, die das Gehirn schützt.«

»Heißt?«

»Heißt: Selbst wenn der Misshandelte eher gefunden worden und nicht verblutet wäre, hätte er keinen großen Spaß am Leben mehr gehabt. Hirntod nennt man das.«

Berlotti schwieg. Ihm gingen so viele Fragen durch den Kopf, die er nicht stellte, weil er wusste, dass Schwan sie ihm nicht beantworten konnte. Wollte der Täter seinem Opfer die Stiele ins Hirn rammen? Wenn ja, warum dann noch die qualvollere Methode, ihn ausbluten zu lassen? Oder ging es ihm darum, etwas zu demonstrieren, sein Opfer zur Schau zu stellen, ein Statement abzugeben? Und der Hirntod wäre in diesem Fall eher zufällig, ein Versehen vielleicht, aber letztlich völlig egal und billigend in Kauf genommen?

»Ist für die Löffel- und Gabelnummer viel Kraft notwendig?« Berlotti zeigte auf die Augen und die Hände, anschließend auf die braunen Papiertüten im Regal an der Wand, in denen er die Tatwaffen vermutete.

»Gute Frage.« Schwan schien sie sich einige Augenblicke durch den Kopf gehen zu lassen, ehe er antwortete. »Da das Opfer sich nicht gewehrt hat und die Schädelknochen im Bereich der Augenhöhle maximal einen halben Millimeter dünn sind, ist es nicht sehr schwierig, sie zu durchbrechen, wenn man einigermaßen entschlossen handelt. Was hier unzweifelhaft der Fall war. Gemessen daran, wie einfach es war, das Besteck aus den Augenhöhlen zu ziehen, kann es auch nicht sonderlich schwierig gewesen sein, es hineinzustoßen. Bei den Händen hat es erst beim zweiten Versuch geklappt. Beim ersten ist die Gabel im Handwurzelknochen der rechten Hand stecken geblieben. Dann hat der Täter einen zweiten Anlauf unternommen und jeweils das weiche Gewebe zwischen den Fingerknochen im Handteller durchstochen. Aber auch hier braucht es vor allem Hingabe, weniger Kraft, um das zu bewerkstelligen.«

»Könnte also jeder gewesen sein, der einigermaßen zornig war. Sogar meine Mutter, wenn jemand auch nur leise Zweifel an der Existenz ihres geliebten Gottes äußert.«

Schwans Nasenschnauber und die rasselnden Geräusche seiner Bronchien waren nicht sofort als Lachen zu identifizieren und klangen wie die letzten Atemzüge eines überfahrenen Gürteltieres. Zumindest stellte Berlotti sich das Geräusch so oder so ähnlich vor.

»Und der Todeszeitpunkt?«, wollte er wissen.

Schwan holte tief Luft und setzte zu einem ausführlichen Vortrag an.

***

Das Tageslicht war dabei, sich aus dem Staub zu machen. Der Himmel und die wuchtige Wolkendecke über der Hansestadt verfärbten sich in ein beeindruckendes Gemälde, in dem kräftiges Lila, knalliges Orange und leuchtendes Rot vorherrschten. Es war einer solcher Abende, an denen gewiss wieder ein halbes Dutzend besorgter Bürger bei der Feuerwehr anriefen und einen Brand in der Nachbarschaft meldeten, weil sie die untergehende Sonne mit einem Feuer verwechselten.

Widerstrebend riss Hauptkommissar Berlotti sich von diesem Stillleben vor seinem Bürofenster los und machte sich auf zum Konferenzraum, der wie viele andere Räume ihres beruflichen Übergangsdomizils im luxuriösen Emporio Tower vollkommen verglast war. Als er die Hand auf die Türklinke legte und die Mitstreiter in dem kleinen Zimmer sah, zog er verwundert die Augenbrauen hoch, denn am Konferenztisch saßen neben Katharina auch Ove Schwan und Sebastian Weller. Noch ehe Berlotti die Tür hinter sich geschlossen hatte, meldete sich Letzterer eifrig zu Wort: »Ich habe offiziell Feierabend und sitze hier nur, weil ich meinen netten Kollegen 'ne Runde Kaffee ausgeben wollte.«

Jetzt erst bemerkte Berlotti die vier Kaffeebecher auf dem Tisch vor ihnen.

»Ich bin eigentlich gar nicht hier – wenn es Ihnen nichts ausmacht, dass ich gar nicht hier bin«, fügte er hinzu, weil Berlotti nicht sofort antwortete, wie um ihm noch weitere Argumente zu liefern, dass seine Anwesenheit im Grunde eine gute Idee war.

Berlotti griff nach dem Becher, einem recycelbaren Mehrwegbecher. Verdammt, Weller machte es einem verflucht schwer, ihn nicht zu mögen. Er nahm einen großen Schluck von dem schwarzen Gold, schloss die Augen und spürte, wie dieses wohlige Gefühl sich in seinem Körper ausbreitete. Das Nicken, als er den Becher wieder absetzte, verstand Weller zu Recht als unausgesprochene Erlaubnis, bleiben zu dürfen.

Schwan fasste noch einmal die Erkenntnisse der Obduktion zusammen. Dass er an dieser Konferenz teilnahm, überraschte Berlotti ebenfalls. Schließlich hatten sie erst vor wenigen Stunden gesprochen. Als er zu dem in Chloroform getränkten Tuch kam, hob Weller die Hand, als säße er in der Schule. Schwan erteilte ihm das Wort.

»Gilt das Zeug nicht mittlerweile als giftig und wird deshalb längst nicht mehr benutzt?«

Streber, dachte Berlotti und schalt sich gleich dafür. Schließlich war das hier kein Wettbewerb, sondern eine Ermittlung, und jeder Einwand konnte sie weiterbringen. Warum empfand er bloß so eine wachsende Aversion gegen andere Menschen? Es machte ihm Angst, und er musste es schleunigst in den Griff bekommen. Denn was er am wenigsten wollte, war ein klischeehaftes Abziehbild seines Berufsstandes zu werden, wie es in vielen Romanen und Serien zelebriert wurde: ein Einzelgänger und Menschenfeind. Das durfte er nicht geschehen lassen. Er gelobte sich selbst Besserung.

Schwan nickte Weller anerkennend zu. »Die Dämpfe von Chloroform verursachen Bewusstlosigkeit und senken die Schmerzempfindung. Wegen der toxischen Wirkung auf Herz, Leber und andere innere Organe wird Chloroform heute nicht mehr als Narkosemittel angewendet. Es steht außerdem im Verdacht, krebserregend zu sein.«

Der Gerichtsmediziner machte eine Pause. »Wenigstens darüber muss sich unser Toter keine Sorgen mehr machen.« Seine Mundwinkel zuckten. »Leider!«, schob er entschuldigend hinterher, als ihm bewusst wurde, dass es auch als pietätlos aufgefasst werden konnte.

Allmählich dämmerte Berlotti, warum Ove Schwan sich die Zeit für ihre Sitzung nahm: Er fühlte sich wohl in dieser Runde!

»Chloroform ist also nichts, was jeder Zivi, jede Krankenschwester mal eben im Krankenhaus entwenden kann. Schon deshalb, weil es dort nicht mehr verwendet wird?«, wollte Berlotti wissen.

»Schön wär's.« Schwan hatte zu rasseln aufgehört und seufzte nun. »Das Zeug kann jeder ganz einfach übers Internet bestellen. Ebenso wie K.-o.-Tropfen. Beides fällt nicht unter das Betäubungsmittelgesetz.«

»Nicht Ihr Ernst!«, rief Berlotti lauter als beabsichtigt. »Ein Mittel, das jahrzehntelang zur Betäubung in Krankenhäusern verwendet wurde und zudem noch krebserregend ist, fällt nicht unter das Betäubungsmittelgesetz?«

Schwan zuckte mit den Schultern. »Ich mache die Gesetze in diesem unserem schönen Lande nicht.«

Berlotti stöhnte. »Die Suche nach einer Person, die sich Zugang zu Chloroform verschafft hat, können wir uns also sparen.«

Katharina räusperte sich. »Brehm lässt ausrichten, er meldet sich, wenn alle Ergebnisse der Spurensicherung vorliegen.«

Berlotti holte Luft, um seinem Unmut Luft zu machen. Katharina kam ihm zuvor. »Aber ich konnte ihm einige wichtige Infos entlocken. Vorläufige natürlich.«

Vielleicht war das eine sinnvolle Aufteilung, wenn der Kontakt zum Leiter der Spurensicherung künftig über Katharina lief, dachte Berlotti. Das ersparte allen Beteiligten unschöne Verbalvergleiche primärer Geschlechtsmerkmale.

»Die Identität des Opfers ist nach wie vor ungeklärt. Sein Fingerabdruck ist nicht in unserer Datenbank registriert.«

»Das wäre wohl auch zu einfach gewesen«, sagte Berlotti in sarkastischem Tonfall.

»Einfach kann ja jeder.« Katharina lächelte ihn an, und auch ihre Augen strahlten noch mehr als sonst. »Ich habe die Vermisstenanzeigen der letzten Stunden und Tage durchgesehen und mit dem verglichen, was vom Gesicht unserer Leiche übrig war. Aber das ergab auch keine Treffer. Bislang scheint niemand unseren Toten zu vermissen, allerdings liegt der Mord ja auch noch keine vierundzwanzig Stunden zurück.«

»Können wir ihn nicht an seinem Gebiss identifizieren?«, schlug Sebastian Weller vor.

Berlotti wischte den Vorschlag mit einer Handbewegung vom Tisch. »Dauert viel zu lang!« Weil das offenbar zu barsch klang und sowohl Katharina als auch Schwan ihn ansahen, fügte er in gemäßigterem Ton hinzu: »Sie haben recht: Wenn wir den Zahnstatus des Opfers in einer Fachzeitschrift veröffentlichen, die an alle Zahnärzte in Deutschland geschickt wird, können die Ärzte ihn mit ihren Unterlagen vergleichen – vorausgesetzt, sie lesen das Magazin auch. Aber diese Fachzeitschriften erscheinen nur alle zwei Wochen. Bis dahin hätte ich schon gerne den Mörder hinter Gittern und nicht erst die Identität unseres Toten ermittelt.«

»Sie legen ja ein ganz schönes Tempo vor«, schnaufte Schwan.

»Sprint ist eine königliche Disziplin nicht nur im Sport, sondern auch im Leben«, warf Berlotti ein. »Auf die Bremse treten können wir immer noch.«

»Schaden kann es trotzdem nicht«, wandte Schwan ein und blickte erst zu Weller, dann zu Berlotti. »Besser in zwei Wochen wissen, wer da in meinem Kühlfach liegt, als gar nicht. Oder?«

Berlotti zögerte. »Besser vorsehen als nachsehen«, stimmte er schließlich doch zu. »Hat Brehm noch mehr aus dem Fundus seines unermesslichen Wissens offenbart?«

Katharina fasste das Gespräch mit dem Spurensicherer zusammen, der am Tatort diverse Fußabdrücke gefunden hatte. Zusätzlich zu denen der Zeugin, ihres Hundes und des Opfers hatten sie frische Abdrücke mindestens einer weiteren Person am Tatort entdeckt. Brehm schätzte die Schuhgröße auf einundvierzig, was aufgrund des nassen, matschigen Untergrundes aber nicht definitiv festzustellen gewesen war.

»Wofür gibt's überhaupt eine Spurensicherung, wenn man nie definitive Aussagen erhält?«, wetterte Berlotti. »Sollen sie sich doch gleich in ›Spurenschätzung‹ umbenennen!«

Katharina, die offenbar nicht davon ausging, dass ihr Chef eine Antwort darauf erwartete, meinte: »Entweder kleine Männerfüße oder große Frauenfüße.« Anschließend breitete sie mehrere Fotoabzüge zwischen ihnen auf dem Tisch aus, auf denen die Mordwaffen zu sehen waren.

»Ich habe die einzelnen Gegenstände eben noch kurz bei Google in der Bildersuche hochgeladen. Ergab aber keine Treffer.«

»Trotzdem eine gute Idee«, lobte Berlotti.

»Auch ein blindes Huhn …« Sie schenkte ihm ein Augenzwinkern. »Aber nach dem, was du heute Morgen über den Wert und das Alter der Gegenstände gesagt hast, ist mir eine Idee gekommen, wen wir danach fragen könnten.«

***

»Warum hat Weller eigentlich dich zuerst angerufen, als er von dem Toten erfahren hat?«

Sie schlenderten an der Binnenalster entlang Richtung Hauptbahnhof. Obwohl es erst früher Abend war, stand der Mond schon weiß und rund am hellblauen Dämmerungshimmel. Um sie herum hatten viele Menschen Jacken über die Arme geworfen und Ärmel von Pullovern und Hemden hochgekrempelt. Als launisch wie eine Diva hatte Berlotti das Hamburger Wetter schon immer liebevoll empfunden und all die Jahre bei der Kripo Frankfurt schmerzlich vermisst. Und dieser Tag hatte bislang keine Ausnahme dargestellt: am Morgen zurückhaltend und kühl, am Abend geheimnisvoll und wunderschön.

Seine Kollegin schien dagegen wenig Sinn für meteorologische Betrachtungen zu haben. Die Stirn in Falten gelegt, starrte sie vor sich auf den Gehweg. Und blieb merkwürdig still, als würde sie darauf hoffen, dass er das Thema wechselte und sie um eine Antwort herumkam.

Eine Windböe blies das Wasser der Alsterfontäne zu ihnen herüber und besprenkelte sie mit feinen Tropfen. Ein Teenager schrie im glockenklaren Knabensopran auf und rannte aus der Gefahrenzone. Ein etwa gleichaltriger Junge, der ebenfalls leicht nass geworden war, kriegte sich gar nicht mehr ein vor Lachen, war auf die Knie gesackt und zeigte hyperventilierend mit dem Finger auf seinen Kumpel, der nach dessen Zeigefinger schlug und knallrot angelaufen war. Katharina schien von alldem nichts mitzubekommen.

»Also?«, hakte er nach.

»Aussageverweigerungsrecht gilt in dieser Situation wohl nicht?«, fragte sie, ein halbherziges Lächeln im Gesicht, eine leise Spur Sorge im Blick.

»Weller hat dich heute Morgen gar nicht angerufen, stimmt's?« Berlotti war stehen geblieben, damit Katharina endlich aufhörte, vor sich auf den Boden zu starren. Als sie nicht reagierte, fuhr er fort. »Er war bei dir oder du bei ihm, als er den Anruf erhielt.«

Nun sah Katharina ihn tatsächlich an. »Woher weißt du …?«

»Weil ich Augen im Kopf habe?«

»So offensichtlich?«

»Weller ist unanständig gut drauf. Da müsste man schon blind sein, das zu übersehen. Den hat es wohl ziemlich erwischt.«

Ihre Augen leuchteten für einen kurzen Moment in einem so hellen Blau auf, wie er es zuletzt vor Jahren in der Blauen Grotte bei Capri gesehen hatte. Sofort hatte sie sich aber wieder unter Kontrolle, ganz professionelle Ermittlerin.

»Seit wann reden wir über unser Liebesleben?« Katharina deutete ein Lächeln an. Ihre Familien waren gelegentlich ein Thema zwischen ihnen gewesen, woraus sich im Laufe der Zeit ein Wettbewerb entwickelt hatte, wer von ihnen es schlimmer getroffen hatte: er mit seiner überdrehten Mutter oder sie mit ihren rechtskonservativen Eltern, die weder den »unweiblichen« Beruf guthießen noch die Tatsache, dass sie ihnen noch keine fünf Enkelkinder geboren hatte. Aber ihr Liebesleben war bislang tabu gewesen.

»Wer redet hier über Liebesleben? Rein professionelles Interesse!« Er gab sich unschuldig, entschlossen, das kleine Spiel mitzuspielen. Wie auf Zuruf querte in diesem Moment eine Entenfamilie ihren Weg an der Binnenalster, watschelte vom Grünstreifen zwischen Radweg und Fahrbahn auf den Abhang zum Wasser hinunter zu. Als hätten Katharinas Eltern den flauschigen Nachwuchs geschickt, um sie an ihre Tochterpflichten zu erinnern.

»Ich versuche lediglich zu rekonstruieren, wie wir an den Fall gekommen sind. Und …« Er unterbrach sich, suchte nach den richtigen Worten.

Katharina merkte, dass er sich wand, und kam ihm zu Hilfe.

»Und ob du dir Ärger ins Team holst, wenn die Kollegen Berufliches mit Privatem vermischen.« Sie hatte es nicht als Frage formuliert, weshalb er sich auch nicht bemüßigt fühlte, darauf zu antworten.

Sie bogen hinter dem Hauptbahnhof links ab und steuerten auf das Museum für Kunst und Gewerbe zu. An dessen Fassade war schon von Weitem das Plakat zu sehen, das mehr als ein Viertel der Wand bedeckte und auf eine Ausstellung über Raubkunst hinwies. Nun schien Katharina ihre Worte abzuwägen. Auf den Treppenstufen zum Museum blieb sie stehen. Die Hand auf der Türklinke, wandte sie sich zu Berlotti um.

»An mir soll's nicht scheitern«, sagte sie mit fester Stimme und sah ihm direkt in die Augen. Dann drückte sie mehrfach gegen die Tür, ohne dass diese sich öffnete.

»Apropos scheitern: Es gibt zwei Wörter, die dir im Leben Türen öffnen werden«, entgegnete Berlotti. »Ziehen und drücken.«

Katharina streckte ihm die Zunge heraus und zog an der Tür, die sich jetzt spielend einfach öffnen ließ.

Kurz darauf standen sie in einem Zimmer mit prächtigem Stuck an der Decke. Der mindestens vier Meter hohe Raum erschien auch deshalb noch größer, weil Friedrich Otto, der sie darin begrüßte, einen krummen Rücken hatte und so tief gebeugt war, dass er den Hals verrenken musste, um zu ihnen aufzublicken. Seine Augen aber waren interessiert und freundlich. Dass die Kriminalpolizei bei ihm aufschlug, schien ihn nicht zu verwundern. Auch dass sie ihm den Grund ihres Besuchs noch nicht genannt hatten, nahm er, ohne nachzufragen, hin. Aufmerksam sah er sich die Fotografien der Gegenstände an, die vor wenigen Stunden noch in einem Menschen gesteckt hatten. Berlotti lief ein Schauer über den Rücken, und er beneidete den Experten, dass er die vier goldverzierten Exponate so unvoreingenommen betrachten konnte.

Bei der Arbeit schien Friedrich Otto seine entstellende Rückendeformation sogar entgegenzukommen. Minutenlang verharrte er nahezu regungslos, mit einer Lupe tief über seinen Schreibtisch gebeugt, nur gelegentlich den Schirm der Tischlampe in verschiedene Positionen biegend. Berlotti und Katharina schauten sich derweil in dem ebenso kargen wie imposanten Raum um, der mit nichts als deckenhohen Bücherregalen ausgestattet war.

Schließlich ließ sich Friedrich Otto mit einem Ächzen in seinen Bürostuhl fallen und kippte die Lehne so weit nach hinten, bis sie fast waagerecht war, damit er mit einem Strohhalm Wasser aus einem Glas trinken konnte, was beinahe eine artistische Qualität hatte. Während seine Besucher auf der anderen Seite des Schreibtischs Platz nahmen, richtete sich der unfreiwillig Gebeugte wieder etwas auf, um sie aus einer Position heraus anzusehen, in der er sich halbwegs auf Augenhöhe befand. Dennoch musste er die Augäpfel bis zum Anschlag nach oben drehen, was ihm ein surreales Aussehen verlieh.

Auch wenn ihr Experte die Herkunft der Gegenstände nicht bestimmen konnte, stufte er sie doch als seltene Kostbarkeiten der Goldschmiedekunst aus dem 16. und 17. Jahrhundert ein. Im Detail identifizierte er einen vergoldeten Löffel aus Silber mit einem Medaillenbildnis von Karl V., ein zweiteiliges barockes Essbesteck, bestehend aus Messer und Gabel mit emaillierter Scheide, sowie einen Kelchlöffel aus Silber, teils vergoldet, was Berlotti einen beeindruckten Seitenblick von Katharina einbrachte. Ihren Gesamtwert schätzte der Gutachter auf den Preis eines Mercedes E-Klasse, worauf Berlotti anerkennend pfiff.

Friedrich Otto schlug vor, die Fotoabzüge einigen Kollegen zu zeigen. Vielleicht könne er schon zeitnah vermelden, woher die Gegenstände stammten. Da der Experte die Hintergründe nicht kannte, sah Berlotti auch keine Gefahr, dass etwas zur Presse durchsickern konnte, weshalb er Ottos Angebot gerne annahm.

Wenig später stand er mit Katharina wieder an der sprichwörtlich frischen Luft. Windböen ließen zerknüllte Zeitungsseiten und leere Plastiktüten, zu Quallen aufgeplustert, in der Dämmerung an ihnen vorbeiwirbeln. Berlotti bedachte seine Kollegin mit einem nach oben gestreckten Daumen. »Klasse Idee war das von dir. Jetzt kennen wir den Wert der Gegenstände und können davon ausgehen, dass es sich um gestohlene Stücke handelt.«

»Vielleicht ein Deal zwischen Hehler und potenziellem Kunden, der schiefgelaufen ist?«

»Tja.« Berlotti kickte in Gedanken versunken gegen einen größeren Kieselstein, der auf die Straße flog und ein Auto nur knapp verfehlte. »Wenn dem so war, wer von beiden wollte dann kaufen und wer verkaufen? Und was könnte so arg aus dem Ruder laufen, dass es am Ende zu einer solchen Hinrichtung kommt?«

✳✳✳

Weit nach Mitternacht saß Berlotti auf seiner Matratze, den Laptop auf dem Schoß. Im Zimmer neben ihm hörte er Carmela leise schnarchen und Alfio seinen beleibten Körper unruhig hin und her wälzen. Kein Wunder, die improvisierten Schlafstätten seiner Eltern erinnerten eher an Sonnenliegen denn an Betten. Und auch sein Nachtlager, eine Matratze auf dem Vorsprung einer schmalen Dachstiege, war zugebenermaßen spartanisch. Morgen kümmere ich mich, dachte Berlotti ein weiteres Mal an diesem Tag und lehnte sich an die kalte Steinwand hinter sich. Um die Versicherung, meine Eltern, eine neue Bleibe und – ganz nebenbei, sofern noch Zeit bleibt, dachte er sarkastisch – um meine Mordermittlung.

Er klickte sich durch die Internetberichte der Lokalzeitungen zum Toten von Neuenfelde, konnte sich aber nicht konzentrieren. Seufzend klappte er den Laptop zu und griff nach seinem Mobiltelefon. Er lächelte, als er die Nachricht von Benicia de la Cruz entdeckte: *Es bleibt bei morgen Abend? Wir freuen uns!* Egal, wie morgen Abend der Stand der Ermittlungen war, um nichts in der Welt würde er das Treffen verpassen wollen.

Er hatte sie vor einigen Monaten kennengelernt, als er ihr in der heißen Phase seines ersten Hamburger Falls mit dem Auto hinten aufgefahren war. Und seitdem jede gemeinsame Minute genossen. Er lächelte noch immer, als er die Campinglaterne löschte und fast sofort in den Schlaf sank.

emons: Tel. 0221-56977-0 · info@emons-verlag.de

Bitte senden Sie mir das aktuelle Verlagsprogramm zu

Ich möchte den Newsletter von emons: **per E-Mail erhalten**

Ich habe Interesse an Krimis aus folgender Region:

f **Besuchen Sie uns auch auf www.facebook.com/EmonsVerlag**

Name

Straße

PLZ/Ort

E-Mail

emons: verlag
Cäcilienstraße 48

50667 Köln

T7Z7/60

Zwei

Jeder hat eine Chance verdient,
bis er es vergeigt oder eben nicht.

Der Boden vibrierte. Er hielt den Atem an, und für den Bruchteil einer Sekunde begriff er nicht, was vor sich ging. Nur ein Traum? Beinahe erwartete er, dass sich im nächsten Moment der Fußboden unter ihm teilte und er als Strafe für Vergehen, die ihm nicht ganz klar waren, das Antlitz der Erde für immer verlassen musste. Was war hier los?

Widerwillig hob er die Augenlider und blickte in Alfios Gesicht. Mit weit aufgerissenen Augen hatte der seinen Sohn an den Schultern gepackt und rüttelte zunehmend heftiger an ihm. Berlotti kam sich vor wie ein Olivenbaum, der mit hoher Frequenz erschüttert werden musste, damit er seine Früchte freigab.

»Na endlik! Wie kanne ma so tief schlafe?«

»Du kannst jetzt aufhören zu schütteln, Papa. Ich bin wach.«

»Deine Mutta isse verschwunde.«

»Wie, verschwunden? Wohin?«

»Wenn icke wüsste, wäre nix verschwunde, oda?«

Für jemanden, der einen anderen Menschen noch immer schüttelte, obwohl der längst wach war, ein erstaunlich schlüssiges Argument, bemerkte Berlotti. Er befreite sich aus dem Griff seines Vaters, stand von seiner Matratze im Treppenhaus auf und ging ins anliegende Zimmer, in dem sich die Betten von Carmela und Alfio befanden.

In dem winzigen Raum war es so dunkel, als wäre noch immer tiefste Nacht. Er tastete sich zu der Stelle, wo er die Fensterläden vermutete, stieß dabei mit dem Schienbein gegen die Bettkante, unterdrückte einen Fluch und bekam schließlich den Griff zwischen die Finger. Dämmerlicht strömte ins Turmzimmer. Er sah durch die winzige Scheibe, die mutmaßlich in eine ehemalige Schießscharte gesetzt worden war, und ließ seinen Blick über den Garten von Schloss Agathenburg schweifen. Dann schaute er sich im Raum um, konnte aber neben den Betten, einem notdürftig zur Seite geschobenen Schreibtisch sowie einigen Regalen an der Wand nichts Auffälliges entdecken.

In der Tür stand sein Vater, dem das lichte Haar zu allen Seiten abstand. Berlotti bedeutete Alfio, die Holztreppe aus dem Obergeschoss voran hinunterzugehen. Schnell durchschritten sie das Erdgeschoss, sahen sich im Trausaal um und in den Räumen, die das Café beherbergten, stürmten vorbei an dem hohen Ofen mit den blauen Kacheln, unter Kristallkronleuchtern hindurch, über knirschende Holzdielen und Fischgrätenparkett durch ein halbes Dutzend Räume, dann durch das Eingangstor aus dem dreigeschossigen Schloss ins Freie, wo sie mit nackten Füßen im morgenbetauten Rasen einsanken.

»Wo ist Mutter?«, fragte er.

»Binnich wack gewordе und atte deine Mutta nick nebe mia gelege. Musste du dock gemerkt abe, wie isse vorbeigelaufe an deine Schlafebette.«

Berlotti überlegte kurz, konnte sich aber an nichts dergleichen erinnern. Seine Mutter hatte eine Gelegenheit verstreichen lassen, ihn aus dem Schlaf zu reißen? Kaum vorstellbar.

»Kannse ja nit verschwunde sei. Isse ja keine Geiste, oda?«, sagte Alfio mehr zu sich selbst.

Anstatt zu antworten, zuckte Berlotti mit den Schultern, was angesichts von Carmelas Eigensinnigkeit ebenso aussagekräftig war wie eine Antwort. Beide trauten ihr so ziemlich alles zu.

Er hakte seinen Vater unter und ging, so schnell es dessen untersetzte Figur und die kurzen Beine zuließen, mit ihm zum Nebengebäude. Die Pforte zum Pferdestall war verriegelt. Entweder hatte Carmela sie hinter sich wieder abgeschlossen, oder sie hielt sich nicht dort auf. Berlotti schloss auf und trat in den Saal. Mit langen Schritten durchquerte er das reetgedeckte Fachwerkgebäude, das die Pächter für Kulturveranstaltungen nutzten. Der Raum mit der niedrigen weiß gestrichenen Decke, den massiven Balken und dem hellen Holzfußboden verströmte eine heimelige Atmosphäre. Er sah auch in den kleineren Räumen nach, der Toilette, der Künstlergarderobe und der Küche. Mit einem Kopfschütteln gab er seinem Vater zu verstehen, dass

Carmela auch hier nicht zu finden war. Aber wohin war sie so früh gegangen? Genau das fragte Alfio nun auch seinen Sohn, während sie das Gebäude wieder verließen, worauf der nur lapidar entgegnete: »Ist deine Ehefrau, du kennst sie länger als ich und mutmaßlich auch besser.«

Alfio antwortete mit einer wegwerfenden Handbewegung, mit der so viele Süditaliener zum Ausdruck brachten, wie gelassen sie sich den Unberechenbarkeiten des Lebens entgegenstellten, zu denen aus ihrer Sicht in erster Linie das Rätsel der Frauen zählte. Doch dann fühlte er sich bemüßigt, noch etwas hinzuzufügen. »Abicke keine Ahnunk, wasse deine Mutta denke oder macke. Abicke nock nie geabte.«

»So kommen wir nicht weiter, Papa.« Alfios Schreck schien der Gewissheit gewichen, dass seine Ehefrau wie eine Katze mindestens sieben Leben hatte. Grundsätzlich war das begrüßenswert, allerdings merkte Berlotti, wie sich sein eigener Puls allmählich beschleunigte. Er sah sich um, konnte aber wenig erkennen. Nicht nur wegen des Halbdunkels. Der Garten war verwinkelt, und von der Anhöhe, auf der das Schloss stand, blickte man vorwiegend auf dichtes Geäst.

Berlotti seufzte, hakte seinen Vater wieder unter und ging mit ihm vorsichtig den steilen Abhang in den großen Garten hinab. Der Winter wehrte sich mit vereinten Kräften gegen sein nahendes Ende, doch die Eschen, Erlen und Birken standen kurz davor, Blüten aus ihren Ästen zu feuern. Der Rasen war unter dem ersten Bodennebel des Jahres kaum auszumachen.

Als sie an der Stelle angelangt waren, an der der große Schlossteich begann, fragte Berlotti: »Kann Mutter eigentlich schwimmen?« Er hatte sie noch nie schwimmen gesehen, und die wenigen Male, die sie in seiner Kindheit gemeinsam an die Ostsee gefahren waren, hatte sie maximal bis zu den Waden im Wasser gestanden.

»Deine Mutta kanne alles, auch wenne sie es eigentlick nickte kanne.«

Berlotti fand, dass Alfio seine Rolle als philosophierendes Orakel an diesem Morgen übertrieb, sagte aber nichts. Er wollte seine Mutter finden, nicht streiten. Er sah Carmela schon im Nachthemd kilometerweit über die Landstraße irren, vor ein Auto laufen oder nur wenige Meter von ihnen entfernt ertrunken im Teich wieder auftauchen. Wer den Kopf verliert, ist zu gar nichts zu gebrauchen, schalt er sich, auch um die Bilder vor seinem geistigen Auge zu verdrängen. Ruhe bewahren, die Situation analysieren und dann kontrolliert vorgehen, ermahnte er sich.

Berlotti überquerte den Teich über die Holzbrücke zur Insel und ging bis zur Bank, die sich um eine einschüchternd gewaltige Trauerweide herumwand. Nichts. Als Nächstes umrundete er den Teich, prüfte, ob er unter der dunklen Wasseroberfläche etwas ausmachen konnte, das wie seine Mutter aussah. Dann stieg er die steile Treppe durch den Baumgarten hindurch nach oben, die ihn über die Terrasse in Hufeisenform zur Frontseite führte und im Rosengarten mündete. Die Buchsbaumhecke, die ihn umschloss, verströmte einen würzigen Duft. Rosen und Lavendel befanden sich noch im Winterschlaf, von seiner Mutter war nirgends etwas zu sehen.

Alfio trottete ihm hinterher. Berlotti fragte sich, ob dessen Fatalismus darin begründet lag, dass Unkraut, wie er seine Ehefrau gerne nannte, nun einmal nicht verging. Oder ob sein Vater allmählich greis und die Belastung durch Carmelas Sperenzchen zu viel für ihn wurde.

Ratlos wanderte sein Blick über den Schlossvorplatz bis zu den jahrhundertealten Eichen an der Straße, als Berlotti stutzte. Was waren das für Geräusche? Klang wie zwei Katzen, die in einen Revierstreit verwickelt waren. Kam das vom Nachbargrundstück?

Vorsichtig umrundeten sie das Schloss, diesmal von Westen, und näherten sich einer schulterhohen Hecke im unteren Teil des Gartens. Die Zischlaute wurden intensiver, immer wieder unterbrochen von gequälten Ausrufen. Er sah hinüber zu Alfio, der einen halben Schritt hinter ihm ging. Seine Augen waren starr nach vorne gerichtet und hatten etwas Wissendes, als sei er sich bereits sicher, was sie erwartete.

Hinter einer Linde, deren Stammumfang fünf, wenn nicht sogar sechs oder sieben Meter betrug, kniete ein zerbrechliches Wesen. Aus dem Morgenmantel ragten die schwarz gefärbten Haare seiner Mutter. Arme, Beine, Hände und Füße lagen unter der Nebeldecke, die sich wie für eine Verschnaufpause auf den Rasen gelegt hatte.

»Confundantur et revereantur quaerentes animam meam, avertantur retrorsum et confundantur cogitantes mihi mala«, stieß Carmela zwischen zusammengebissenen Zähnen hervor und wiederholte es in Endlosschleife, während sie etwas, das Berlotti nicht erkennen konnte, immer wieder mit verbissenem Eifer in den Boden rammte. Gelegentlich hielt sie kurz inne und gab ein bösartiges Lachen von sich, das Berlotti das Blut in den Adern gefrieren ließ. Wie in Trance vollzog seine Mutter ihren Ritus, hatte die Umgebung völlig ausgeblendet und nahm ihre Familie, die keine zwei Schritte hinter ihr stand, nicht im Geringsten wahr. Er sah Alfio an, in dessen Gesicht sich Erschütterung und Sorge widerspiegelten. Kein Wunder, dachte Berlotti. Seine Ehefrau entpuppte sich gerade als zorniges Rumpelstilzchen.

»Mutter?«

»... avertantur retrorsum et confundantur cogitantes mihi mala.« Keine Reaktion.

Berlotti ging zu ihr und legte ihr eine Hand auf die Schulter. Ihre rechte Hand schoss aus dem Nebel, etwas streifte seinen Unterarm. Den Schmerz ignorierend, packte er intuitiv ihr Handgelenk – und verhinderte so im letzten Augenblick, dass sie ihm das scharfe Tranchiermesser in den Bauch stieß.

»Mutter!«

Da sie nicht reagierte, drückte er fester zu, bis sie das Messer fallen ließ. Er schob es mit dem Fuß außer Reichweite, wie er es ansonsten nur bei Festnahmen tat. Jetzt musste er schon seine eigene Mutter in Schach halten, weil die ihn angriff. Ging es noch absurder? Wenn das Leben tatsächlich wie eine Pralinenschachtel war, dann hatte jemand mit verdammt miesem Humor seine Packung für den heutigen Tag bestückt. Er schüttelte seine

Mutter sanft an den Schultern. Ihr vernebelter Blick lichtete sich. Hatte sie eben noch durch ihn hindurchgesehen, schaute sie ihm nun in die Augen.

»Gabriele? Warum erschreckst du mich so?«

Vorwürfe, nachdem sie ihren eigenen Sohn angegriffen hatte. Das sah Carmela ähnlich.

»Du blutest ja!«, sagte sie in einem Tonfall, den er in seiner Kindheit immer dann zu hören bekommen hatte, wenn er nicht mit blütenreinen Klamotten vom Spielen nach Hause kam – was zugegeben der Normalfall gewesen war. Er folgte ihrem Blick und musste feststellen, dass seine Mutter ihm eine handkantenlange Schnittwunde auf der Innenseite seines Unterarms zugefügt hatte. Er zog sich sein T-Shirt über den Kopf, band es sich um den Unterarm und ließ Alfio einen Knoten binden. Nur noch mit Boxershorts bekleidet, zog er seine Mutter auf die Beine und sah, dass ihr Morgenmantel an Ärmeln und Knien völlig durchnässt war.

Was gaben sie in diesem Moment bloß für ein Bild ab: vertrieben aus ihrem Heim im Alten Land, Zuflucht gefunden in einem Schloss, zusammengepfercht im Turmzimmer auf wenigen Quadratmetern. Er selbst fast nackt und blutend, versehentlich verletzt von der eigenen Mutter, die in einem religiösen Wahn lateinische Formeln beschwor und sich dabei im Altländer Morgennebel den Tod zu holen drohte. Der Dritte im Bunde, mit seinem weißen Nachthemd die wenig überzeugende Karikatur eines Schlossgespenstes, sah hilflos zu seiner Ehefrau, unfähig, etwas zu sagen. Solche dysfunktionalen Familien traten sonst nur bei RTL2 in Erscheinung. Hallo Schicksal, vielen Dank für die Erfahrungen an diesem Morgen. Nimm jetzt bitte den Rest und schenke sie jemand anderem. Ich habe genug für heute!

»Was sollte das eben?« Den Arm um ihre Hüfte gelegt, mehr um sicherzugehen, dass sie ihm nicht abhaute, als dass sie seine Unterstützung benötigte, stiegen sie den Hang zum Schloss hinauf.

»Was meinst du?« Unverständnis lag in ihren Augen.

Berlotti zwang sich, geduldig zu bleiben. »Du wolltest mit dem Messer wohl kaum Unkraut jäten!«

Ein schrilles Niesen entfuhr ihr, das die beiden Männer zusammenfahren ließ, dann ein zweites und kurz darauf ein drittes. Umständlich nestelte sie ein Stofftaschentuch aus dem Ärmel ihres Morgenmantels und schnäuzte sich laut und ausführlich.

»Ach das!«

Den Blick weiter fest auf Agathenburg gerichtet, wandte sie unnötig viel Zeit auf, um das feuchte Taschentuch wieder an seinem Platz zu verstauen. Dank Carmelas gewohnt zackigem Gang hatten sie bereits fast den kleinen Vorplatz erreicht.

»Jetzt eine schöne Tasse Tee. Ich bin ganz durchgefroren.«

»Netter Versuch! Den Tee koche ich dir gleich höchstpersönlich, sobald du mir antwortest.« Manchmal durfte man mit seinen Eltern genauso wenig zimperlich sein wie in einer Vernehmung. Es war für einen guten Zweck, beruhigte sich Berlotti. »Was hast du da eben gemacht, Mutter?« Er blieb äußerlich gefasst, sagte den letzten Satz aber mit Nachdruck.

Alfio, der Carmelas Tempo noch nie Paroli bieten konnte, keuchte ein ganzes Stück hinter ihnen den Hügel hoch. Berlotti schloss die Tür zum Schlossturm auf und schob seine Mutter ins Niedersachsenzimmer, das tagsüber das Café beherbergte.

»Was war da unten los? Was hast du da getrieben?« Berlotti hatte seine Mutter auf der historischen Bauernbank unter dem floralen Stillleben platziert und sich neben sie gesetzt. In diesem Augenblick hörte er Alfio ins Schloss tapsen und in der Küche seiner Ehefrau einen Tee bereiten. Wie es schien, war er dankbar, dass sein Sohn sich der Situation annahm. An der Art, wie Carmelas Blick unruhig an der Wand hinter ihm hin und her huschte, erkannte er, dass sie nach einer Möglichkeit suchte, ihrem Sohn keine Rechenschaft ablegen zu müssen. Er nahm ihre Hände in seine, sie waren kälter als die einer Leiche. Ihn schauderte unwillkürlich. »Ich kann dir nur helfen, wenn ich weiß, was los ist.«

Einen Moment schien Carmela noch mit sich zu ringen, dann

erwiderte sie endlich seinen Blick. »Es ist wegen der Angriffe. Sie machen mir das Leben zur Hölle!«

Angriffe? Welche Angriffe?

»Es sind diese dunklen Mächte, mit denen ich mich eingelassen habe. Dieser Mann … er ist der Teufel. Und er quält mich, seitdem ich ihm gesagt habe, dass ich mich nicht länger erpressen lasse und er sich zum Teufel scheren kann.«

Berlotti ersparte sich die Bemerkung, dass man sich schlecht zu sich selbst scheren konnte. Dachte er eben noch, mit Angriffen meinte seine Mutter die Attacken, die ihr in den vergangenen Monaten zunächst zerbrochene Fensterscheiben und eine Schnittwunde, später zwei Molotowcocktails und die weitgehende Zerstörung ihres Zweifamilienhauses im Alten Land eingehandelt hatten, war er sich nun nicht mehr sicher, was sie ihm da gerade erzählte.

»Welcher Mann? Welche Erpressung?«

Carmela rollte die Augen angesichts der Unfähigkeit ihres Sohnes, offensichtliche Zusammenhänge zu erkennen.

»Im Grunde ist es deine Schuld!«

Berlotti kniff die Lippen zusammen, damit ihm kein unbedachter Kommentar entfuhr, den er später bereute. Manche Dinge änderten sich eben nie. Carmela spielte ihre Rolle perfekt, solange er zurückdenken konnte. Sie war die klagende Mutter, Sinnbild der Opferrolle, in deren Schoß sich die Tragödie aller Sizilianer jeden Tag aufs Neue ereignete. Dass nicht wenige von ihnen, vermeintliche Opfer, aus Wut, Ignoranz oder missgeleitetem Gerechtigkeitsempfinden selbst zu Tätern wurden, kam ihr – wie so vielen ihrer Landsleute – nicht in den Sinn. Als Kind hatte er die Schuldgefühle nur schwer aushalten können, stets für all die Leiden seiner Mutter verantwortlich zu sein. Mit zunehmender Erfahrung war es für ihn immerhin nachvollziehbarer geworden, dass das Leben für viele Menschen einfacher zu ertragen war, wenn man die Verantwortung für sein eigenes Dasein grundsätzlich abgab, es als Schicksal bezeichnete, wenn etwas misslang, oder das *malocchio*, der böse Blick, und damit die Missgunst anderer Menschen am eigenen Unglück die

Schuld trug. Manche Leute hatten entschieden, fremdbestimmt durchs Leben zu gehen. Er, Berlotti, hatte sich schon früh für das Gegenteil entschlossen und sofort nach dem Abitur das Weite gesucht und im fünfhundert Kilometer entfernten Frankfurt seine Polizeiausbildung begonnen.

»Ich bin schuld, dass du im Morgenmantel durch den Nebel robbst, lateinische Verse aufsagst und mit einem Messer den Rasen umpflügst?« Er konnte nicht verhindern, dass in ihm Wut aufstieg. »Das musst du mir erklären.«

Alfio stellte eine Tasse Tee auf den Tisch und zog sich sofort wieder in die Küche zurück, wo er lautstark mit Geschirr klapperte. In seinem weißen Nachthemd wirkte er auf Berlotti wie aus der Zeit gefallen. Ob er dankbar war, dass er sich jetzt öfter zurückziehen konnte, weil sein Sohn seit dessen Rückkehr einen Teil von Carmelas Verrücktheiten auffing? Carmela griff nach der Tasse, trank aber nicht, sondern umschloss sie mit beiden Händen.

»Ich habe dir immer gesagt, dass ich dich glücklich machen werde, wenn du dein Schicksal nicht selbst in die Hand nimmst.«

»Mutter, ich bin –«

»Unterbrich mich nicht und hör mir zu!« Sie hatte die Stimme erhoben, fuhr dann aber wieder in ruhigerem Tonfall fort. »Ich weiß nicht, was du all die Jahre in Frankfurt veranstaltet hast, aber gut kann es nicht gewesen sein.«

Wieder wollte Berlotti widersprechen, beschloss aber, dass er sich die Energie ebenso gut sparen konnte.

»Deine Ehe war eine Katastrophe. Aber du wolltest nicht auf mich hören. Wer heiratet denn, nur um sich sofort wieder scheiden zu lassen?« Jetzt fiel Carmela in den larmoyanten Tonfall, den sie über die Jahre perfektioniert hatte. »Also musste ich doch etwas unternehmen. Nunzia kennst du vielleicht noch. Sie hat mir eine Empfehlung gegeben für einen Mann, der Menschen reparieren kann. Und bei dem war ich dann auch.«

»Reparieren? Ein … Arzt?« Berlotti war sich nicht sicher, ob er eine wichtige Information versäumt hatte, die die Aktion seiner Mutter an diesem Morgen aufklärte.

»Arzt? Wie soll ein Arzt dir helfen können?« Carmela sah ihn verständnislos an. In ihren Augen war ihr Sohn ein hoffnungsloser Fall und allenfalls bedingt in der Lage, sein Leben zu bewältigen. Dass er seit mehr als zwanzig Jahren auf eigenen Füßen stand und eine erfolgreiche Polizeikarriere hingelegt hatte, schien für sie nicht zu zählen. »Ein Magier!« Die letzte Bemerkung hatte sie ausgesprochen wie ein Zauberer, der einen Hasen aus einem Zylinder zog und nun den Applaus des Publikums entgegennehmen wollte.

Berlottis Unterarm pochte immer stärker, aber er ignorierte den Schmerz ebenso wie das dringende Bedürfnis, die Wunde endlich ordentlich zu verbinden. Selbst wenn er bis übermorgen nur in Boxershorts bekleidet in der Morgenkälte ausharren musste, um die ganze Geschichte zu erfahren. Sein Vater schlich sich an ihnen vorbei. Vermutlich kannte er die Geschichte schon und wollte sich aus der Gefahrenzone bringen, bevor seine Ehefrau die Bombe platzen ließ.

Da Berlotti keine Reaktion zeigte, fuhr Carmela etwas enttäuscht fort: »Der Mann sollte deinem Schicksal auf die Sprünge helfen und dir eine annehmbare italienische Ehefrau zuführen.«

Sein Ermittler-Ich hatte nach kurzem Machtkampf die Oberhand über das empörte Sohn-Ich gewonnen, was der einzige Grund war, weshalb er seiner Mutter nicht die Meinung geigte. »Ich verstehe. Und wie hat diese magische Schicksals-OP ausgesehen?«

»Erinnerst du dich noch an deine Verabredung zum Abendessen mit Faustina?«

Mit Grausen dachte er an jenen Abend im letzten Herbst zurück. Er hatte den Alleinunterhalter gegeben und sich tödlich gelangweilt, während die fügsame Wunschschwiegertochter ihn aus großen Augen angehimmelt und nichts zum Gespräch beigetragen hatte. Selbstgespräche konnte er auch alleine führen, dafür brauchte er keine Gesellschaft.

»Sie hatte ein Elixier dabei, dass mir der Mann gegeben hatte. Als du auf Toilette warst, hat sie es dir ins Getränk gemischt.«

»Sie hat mir etwas ins Getränk geschüttet?« Selbst sein Ermittler-Ich, das schon unzählige Ungeheuerlichkeiten zu hören bekommen hatte, war fassungslos. Er versuchte, sich jenen Abend in Erinnerung zu rufen, konnte sich aber nicht daran erinnern, sich irgendwie verändert gefühlt zu haben.

»Reg dich nicht auf. Das Zeug sollte dich in sie verliebt machen. Aber hat ja nicht geholfen, sonst würden wir heute nicht hier sitzen.«

»Ich kann nicht glauben, dass du mir etwas in mein Getränk hast mischen lassen, von dem du nicht weißt, was es war! Bist du von allen guten Geistern verlassen?«

Sie wischte seine Entrüstung mit einer einzigen Handbewegung fort. »Ist doch jetzt egal! Jedenfalls wollte er immer weiter Geld von mir, damit er seine Arbeit fortsetzt. Aber ich habe ihm gesagt, dass er ein Stümper ist und ich ihm nicht länger Geld hinterherwerfe.«

»Du hast ihn dafür bezahlt?«

Sie ignorierte seine wachsende Empörung. »Seit ich mich weigere, hat er seinen dunklen Zauber auf mich gelenkt. Manchmal habe ich abartige Kopfschmerzen, teilweise kann ich mich nicht erinnern, warum ich auf einmal im Bett liege, obwohl ich gerade noch im Badezimmer war, und dann bin ich plötzlich wie gelähmt, kann mich kaum bewegen. Der Mann ist böse. Mit schwarzer Magie will er mich kleinkriegen und zwingen, ihm mehr Geld zu geben.«

Für einen Moment war Berlotti sprachlos. Schwarze Magie? Wer glaubte denn noch an schwarze Magie? Doch ehe er darauf reagieren konnte, redete seine Mutter schon weiter.

»Seitdem verschwindet auch immer wieder Geld. Eben war es noch im Portemonnaie, plötzlich ist es weg. Auch deinem Vater sind in den letzten Tagen häufiger Scheine aus der Hosentasche verloren gegangen.«

Berlotti hätte seinen Vater gerne gefragt, was es damit auf sich hatte. Allerdings war der bereits wieder aus dem Raum verschwunden. Zufall? Oder brachte sich Alfio aus der Schusslinie?

»Und was hat das jetzt alles mit deinem Auftritt als Rumpelstilzchen heute Morgen zu tun?«

»Rumpelstilzchen? Pass auf, was du sagst, mein Sohn. Noch bin ich deine Mutter!«

Dann solltest du dich auch entsprechend verhalten, dachte Berlotti. Der Tee schien Carmela auf Betriebstemperatur gebracht zu haben. Ihre faltigen Wangen hatten Farbe angenommen.

»Don Claudio von der italienischen Gemeinde hat mir die Nummer eines Exorzisten im Vatikan vermittelt. Von dem habe ich genaue Anweisungen bekommen, was zu tun ist, um die böse Macht aus meinem Leben fernzuhalten.«

»Der Priester der italienischen Gemeinde in Hamburg hat dir einen Exorzisten vermittelt?« Wäre Berlotti nicht der Sohn seiner Mutter, hätte er spätestens jetzt den Raum nach einer versteckten Fernsehkamera abgesucht. Kein Wunder, dass er sich in den vergangenen zwei Jahrzehnten nach Normalität gesehnt und versucht hatte, ein gewöhnliches Leben zu führen. Wenn man achtzehn Jahre in einer endlosen Seifenoper verbracht hatte, war einem der Wunsch nach gepflegter Langeweile in Fleisch und Blut übergegangen. »Und eben hast du … den Teufel aus dem Rasen vertrieben?«

»Jetzt wirst du aber albern. Der Teufel versteckt sich doch nicht im Rasen!« Für eine Frau, die eben noch auf Knien durch den Garten gekrochen war, gab sich seine Mutter nun erstaunlich analytisch. »Er hat mir Gebete zur Abwehr des Bösen genannt. Ich soll sie sechsundsechzig Mal wiederholen und dabei Kreuze in den Boden zeichnen. Um ganz sicherzugehen, habe ich ein Messer statt Kreide genommen.«

Außerdem hätte Herr Schönbeck, der Verwalter des Renaissanceschlosses, vermutlich etwas gegen Zeichen auf dem Vorplatz einzuwenden gehabt, fügte Berlotti in Gedanken hinzu. Das Schloss war nicht nur Museum und Café, sondern auch Veranstaltungsort für Konzerte, Lesungen, Seminare, Kindergeburtstage und Hochzeiten, weshalb tagsüber und abends zahlreiche Besucher auf das Gelände kamen. Berlotti stellte sich vor, wie sie geheime Symbole aus Kreide auf dem Boden begutachteten und rätselten, ob sie Bestandteil einer Kunstinstallation waren oder folkloristische Mittelalterzeichen zur Bespaßung der Gäste.

»Wie heißt dieser Mann, und wo wohnt er?«

***

Beinahe trotzig hatte Berlotti das Verdeck seines Cinquecento heruntergeklappt. Wenn er es nicht besser wüsste, würde er befürchten, dass angesichts des feuchtkalten Wetters jeden Moment »Last Christmas« im Autoradio laufen könnte.

Der Morgen hatte sein sonst so strukturiertes Leben gehörig durcheinandergewirbelt. Wortfetzen, Phrasen und Fragen schossen ihm durch den Kopf: die Panik seines Vaters, das Verschwinden seiner Mutter, ihre Messerattacke, der vermeintliche Magier, Faustinas Liebestrank. Er zweifelte keine Sekunde daran, dass es sich bei dem Magier um ausgemachten Blödsinn handelte. Eine weitere fixe Idee seiner Mutter. Magie gab es nicht, von den Taschenspielertricks der üblichen Varieté-Zauberer einmal abgesehen. Andererseits war ihm die Magiegläubigkeit seiner süditalienischen Landsleute durchaus bewusst. Wie konnte seine Mutter nur …? Damit sich der Frust über die vergangenen Stunden nicht in seine Knochen und Gelenke fraß und dort einnistete, schaltete er das Radio an, um sich abzulenken.

»… haben sowohl der amtierende Erste Bürgermeister Roland van der Heide als auch sein Kontrahent Bernd Krause von der Demokratischen Nationalpartei heute Morgen den Parteivorsitz abgegeben. Beide waren wenige Tage vor der Bürgerschaftswahl in den Fokus von Ermittlungen der Kriminalpolizei geraten. Van der Heide wird zur Last gelegt, Ehefrau und Tochter im Rathaus beschäftigt und nicht ordnungsgemäß abgerechnet zu haben. Krause wiederum soll mit dem Journalisten einer Hamburger Tageszeitung kooperiert und eine tendenziöse Berichterstattung erwirkt haben. Die Bürgerschaftswahl war daraufhin verschoben worden und soll nun im Juni stattfinden.«

Verdammtes Populistenpack! In seinem ersten Fall als Hauptkommissar bei der Hamburger Kripo hatten die Rechtspopulisten eine Kampagne gegen ihn gestartet. Er hatte gehofft, mit der Auflösung des Falls auch die DNP zu Fall zu bringen. Tatsächlich hatte die Partei Stimmen verloren, die regierende Partei des Ersten Bürgermeisters allerdings noch mehr, weshalb der Ausgang der Wahl zum jetzigen Zeitpunkt völlig offen war.

Er wechselte den Sender und besann sich darauf, Hammerschmidts »Verleih uns Frieden« zu genießen. Er war noch nie in Mümmelmannsberg gewesen, Hamburgs größter Wohnsiedlung. Warum auch? Der Stadtteil war verrufen, die Siedlung mit ihrer uninspirierten Architektur und mit kaum mehr als einem Haufen Betonbauten lockte einen auch nicht gerade zu einem Sonntagsspaziergang. Obwohl es einerseits in der Stadt an bezahlbarem Wohnraum mangelte, waren die Wohnungen in diesem Viertel günstig und schlecht vermittelbar. Das sagte eigentlich schon alles, dachte Berlotti und passierte eine Gesamtschule im Warum-auch-immer-man-diese-Farbe-gewählt-hat-Orange.

Während er nach der richtigen Adresse suchte, stellte er mit einem leisen Lächeln fest, dass die Straßen fast durchweg Namen berühmter Künstler trugen: Edvard Munch, Max Pechstein, Kandinsky, August Macke, Paul Klee, Mondrian. Wenn schon die Gegend wenig Glanz verströmte, dann doch wenigstens so tun als ob und darauf hoffen, dass etwas Glamour vom Straßenschild auf die Umgebung abfärbte. Eine Baugrube direkt an der U-Bahn-Station zeugte – immerhin – von einem langsamen Umbruch. Man hatte diesen vernachlässigten Stadtteil offenbar noch nicht vollends aufgegeben.

Wie um ihn vom Gegenteil zu überzeugen, passierte er in diesem Moment den örtlichen Fußballverein. Auf dem Rasenplatz, wo eigentlich Fußball gespielt werden sollte, reihten sich Maulwurfshügel aneinander, die den Platz unbespielbar machten. Stattdessen wärmte sich gerade ein Haufen Schulkinder nebenan auf einem alten Kunstrasenplatz auf, der staubig und hart wie Beton aussah.

Beim Anblick der Kinder fiel ihm wieder ein, wann ihm Mümmelmannsberg zum ersten und bislang einzigen Mal untergekommen war: vor Jahren in einer ZDF-Fernsehproduktion, in der dieser Stadtteil als Zentrum von Gewalt und Banden-kriminalität porträtiert wurde. Der Bericht hatte für viel Auf-sehen gesorgt, weil sich herausstellte, dass Jugendliche aus dem Viertel von den TV-Redakteuren bezahlt worden waren, um sich miteinander zu prügeln. Mümmelmannsberg, das seit jeher gegen Klischees von Kriminalität und sozialer Verwahrlosung kämpfte, war durch den Bericht noch stärker in Verruf gebracht worden.

Kopfschüttelnd hielt Berlotti vor einem zweistöckigen Ein-familienhaus, dessen Rollläden allesamt geschlossen waren. Aus dem niedrigen Jägerzaun, der das kleine Gebäude von der Straße allenfalls halbherzig abgrenzte, waren einzelne Holzstreben her-ausgebrochen. Wie die noble Behausung eines Gurus, der sei-nen Opfern die Geldscheine in Bündeln aus den Hosentaschen zauberte, sah das nun nicht gerade aus, dachte Berlotti. Oder die Geschäfte liefen so schlecht, dass der angeblich schwarze Magier bei Carmela alle Zurückhaltung über Bord warf. Aus Geldmangel. Oder aus purer Verzweiflung.

Auf den schrillen Ton der Türklingel geschah: nichts. Er wartete einen Augenblick und drückte die markerschütternde Klingel ein weiteres Mal. Falls jemand geschlafen haben sollte, war damit nun jedenfalls Schluss. Wieder regte sich nichts. Ent-weder war tatsächlich niemand zu Hause, oder man legte keinen Wert auf unangemeldeten Besuch. Er schaute sich um. Neben der Eingangstür schmollte ein Rosenstrauch, dem schon länger keine Beachtung geschenkt worden war. So leicht ließ er sich aber nicht abwimmeln. Er würde wiederkommen.

Auf dem Weg zum Wagen ertönte ein Tusch. Berlotti fuhr zusammen und sah sich um. Ein Scherz der Hausbewohner? Die Stimme eines Jungen rief aus größerer Entfernung. »Herzlich Willkommeeeen, mitten im Leeebeeeen, mitten in Mümmel-mannsberg«, tönte es aus einem Lautsprecher. Nun folgte der Ruf eines Muezzins, dem sich ein Gospelchor anschloss, der im Prinzip dasselbe sang wie der kleine Junge, nur noch lauter.

Sein Handy vibrierte in der Sakkoinnentasche, das Display

zeigte eine ihm unbekannte Hamburger Nummer an. Am anderen Ende der Leitung war es einige Sekunden still.

»Hallo?« Berlotti hielt sich das freie Ohr zu, weil er annahm, er hätte vor lauter Stimmengewirr um ihn herum etwas nicht mitbekommen. »Haaallooo?«

»Ach, Sie sind in Mümmelmannsberg!«, drang schließlich eine Stimme aus dem Hörer.

Nun war es Berlotti, der verstummte.

»Friedrich Otto vom Museum für Kunst und Gewerbe. Wir hatten gestern das Vergnügen.«

»Natürlich!« Berlotti sah sich um, ob der gebeugte Museumsmann gerade hinter ihm stand und sich einen Spaß erlaubte. »Woher wissen Sie, wo ich bin?«

»Na, die Mümmel-Hymne erkennt doch jeder, der sich ein wenig für die Hamburger Multikulti-Szene interessiert«, entgegnete Otto lachend.

»Die Mümmel-Hymne?« Berlotti hatte davon noch nie gehört.

»Nur ein Scherz, kennt kaum jemand außerhalb von Mümmelmannsberg«, sagte Otto und schob nach einer kurzen Pause noch ein »Leider!« nach. »Ist nämlich eine schöne Idee, jedes Neugeborene in der Siedlung musikalisch willkommen zu heißen. Die Bewohner im Quartier haben ein Lied in verschiedenen Sprachen aufgenommen, das etwa alle zwei Tage über Lautsprecher ertönt. Bei jeder Geburt eben.«

Wie um seine Worte zu unterstreichen, sang ein Mädchen mit zarter Stimme gerade »*Salam aleikum*, kleines Baby, in Mümmelmannsberg« und anschließend ein steinalter Mann mit brüchiger Stimme »*Benvenuto, piccolo bambino, a Mummelsmanneberge*«, was Berlotti tatsächlich anrührte. Vielleicht sollte er seine Vorbehalte gegenüber diesem Stadtteil wirklich einmal überdenken. So wie Menschen eine zweite Chance verdient hatten, galt das ebenso für verrufene Stadtteile, die man zudem kaum kannte.

»Wie dem auch sei«, nahm Friedrich Otto den Gesprächsfaden wieder auf. »Meine Rundmail an die Kollegen hat einen schnellen Treffer ergeben.«

Berlottis Herz galoppierte so heftig los, dass er überzeugt war, man könnte es durch sein blaues Hemd schlagen sehen.

»Sind Sie noch dran?«, erkundigte sich Otto unsicher.

»Schießen Sie los!«

Otto lachte, vermutlich wegen der Wortwahl des Hauptkommissars, ließ sich aber nicht zweimal bitten.

»Kollegen aus Leipzig sind der Ansicht, dass es sich bei den Gegenständen, über deren Hintergründe Sie mich ja vorerst im Dunkeln lassen möchten, um jahrzehntelang verschollenes Diebesgut aus einem Einbruch im Grassimuseum vor achtundvierzig Jahren handeln könnte. Sicher können sie das aber erst beurteilen, wenn sie die Möglichkeit bekommen, die originalen Exponate mit Fotos aus ihrem Archiv zu vergleichen.« Nach einer kurzen Pause fügte er hinzu: »Und falls sich die Vermutung bewahrheiten sollte, wäre man dort natürlich dankbar, wenn sie die wertvollen Gegenstände zeitnah zurückbekämen.«

Diebesgut also, dachte Berlotti und freute sich, dass seine Theorie möglicherweise richtig gewesen war.

»Vor achtundvierzig Jahren?«, hakte er nach. »Da war Leipzig doch tiefste DDR. Erstaunlich, dass es zu so etwas Unerwünschtem wie einem Einbruch noch Akten gibt!«

»Im Archiv des Museums ist der Einbruch dokumentiert. Alle Gegenstände wurden vor dem Diebstahl fotografiert, fotokopiert und archiviert.«

»Mit wem haben Sie denn gesprochen?«

»Der Museumsdirektor Dr. Thomas Stieler ist ein alter Bekannter, wir kennen uns von verschiedenen Vorträgen. Wenn Ihnen jemand vor Ort helfen kann, dann er.«

Berlotti ließ sich dessen Telefonnummer geben. Dann kontaktierte er Katharina und bat sie zu einer Sitzung aufs Revier.

⁎

»Das gibt's doch nicht!«, schimpfte Berlotti leise, als auch die x-te Suche bei Google keinen Treffer ergab. Es musste doch etwas über diesen Diebstahl zu finden sein! Wobei: Das Internet war seinerzeit noch nicht erfunden. Und freie Presse bekanntlich in diesem Teil von Deutschland auch noch nicht. Aber inzwischen musste die Angelegenheit doch aufbereitet und wenigstens die gröbsten Fakten mal zusammengetragen worden sein. Allerdings führte auch die Kombination »Grassi Museum Einbruch DDR« nicht zum gewünschten Ergebnis.

Ein Blick auf seine Armbanduhr verriet ihm, dass er noch zehn Minuten Zeit hatte bis zur Besprechung. Er wählte die Nummer des Leipziger Museumsdirektors, die ihm sein Hamburger Kontakt gegeben hatte, allerdings ohne Erfolg. Stattdessen suchte er im Netz die Nummer der Abteilung für Öffentlichkeitsarbeit. Einen Versuch war es wert.

»Morschn!«

Berlotti schilderte sein Anliegen. Erfreulicherweise hatte der Mann seine Hausaufgaben gemacht.

»Ja, das schtümmd! Das muss so vierunsibbzsch gewesen sein. So'n Runks hat sich hier einschließen lassn, un dann hat er fimf von den Vitrin eingeschloochn –«

»Ein was?«, unterbrach Berlotti, in Sorge, wichtige Details zu verpassen.

»Entschulldschense.« Sein Gesprächspartner schien sich zu besinnen, dass er es mit einem Ortsfremden zu tun hatte. »Ä Grobian … än … Kärl hat aus den Vitrinen Zeuch vom Ratsschatz stibitzt und wertvolle Kunstgegenstände aus purem Gold. Das müssen so um die fuffzsch Sachn gewesen sein, einfach fuddsch.«

»Sind alle Gegenstände bis heute verschwunden geblieben?«

»Äja!«

Während Berlotti noch zu enträtseln versuchte, ob das ja oder nein heißen sollte, klärte der Mann ihn dankenswerterweise auf. Immerhin bemühte er sich zumindest um Hochdeutsch.

»Das meiste hammse wiedergefunden, als sie den Dämel gefangen hamm. Könnse bei uns im Museum besichtschn.«

»Der Einbrecher wurde gefasst?«

»Saachisch dor. Der Luhmich konnte zwar ausbüxen, aber dann hammse ihn doch hopsgenommen, als er sich gerade beim Friseur blondieren lassen wollte.«

Sein Gesprächspartner lachte schallend, als er die Episode erzählte.

»Der … wer? Luhmich?«

Aus dem Hörer war erneut ein Kichern zu hören. »Entschulldschense. Der Gauner.«

»Sie wissen nicht zufällig, was aus dem Täter von damals geworden ist?«

Am anderen Ende der Leitung wurde laut in den Hörer geschnaubt. »Eingebuchtet hammse den, saachisch dor. Aber danach? Nee, geen blassn Schimmer!« Der Mann stutzte, und gerade als Berlotti einhaken wollte, stellte er die Frage, die Berlotti schon eher erwartet hatte: »Warum interessiert sich eigentlich die Hamburger Kriminalpolizei für den oll'n DDR-Krämpel?«

Offenbar hatte der Museumsdirektor seine Mitarbeiter noch nicht über den mutmaßlichen Fund informiert.

»Möglicherweise haben wir eine Spur zu den verschollenen Gegenständen«, blieb Berlotti bewusst vage und unternahm einen erneuten Versuch, Licht in diese Episode zu bringen: »Sie sagten, das meiste sei wiederaufgetaucht, welche der Gegenstände sind denn bis heute verschollen?«

»Puuuh, da fraachnse mich jetzt was! Da müsst ich mich mal eben im Arschief schlaumachen. Wenn Se ä Sekündschn warten könn'n …«

***

Was macht Brehm denn hier?, wunderte sich Berlotti, als er in den Besprechungsraum trat. Den Termin hatte er anberaumt, um Katharina auf den aktuellen Stand zu bringen, und er konnte sich keinen Grund vorstellen, warum sie den Leiter der Spurensicherung eingeladen haben sollte, ohne sich zuvor mit ihm zu besprechen. Bei ihnen saß Schwan von der Gerichtsmedizin.

Wieder einmal fiel ihm auf, wie sehr die uralten Möbel in diesem piekfeinen Gebäude fehl am Platz waren. Als festgestellt worden war, dass Atemnot und Reizhusten vieler Kollegen im ursprünglichen Hamburger Polizeipräsidium in Alsterdorf auf

Asbest zurückzuführen waren, waren die Furnierschreibtische und Pressspanschränke kurzerhand in eines der renommiertesten Gebäude der Stadt verfrachtet worden – einfach weil mehrere Stockwerke schon länger leer gestanden hatten. Seitdem residierten sie vorübergehend zwischen Musikhalle, Binnenalster und Planten un Blomen, Hamburgs grünem Herzen. Der Ausblick über Stadt und Außenalster ließ ihn immer wieder mitten im Satz verstummen, schlicht weil es so schön war. Das galt leider nicht für den Blick auf Brehm. Berlotti ließ sich auf einem der wackeligen Metallstühle nieder, bei denen man immer die Sorge haben musste, dass die grauen Plastiklehnen ihren Dienst quittierten. Wobei: Dem einen oder anderen Anwesenden würde ein Schlag auf den Hinterkopf vermutlich nicht schaden, dachte Berlotti. Prompt meldete sich der Bedachte zu Wort.

»Wo steckt eigentlich unser Computergenie?«

»Italien, bei seiner Freundin«, antwortete Katharina.

»Der alte Schwerenöter«, sagte Brehm mit einem anzüglichen Grinsen.

»Wer kann, der kann«, entgegnete Katharina freundlich. Berlotti rang Katharinas Professionalität Respekt ab. Höflich gegenüber Querulanten und Kotzbrocken zu sein war eine Eigenschaft, die ihm leider abging. Schade eigentlich, dachte er.

»Kommt aber morgen wieder«, ergänzte sie an Berlotti gewandt.

»Mein Vater erwartet ihn schon sehnsüchtig«, entgegnete Berlotti ihr mit einem gespielten Augenrollen. Im Gegensatz zu Brehm wusste Katharina, dass Berlotti sich auf die Situation vor rund einem halben Jahr bezog, als buchstäblich die Hütte brannte – nämlich seine eigene. Mutter Carmela hatte mit Rauchvergiftung im Koma gelegen und Berlotti seinen Vater vor einem wütenden Mob in Sicherheit bringen müssen. Der italophile IT-Experte Peter Thies hatte Alfio daraufhin Asyl in seiner Wohnung gewährt. Mit der Folge, dass Alfio aufgeblüht war, wie Berlotti ihn schon seit einer Ewigkeit nicht mehr erlebt hatte.

»Tja, seine Familie kann man sich leider nicht aussuchen«, sagte Brehm vielsagend. »Ebenso wenig wie seine Kollegen.

Aber wenn mich die Chefin persönlich zur Sitzung zitiert, kann ich schlecht ablehnen.«

Hatte Berlotti die zahllosen Sprüche und Intrigen bezüglich seiner nicht deutschen Herkunft und seiner beruflichen Erfolge früher, in Frankfurt, gut weggesteckt, merkte er, dass sie ihm zunehmend etwas ausmachten. Zumal er nicht wusste, was er Menschen wie Brehm getan hatte, dass sie ihn derart ablehnten. Wurde er plötzlich zartbesaitet? Oder einfach nur alt?

Während Berlotti noch überlegte, ob er etwas entgegnen oder den Mann ignorieren sollte und warum die Polizeipräsidentin eigenmächtig Mitarbeiter in seine Sitzung einlud, ging die Tür auf, und Elvira Beil trat ein. Das Licht der Neonröhren an der Zimmerdecke vertiefte die Falten dieser hageren Frau mit dem schlohweißen Haar. Die Polizeipräsidentin, die ihn gegen einige Widerstände erst zum Hauptkommissar ernannt und dann, als der politische Druck zu groß wurde, vorübergehend beurlaubt hatte, nur um ihn zu bitten, inoffiziell weiterzuermitteln, nahm sich einen Stuhl und setzte sich grußlos in zweiter Reihe ans Fenster, als würde sie gar nicht erst den Eindruck erwecken wollen, sich für die Ermittlung zu interessieren, und sei nur zufällig vorbeigekommen.

Berlotti versuchte, sich die Irritation durch das unverhoffte – und unübliche – Erscheinen der Polizeipräsidentin nicht anmerken zu lassen. Nacheinander trugen erst Schwan, dann Brehm die Abschlussergebnisse ihrer Untersuchungen vor.

»Außer einem Schuhabdruck mit glatter Sohle in Größe einundvierzig und einigen Zigarettenstummeln, die nicht vom Opfer stammen, gibt es am Tatort keine relevanten Spuren. Auch keine, die auf die Identität des Täters schließen lassen«, beendete Brehm seinen kurzen Vortrag.

»Handelt es sich beim Abdruck um Männer- oder Frauenschuhe?«, hakte Berlotti nach.

»Gute Frage!« Brehm nickte anerkennend.

Gute Frage? Wollte Brehm ihn verarschen? In Anwesenheit der Chefin?

Brehm, dem Berlottis hochgezogene Augenbraue nicht entgangen war, legte nach: »Nein, wirklich, gute Frage. Grundsätzlich ist beides denkbar, aber es wird an Ihnen liegen, das herauszufinden.« Brehm schenkte Berlotti sein schönstes Lächeln, und der ahnte plötzlich, dass Elvira Beil möglicherweise gar nicht seinetwegen an der Sitzung teilnahm, sondern um Brehm auf die Finger zu schauen.

Dann berichtete Berlotti von dem Einbruch und dem Telefonat mit dem Grassimuseums-Mitarbeiter. Ein halbes Dutzend Exponate fehlten bis heute.

»Ich bin kein Kunsthistoriker«, schloss Berlotti, »aber die Beschreibung der fehlenden Kostbarkeiten, die mir der Museumsmitarbeiter aus der Inventarliste vorgelesen hat, klang schon sehr nach unseren Mordwaffen.« Er blätterte einige Seiten in seinem Notizbuch vor, dann wieder zurück, ehe er gefunden hatte, was er suchte. »Ein silberner Löffel, zwanzig Zentimeter lang, vergoldet, mit dem Medaillenbildnis von Karl V. Barockes Essbesteck mit emaillierter Scheide und ein silberner Kelchlöffel, der so um 1600 hergestellt wurde.«

Katharina pfiff anerkennend. »Scheint echt so, als hätten wir das Mordwerkzeug identifiziert!«

»Was wir also schnell klären sollten: Hat unsere Leiche etwas mit dem Einbruch zu tun?« Berlotti sah kurz Brehm an, wandte sich dann Katharina zu. »Dafür müssen wir die Identität des Toten klären. Möglicherweise ergibt sich eine Übereinstimmung mit dem Mann, der vor achtundvierzig Jahren ins Museum eingebrochen ist. Und selbst wenn nicht, könnte er trotzdem mit dieser Person in Verbindung gestanden haben. Deshalb sollten wir Kontakt mit der Kripo Leipzig aufnehmen.«

»Das übernehme ich für Sie«, schaltete sich Polizeipräsidentin Elvira Beil ein.

Berlotti, der sich fragte, ob ihm seine Vorgesetzte eine solche Kontaktaufnahme etwa nicht zutraute, nickte ihr kurz zu und erklärte die Besprechung für beendet.

»Frau Beil?«

Sie blieb stehen und blickte ihren Hauptkommissar abwartend an. Als er nicht sofort weitersprach, sondern wartete, dass die Kollegen den kleinen Besprechungsraum verließen, nicht ohne sich einen vielsagenden Seitenblick von Brehm einzufangen, hob die Polizeipräsidentin eine Augenbraue. »Zu zweit schaffen wir das nicht, dafür sind es zu viele Spuren, die verfolgt werden müssen«, eröffnete Berlotti.

Elvira Beil unterbrach ihn. »Kollege Thies ist doch morgen zurück, dann sind Sie zu dritt.«

Berlotti ließ sich nicht beirren. »Ich hätte gerne Sebastian Weller in meinem Team.«

»Wen? Wer ist das?« Man sah in ihrem Gesicht, wie sie in ihrem Hinterstübchen kramte, denn der Name schien ihr etwas zu sagen. Berlotti half ihr auf die Sprünge.

»Weller arbeitet für das Kommissariat elf in Hamburg-Mitte. Er war im Journalistenfall sehr hilfreich. Und auch den aktuellen haben wir ihm zu verdanken, wie auch immer er das geschafft hat. Ein gutes Gespür kann man ihm nicht absprechen, und das ist nicht das Schlechteste, was man über einen Ermittler sagen kann.«

»Polizisten.«

Berlotti sah sie fragend an.

»Weller ist kein Ermittler, er ist Streifenpolizist.« Sie musterte ihn mit undurchdringlicher Miene. »Die Kollegen hier auf dem Revier sind Ihnen wohl nicht gut genug?«

Berlotti hatte eine solche Bemerkung erwartet. »Erstens sind viele Kollegen eh schon überlastet, und die Grippewelle hat ihr Übriges dazu beigetragen, dass die Personallage so angespannt ist wie lange nicht. Außerdem war es schon das zweite Mal, dass Weller richtig reagiert hat.« Er legte eine kurze Pause ein, damit der dritte und letzte Punkt seine Wirkung nicht verfehlte. »Und drittens habe ich so meine Erfahrungen mit Kollegen auf dem Revier gemacht«, entgegnete er vieldeutig. Er wusste, dass seine Vorgesetzte den Wink verstehen würde, schließlich hatte sie ihm bei seiner ersten Ermittlung unabsichtlich ein faules Ei ins Nest gelegt.

»Die Kollegen von der Streife werden sich freuen, wenn wir Mitarbeiter einfach abziehen. Die Grippewelle hat schließlich auch vor den Polizeidienststellen nicht haltgemacht ...« Sie legte die hohe Stirn in Falten und ließ diverse Sekunden verstreichen. »Na schön. Aber bilden Sie sich nicht ein, mit Ihren unkonventionellen Methoden immer durchzukommen. Schließlich haben wir nach wie vor jede Woche eine illustre Gruppe vor dem Gebäude stehen, die gegen Ihre vermeintlichen Mafia-Ermittlungsmethoden demonstriert. Nicht nur Ihr Ruf hat durch den Journalistenfall gelitten, auch ich stehe unter Beobachtung.«

Elvira Beil wusste ebenso gut wie er selbst, dass er bei der vergangenen Ermittlung ohne eigenes Verschulden ins Visier einer populistischen Newsseite geraten war. Deshalb nickte er bloß, bedankte sich und ballte in Gedanken triumphierend die Hand zur Faust.

Berlotti trat auf den Flur, wo Katharina sich mit dem Gerichtsmediziner über die »Tatort«-Folge vom vergangenen Sonntag austauschte.

»Könnten Sie die Leiche so präparieren und fotografieren, dass nicht jedem sofort speiübel wird, wenn wir das Foto herumzeigen?«

»Ich bin kein Präparator. Und die Augäpfel wurden durch die geschlossenen Augenlider durchstochen.« Berlotti konnte Schwan ansehen, wie er in Gedanken die notwendigen Handgriffe durchging. »Aber ich bekomme das irgendwie hin. Notfalls wird Photoshop es schon richten. Dann mach ich mich mal gleich an die Arbeit!«, sagte er, und Katharina ergänzte: »Und ich dreh damit dann eine Tour durch Neuenfelde und frage herum, ob nicht doch jemand die Person kennt.«

***

Noch bevor das erste Klingeln verklungen war, wurde abgehoben, und eine resolute Stimme tönte aus dem Hörer. »Kaiser!«

»Oberkommissarin Loreen Odette Kaiser?« Berlotti wollte es sich nicht nehmen lassen, den Namen in seiner ganzen Pracht einmal ausgesprochen zu haben.

»Kommissarin Kaiser tut's auch.«

Berlotti wusste nicht, was er von der Stimme halten sollte: knapp, energisch und distanziert. Doch je härter die Nuss, desto größer Berlottis Ehrgeiz, sie zu knacken. »Hauptkommissar Berlotti, Mordkommission Hamburg.«

»Ich weiß.«

»Gut informierte Kollegen sind mir am liebsten.«

»Ihr Anruf wurde mir angekündigt, ich habe die Vorwahl erkannt. Sogar wir im Osten haben mittlerweile Displays, auf denen die Nummer angezeigt wird.«

»Gratulation, Kommissarin Kaiser!« Falls schon die Tatsache, dass er ein Ermittler aus dem Westen war, genügte, um die Kollegin auf Konfrontationskurs zu bringen, konnte die Angelegenheit ja noch heiter werden.

Einige Sekunden sagte keiner etwas. Dann, schließlich, seufzte es aus der Leitung. »Wie kann ich Ihnen helfen, Herr Hauptkommissar?«

»Wenn Sie wissen, dass ich es bin, der anruft, dann kennen Sie doch garantiert auch den Grund?«, entgegnete Berlotti betont freundlich. Er schlürfte geräuschvoll den Kaffee, den er sich aus dem Coffeeshop auf der anderen Straßenseite geholt hatte. Kaffee aus der Polizeikantine versuchte er zu vermeiden, da er seine Magenschleimhaut noch brauchte.

»Die Akte Grassi ist beim historischen Archiv der K 1 beantragt«, erklärte Kaiser. Berlotti meinte, zwischen den barschen Sätzen eine Unsicherheit herauszuhören, die er nicht unsympathisch fand. Jeder hatte eine Chance verdient. Bis er es vergeigte oder eben nicht.

»K 1?«

Ein vernehmliches Aufstöhnen drang durch den Hörer zu ihm. »Ernsthaft? Die Geheimdienstabteilung der Volkspolizei? Klingelt da nichts bei Ihnen?«

»Nö.« Berlotti kramte in seinem dürftigen Schulwissen, musste aber zugeben, dass er davon noch nie gehört hatte. »Macht mich das zu einem schlechten Menschen?«, witzelte er und ignorierte weiter ihren zackigen Tonfall.

»Stimmt, gesamtdeutsche Geschichte wird eindeutig überbewertet«, sagte sie mit erkennbarer Ironie. »Ich bin ja der Ansicht, dass historisches Interesse auch etwas mit Integration zu tun hat.«

»Tja, was soll ich sagen. Mea culpa, Kommissarin Kaiser. Wenn Sie eine Petition starten für neue Geschichtslehrpläne an westdeutschen Gymnasien, bin ich der Erste, der unterschreibt.« In der Leitung blieb es ruhig. »Aber über Integration können wir uns gerne bei anderer Gelegenheit unterhalten. Dann erzähle ich Ihnen die Geschichte eines kleinen Jungen, der von seinen Eltern gegen seinen Willen aus Sizilien in ein fremdes Land verschleppt und noch am ersten Tag in die Schule gesteckt wird, ohne ein Wort zu verstehen.« Er sagte die Sätze ohne Verbitterung. Mit seiner Biografie hatte er längst Frieden geschlossen.

»Wenn man sich im Internet umsieht, scheint Ihre Integration so mittelgut geklappt zu haben«, sagte sie, klang dabei aber schon deutlich weniger angriffslustig.

»Meinungen sind wie Gesäßöffnungen, jeder hat eine«, entgegnete er lapidar. »Das Internet hat nur dazu geführt, dass sie nun auch jeder zeigt.«

»Die Meinung oder die … Gesäßöffnung?«, erkundigte sich die Kollegin, und Berlotti glaubte, mittlerweile eine gewisse Belustigung herauszuhören.

»Beides. Leider.« Er versuchte sich ein Bild von ihr zu machen: etwas kleiner als die meisten Kollegen, sportliche Figur, breite Schultern, kurze blonde Haare. Was für ein Macho wider Willen er manchmal doch war. Unglaublich, tadelte er sich. Da fehlten in seinem Hirngespinst ja nur noch die Strähnchen, Motorradkluft und Bikerstiefel! Er musste über sich selbst den Kopf schütteln und radierte das Bild schnell wieder aus seinem Gedächtnis. Stattdessen nahm er den letzten Schluck Kaffee aus seinem Mehrwegbecher und erwog, sich gleich noch einen holen zu gehen. Wer viel arbeitete, brauchte auch viel Koffein.

Kommissarin Kaiser versprach, sich zu melden, sobald sie die Akte auf den Schreibtisch bekam.

***

Mit einem frisch gebrühten Kaffee in der Hand überquerte Berlotti die Straße und ging zurück zum Emporio Tower. Er blickte an der knapp hundert Meter hohen Glasfassade empor und schirmte mit einer Hand seine Augen vor der schwächer werdenden Aprilsonne ab. In den Stockwerken über und unter ihnen residierten internationale Anwaltskanzleien und Wirtschaftsprüfer, was den opulenten Eingangsbereich aus schwarzem Marmor ebenso erklärte wie die teppichgepolsterten Flure und die unpraktischen vollverglasten Zimmer, die wenig Privatsphäre erlaubten. Alles war edel, aber improvisiert. So auch das Vernehmungszimmer, in dem vor einigen Monaten der Verdächtige mit einem Stuhl eine bodentiefe Fensterscheibe eingeworfen und sich hinausgestürzt hatte, um einer möglicherweise lebenslangen Haftstrafe zu entgehen. Seitdem waren die Vorbehalte von Populisten aus Hamburg und ganz Deutschland gegen den italienischstämmigen Ermittler noch gewachsen. Ein populärer und reichweitenstarker Nachrichtenblog hatte ihm mafiöse Ermittlungsmethoden unterstellt. Da passte der Sturz eines Verdächtigen aus dem sechzehnten Stockwerk natürlich perfekt ins Bild.

Anfangs standen neben dem Eingang zum Emporio-Hochhaus rund hundertfünfzig Menschen und protestierten wütend. An diesem Nachmittag hatten sich gerade einmal ein halbes Dutzend hergeschleppt und hielten Schilder hoch, auf denen »Für Entmafiaisierung der deutschen Justiz« oder »Mafia-Cops vor Gericht« stand. Sechs Demonstranten sind immer noch sechs zu viel, dachte Berlotti. Zumal regelmäßig Journalisten über die anhaltenden Proteste berichteten und deshalb nicht von einem baldigen Ende auszugehen war. Für gewöhnlich erkannte ihn immer mindestens einer in der Gruppe. Zwar waren sie klug genug, ihn nicht zu attackieren. Aber sie pfiffen dann noch stärker in ihre Trillerpfeifen, buhten und skandierten noch lauter ihre Parolen, was dazu geführt hatte, dass sich viele Firmen beschwerten, weil auch deren Klienten das Gebäude nicht unbehelligt betreten konnten.

Letztlich wurde sogar der Innensenator eingeschaltet. Doch Berlotti hatte sich nichts vorzuwerfen, und es waren keine Konsequenzen gezogen worden. Er selbst hatte nicht vor, klein beizugeben und seinen Arbeitsplatz nur noch durch die Tiefgarage zu betreten.

Im Vorbeigehen schnappte er auf, dass die Gruppe darüber diskutierte, ob Fußballspieler afrikanischer oder türkischer Herkunft für die deutsche Nationalmannschaft auflaufen durften und wie viel Einsatz und Identifikation von »solchen Leuten« zu erwarten war.

»Ihnen ist schon klar, dass im Weltmeisterkader von 2014 sechs Spieler mit Migrationshintergrund standen?« Berlotti hatte eigentlich unbemerkt im Gebäude verschwinden wollen, konnte aber nicht aus seiner Haut. Dummdreiste, rassistische Menschen machten ihn irre. Außerdem würden die Querulanten ohnehin keine Ruhe geben, also konnte er genauso gut Paroli bieten.

»Ach nee, wen haben wir denn da?« Der Jüngste aus der Gruppe, ein großer, schlanker Mann Mitte zwanzig mit weißblondem Haar, kam auf ihn zu. Wie auf Kommando folgten ihm die fünf anderen Personen, die das komplette Altersspektrum abdeckten. Der Älteste von ihnen musste an die siebzig sein. Sie bildeten einen Kreis um Berlotti.

»Was wird das hier, wenn's fertig ist?«, fragte Berlotti, als er sah, dass der Mann hinter dem Kerl mit Albinismus sein Handy herausgenommen hatte und die Situation filmte.

»Keine Sorge.« Der Weißblonde hob entwaffnend die Hände. »Wir wollen nur reden.«

»Ach ja? Und worüb–«

Ehe Berlotti die Frage auch nur zu Ende stellen konnte, schlug sich der Weißblonde mit der eigenen Faust ins Gesicht. So fest, dass er rückwärts auf die Steinplatten fiel. Für einen Moment war Berlotti zu geschockt, um zu reagieren. Doch um ihn herum brach ein Tumult aus.

»Sind Sie irre, den Mann zu schlagen? Der wollte doch nur reden«, rief einer.

Ein anderer schrie hysterisch in die Handykamera: »Film das, der hat ihm die Nase gebrochen«, und zeigte dabei auf den am Boden liegenden Mann.

Der Kerl mit dem Handy ging um den Weißblonden herum und filmte ihn mitten ins Gesicht. Aus der Nase strömte Blut, viel Blut. Dann ging er auf Berlotti zu und fragte ihn, während er die Kamera auf ihn richtete: »Warum haben Sie das getan?«

Immer noch fassungslos starrte Berlotti auf seine Hände, stammelte etwas von »Aber … ich hab doch gar nicht …«, ermahnte sich selbst, sich zusammenreißen, und sagte mit festem Blick und so gut wie keinem Zittern in der Stimme: »Das ist ein abgekartetes Spiel. Ich habe diesen Mann nicht geschlagen, er hat sich die Verletzung selbst zugefügt. Und falls Sie mit dem Gedanken spielen, dieses Video zu verbreiten, kann ich Ihnen nur dringend davon abraten. Wer eine Straftat vortäuscht, wird mit einer Geldbuße oder mit Haft von bis zu drei Jahren bestraft.« Dann wandte er sich ohne ein weiteres Wort ab und schritt zügig durch die denkmalgeschützten Drehtüren aus Glas ins Präsidium.

Aufgewühlt ging er den Flur entlang auf Katharinas Büro zu. Ursprünglich wollte er sie nach Wellers Telefonnummer fragen, doch schon von Weitem erkannte er, dass er sich das sparen konnte. Denn Weller saß mit einer Pobacke auf ihrem Schreibtisch und brachte Katharina zum Lachen, die mit dem Rücken an der Fensterfront lehnte und ihn kommen sah. Sie musste etwas zu Weller gesagt haben, denn der drehte sich daraufhin zu ihm um und strahlte übers ganze Gesicht.

»Schön, dass Sie sich hier so wohlfühlen, Herr Kollege.«

Weller, der darin keine Anspielung zu sehen schien, zeigte auf die Fensterfront und sagte: »Toller Ausblick«, wobei nicht eindeutig zu erkennen war, ob er den Blick aus dem Fenster meinte oder den Blick auf Katharina, die davorstand. Ihr schien das zumindest aufzufallen, denn ihm war, als errötete sie leicht.

»Eine einzige Frage, Herr Weller.« Berlotti sah seinem Gegenüber direkt in die Augen. »Können Sie ausschließen, dass Ihr Interesse für rechtspopulistische Nachrichtenseiten mit Ihrer Arbeit in meinem Team kollidiert?«

»Sischer dat!«, imitierte der vergleichsweise miserabel einen rheinländischen Dialekt und winkte ab. »Die Helden meiner Kindheit sind zum Beispiel alles Italiener, Bud Spencer und Terence Hill, Robert De Niro und Dean Martin. Martin Scorsese und Francis Ford Coppola sowieso.« Weller legte eine kurze Kunstpause ein, bevor er mit heiserer Stimme fortfuhr: »Ich mache Ihnen ein Angebot, das Sie nicht ablehnen können!«

Was habe ich mir bloß dabei gedacht, diesen Mann in mein Team zu holen? Berlotti unterließ es, den Kollegen darauf hinzuweisen, dass sowohl Martin und De Niro als auch Scorsese und Coppola in den USA geboren wurden.

»Apropos Rechtspopulisten«, sagte Berlotti und berichtete von den Ereignissen vor dem Emporio Tower.

»Ach du Scheiße«, entfuhr es Katharina Meinhold. Auch Sebastian Weller sah ihn geschockt an. »Und jetzt?«

Berlotti zuckte mit den Schultern. »Ich werde Peter morgen bitten, die Augen aufzuhalten. Falls das Video online gestellt wird, erstatte ich Strafanzeige.«

»Sorry, Chef, aber musstest du dich unbedingt von denen provozieren lassen?« Katharina schien zu überlegen, inwiefern sie ihrem ohnehin schon angezählten Vorgesetzten eine weitere Backpfeife verpassen sollte. Sie war offenbar zu dem Schluss gekommen, dass sie den Punkt der übermäßigen Rücksichtnahme bereits vor einiger Zeit hinter sich gelassen hatten. »Es hat dich niemand gezwungen, mit denen zu reden. Das war alles andere als schlau!«

Berlotti wischte ihre Bemerkung mit einer ärgerlichen Handbewegung beiseite, was sie ihm unkommentiert durchgehen ließ. Sie wussten beide, dass sie recht hatte.

**

Stunden später, es war bereits früher Abend, bohrte sich das Klingeln des Telefons in sein Ohr. Berlotti hatte es eilig, aus seinem Büro zu kommen, aber als er die Nummer auf dem Display sah, nahm er doch ab.

»Sie arbeiten noch, wie erfreulich«, sagte Kommissarin Kaiser in einem Ton, als wollte sie ihn mit bloßen Worten an seinem Schreibtischstuhl festnageln.

»Allerdings nicht mehr lange. Ich habe einen wichtigen Termin, zu dem ich nicht zu spät kommen will.«

Die Leipziger Kollegin ignorierte Berlottis Bemerkung und kam ohne Umschweife zum Grund ihres Anrufes. »Das Foto der Leiche, das Ihre Kollegin mir geschickt hat, habe ich mit den spärlichen Angaben verglichen, die die Akten des Museums hergeben, und mit dem wenigen, das bislang aus den Stasi-Akten digitalisiert worden ist.«

Dass die Stimme der Kollegin keinerlei Aufregung oder Emotionalität verriet, machte Berlotti nur noch nervöser. Unruhig verlagerte er das Gewicht von einem Bein aufs andere.

»Und?«, fragte er und musste sich beherrschen, dabei nicht zu drängelnd zu klingen. Die kurze Pause, die daraufhin folgte, in der Berlotti nichts als Blätterrascheln vernahm, kam ihm wie eine Ewigkeit vor, und er fragte sich, ob die Leipziger Kollegin ihn absichtlich zappeln ließ.

»Bingo! Der Abgleich von Fotos und Fingerabdrücken der Leiche stimmt mit den Informationen überein, die in unseren Archiven registriert sind.«

Berlotti hielt den Atem an, doch die Sekunden verstrichen, ohne dass sich seine Gesprächspartnerin bemüßigt fühlte, weiterzureden. Wie klang es eigentlich, wenn einem der Geduldsfaden riss? *Pling? Peng?* Sei geduldig, ermahnte sich Berlotti. Alles, was du brauchst, kommt im richtigen Moment zu dir. Mit einiger Mühe presste er ein »Schön!« hervor, und als das immer noch keine Reaktion am anderen Ende der Leitung hervorrief, schob er, begleitet von einem leisen Stöhnen, ein weiteres »Und?« nach.

Kaiser, die nichts von den Qualen zu spüren schien, die sie Berlotti verursachte, fuhr ungerührt fort: »Ihr Toter ist höchstwahrscheinlich Konrad Gomolla. Er ist am 17. Mai 1974 ins Grassimuseum Leipzig eingebrochen, hat fünf Glasvitrinen zerstört und vierundvierzig Exponate im Gesamtwert von 441.859 DDR-Mark erbeutet. Ich brauche wohl nicht zu erwähnen, dass der ideelle Kunstwert weitaus höher einzuschätzen ist. Oder *war*, denn fast alle Kostbarkeiten sind im Laufe der Jahre wiederaufgetaucht.«

»Bis auf eine Handvoll Exponate, ich weiß«, unterbrach Berlotti, der diese Informationen vom Grassi-Mitarbeiter erhalten hatte.

»Der Täter war ganz offensichtlich kein Kunstkenner, weil er zwar vergoldete Löffel und Schmuck mitgenommen, aber die deutlich wertvolleren Elfenbeinschnitzereien stehen gelassen hat. Die Beute konnten die Kollegen wenige Tage nach dem Einbruch finden, weil sie den Täter bespitzeln ließen.«

»Hatte Gomolla denn Komplizen?«, wollte Berlotti wissen, der ein mögliches Motiv witterte.

In der Leitung blieb es still.

»Hallo?«, sagte Berlotti. »Sind Sie noch da?«

Es blieb einen weiteren Moment still, ehe Kaisers Stimme durch den Hörer dröhnte: »Ich will Ihnen ja die gesamte Geschichte erzählen, aber Sie müssen mich auch lassen.«

Ihre Stimme schrammte Berlottis Gehörgang entlang. In seinem Körper wuchs eine Anspannung, auch wenn er sich dagegen zu wehren versuchte. Seine Muskeln verkrampften sich. Ich wünsche niemandem etwas Schlechtes, mahnte Berlotti sich zur Ruhe. Ich wünsche manchen Menschen nur, dass sie sich mal selbst begegnen. Oder mit sich selbst telefonieren müssen.

Er sparte sich einen Kommentar und wartete, dass die Leipziger Kollegin weitersprach, was allerdings nicht der Fall war. Wollte sie nun, dass er nachhakte, obwohl sie sich das gerade eben verbeten hatte? Den Gefallen wollte er ihr nicht tun und die Stille in der Leitung aushalten.

Nach einer gefühlten Ewigkeit sprach Kaiser tatsächlich weiter, was Berlotti als Punktsieg für sich verbuchte. Wenn sie Psychospielchen spielen wollte, konnte sie das haben.

»Die K 1 war überzeugt, dass es einen Mittäter gegeben haben musste, aber Gomolla schwieg beharrlich und ging allein ins Gefängnis. 1990 wurde er im Rahmen der Wiedervereinigung vorzeitig aus seiner zwanzigjährigen Haftstrafe entlassen, und danach verläuft sich seine Spur.«

Wie konnte denn ein ehemaliger Häftling nach seiner Entlassung dreißig Jahre lang von der Bildfläche verschwinden? Das war schon ungewöhnlich. Die meisten Verurteilten kamen früher oder später doch wieder mit dem Gesetz in Konflikt. Die Möglichkeit eines Komplizen brachte etwas in ihm zum Klingen. War doch möglich, dass es nach all den Jahren Streit um die restliche Beute gegeben hatte, der eskaliert war.

»Wir sollten gemeinsam versuchen, die Jahre seit Gomollas Haftentlassung zu rekonstruieren«, schlug Berlotti vor. »Sie würden sehr helfen, wenn Sie die noch lebenden Beteiligten von dem Museumseinbruch ermitteln könnten. Welche Personen sind damals während der Ermittlungen aufgetaucht, Zeugen, Tatverdächtige, Polizisten? Und wer lebt davon überhaupt noch? Und wo?«

»Das wird nicht einfach«, antwortete Kaiser diesmal umgehend.

»Alle Dinge sind schwierig, bevor sie einfach werden«, gab Berlotti freundlich zurück und sah auf seine Armbanduhr. Oh Mann, schon so spät? »Was alle Erfolgreichen miteinander verbindet, ist die Fähigkeit, den Graben zwischen Entschluss und Ausführung möglichst gering zu halten.«

»Aha.« Kaiser schien abzuwägen, ob der Spruch als Beleidigung aufzufassen war oder als freundliche Ermunterung, und zu keinem eindeutigen Ergebnis zu kommen. »Und Sie?«, erkundigte sie sich stattdessen.

»Wir konzentrieren uns auf Gomolla, versuchen herauszufinden, wo er zuletzt gemeldet war, was er die letzten dreißig Jahre lang getrieben hat und warum es ihn ausgerechnet im Alten Land erwischt hat.«

»Aha«, wiederholte sie vielsagend, was Berlotti jedoch ignorierte.

Er erhob sich aus seinem Schreibtischstuhl, als könnte er das Telefonat auf diese Weise beschleunigen. »Eine Sache noch: Ermitteln Sie zurückhaltend, scheuchen Sie beim Abarbeiten der Liste niemanden auf. Und kein direkter Kontakt. Bei Vernehmungen oder Hausbesuchen will ich anwesend sein.«

»Ernsthaft?«, entfuhr es Kaiser, und sie klang dabei aufrichtig empört. »Trauen Sie uns nicht zu, dass wir unsere Arbeit ordentlich machen? Wenn Sie wirklich nach Leipzig kommen wollen, ist das nicht nur Zeitverschwendung, sondern auch Verschwendung von Steuergeldern!«

Er setzte sich auf die Armlehne, doch als die ein Knacken von sich gab, das nicht gesund klang, stand er schnell wieder auf. »Ich will Ihnen nicht auf die Finger schauen bei der Arbeit, darauf habe ich selbst am wenigsten Lust.« Berlotti konnte sich durchaus in die Lage der Kollegin versetzen. »Aber als Leiter der Ermittlungen will ich bei Gesprächen mit potenziell Verdächtigen unbedingt anwesend sein! Beim Lesen Ihrer Gesprächsprotokolle könnten zu viele Details verloren gehen.«

»Ja, ja.« Sagte sie und hatte im nächsten Moment aufgelegt.

Ja, ja? Ja, ja hieß: Leck mich am Ärmel! Womit hatte er so was verdient? Er war doch eigentlich recht umgänglich! Oder dachte das jeder über sich? Die Bekloppten waren in der eigenen Wahrnehmung immer die anderen, das musste er zugeben.

Dabei war er sich gar nicht einmal so sicher, gegen wen oder was sich sein Ärger eigentlich richtete. War es wirklich das Verhalten der Leipziger Kollegin? Oder vielmehr die Tatsache, dass Gomolla sie zu foppen schien, obwohl er tot war? Wie konnte es sein, dass ein Mensch verschwand, ohne Spuren zu hinterlassen? Er fragte sich, wie das möglich war – und dachte gleichzeitig: Es war möglich, er hatte es selbst erlebt. Bei seiner eigenen Schwester, die auf dem Heimweg nach der Schule verschollen war. Von einem Augenblick auf den anderen für immer aus seinem Leben verschwunden.

Berlotti atmete einmal tief durch und rief dann Katharina Meinhold an, um sie über die neuen Erkenntnisse zu informieren. »Peter setze ich dann morgen auf Gomolla an. Irgendwelche Spuren wird der Mann ja wohl in dreißig Jahren hinterlassen haben!«

»Das sind doch gute Neuigkeiten«, erwiderte Katharina. »Denn meine Nachforschungen in Neuenfelde haben rein gar nichts ergeben. Niemand hat unseren Toten auf dem Foto erkannt. Aber jetzt, wo wir einen Namen haben, kann ich mich bei den Gemeindeverwaltungen von Jork, Stade und Co. konkret nach Gomolla erkundigen.«

»Wärst du so nett und reichst dein Handy an Sebastian Weller weiter?«

In der Leitung blieb es einige Sekunden still. Dann ließ Katharina ein lang gezogenes »Ähmmm« verlauten.

»Ich habe seine Nummer nicht und möchte mir bloß den ebenso umständlichen wie unnötigen Umweg über die Dienststelle ersparen, wenn Weller mutmaßlich sowieso nicht weit von dir entfernt sein kann, wo er dir doch kaum von der Seite weicht!«

»Na gut, ausnahmsweise.« Jetzt war deutlich ihr Grinsen durchs Telefon zu hören. »Aber nicht, dass das zur Gewohnheit wird. Ich bin doch nicht die Telefonzentrale!«

Kurz darauf war Wellers junge, forsche Stimme zu hören. »Guten Tacho, Herr Hauptkommissar!«

Guten Tacho? Hatte Weller einen Clown gefrühstückt? Oder war es den Glückshormonen zuzurechnen, die Katharina bei ihm in Massen auszulösen schien?

»Herzlich willkommen im Team, Herr Weller. Die Polizeichefin hat Ihr vorübergehendes Mitwirken bewilligt.«

»Yesss!«, rief Weller so laut, dass Berlotti fast das Handy aus der Hand fiel. Im Hintergrund hörte er Weller mit der flachen Hand auf eine Tischplatte schlagen, gefolgt von einem schmatzenden Kuss, der mutmaßlich nicht der Tischplatte galt. »Geil, danke, Herr Hauptkommissar!«

»Schon gut. Tun Sie mir bloß den Gefallen und seien Sie professionell. Gerade auch, weil Sie und Katharina …« Berlotti suchte noch nach einer angemessenen Formulierung, aber Weller erlöste ihn.

»Na klar, keine Frage! Ich veranstalte keinen Zirkus, versprochen!«

»Gut! Ich habe keine Lust, mich zum Clown zu machen.«

*

Clown Bajazzo, der als größter Stolz des Zirkus Carl Fliege angekündigt worden war, stolperte in roten Schuhen von der Länge eines Baguettes in die Manege. Nach den üblichen Mätzchen, Witzchen und leidlich spektakulären Zaubertricks, bei denen er sich Münzen aus den Ohren, einen Blumenstrauß aus dem Hintern und ein nicht enden wollendes buntes Tuch aus dem Ärmel der viel zu großen Jacke gezaubert hatte, balancierte er auf dem Rand der Manege und blieb direkt vor Berlotti stehen. Geh weiter!, bat dieser innerlich. Er hatte nicht vor, bei seinem ersten Zirkusbesuch seit mehr als dreißig Jahren unfreiwillig zum Protagonisten zu werden. Zumal er nicht allein hier war. Benicia sah mit einem Schmunzeln zwischen ihm und dem Clown hin und her. Sie trug einen schwarzen Hosenanzug, hatte ihre langen, sehr dunklen Haare offen gelassen und dezentes Augen-Make-up aufgelegt.

Das liebte er am meisten an ihr: dass sie das Leben mit Humor nahm, egal, wie unerfreulich oder grotesk die Dinge waren, die ihr widerfuhren. Sei es ein italienischer Hauptkommissar, der ihr im Straßenverkehr hinten auffuhr. Oder ein Clown, der ihr Date dazu aufforderte, sich in der Manege zum Affen zu machen. Ihr achtjähriger Sohn Felipe saß zwischen ihnen, sah gebannt auf den Clown direkt vor ihm und rutschte mit wachsender Nervosität auf seinem Sitz hin und her.

Bajazzo zeigte auf Berlotti, dann auf sich selbst und anschließend in die Manege. Berlotti winkte dankend ab, worauf der Clown die Scharade zwei weitere Male wiederholte. Berlotti hoffte, dass er seine Bemühungen einstellen und sich einen anderen Spielkameraden suchen würde. Stattdessen hob der Clown seine Arme über den Kopf und klatschte rhythmisch in die Hände. Das Publikum folgte ihm bereitwillig. Genötigt von zweihundert angestachelten Zuschauern, stand Berlotti schließlich auf und erntete vereinzelte Jubelrufe. Bajazzo bat noch eine zierliche asiatische Frau in die Manege. Dann erkundigte er sich nach den Namen seiner beiden Opfer.

»Gabriele«, antwortete Berlotti wahrheitsgetreu und biss sich umgehend in die Zunge.

»Wow!« Bajazzo musterte ihn vom Scheitel bis zur Sohle. »Ich habe ja schon viele Damenbärte in meinem Leben gesehen, aber deiner übertrifft echt alle. Eine perfekte Tarnung.« Das Publikum schüttete sich aus vor Lachen. »Was machst du beruflich, Gabriele? Oder darf ich dich Gabi nennen?«

»Koch«, schwindelte Berlotti nun aus purem Selbstschutz.

Der Clown erklärte, dass er der weltbeste Bauchredner im ganzen Alten Land sei und seine beiden Puppen nur den Mund zu öffnen bräuchten, wann immer er ihre Hände drückte.

»Verstanden?«, fragte er, sah Berlotti dabei an und drückte gleichzeitig dessen Hand, worauf er gehorsam seinen Kiefer runterklappte und ihm ein schrilles »Ja!« entfuhr.

»Gefällt dir deine Stimme, Gabi?«

Berlotti schüttelte den Kopf, doch ein enthusiastisches »Ja sehr« wurde ihm in den Mund gelegt. Berlottis Stimme klang, als hätte er auf einer Kinderparty sämtliche mit Helium gefüllten Luftballons leer gesaugt. Der Frau an der anderen Hand verlieh der Clown eine tiefe Bassstimme. Sie gaben ein bescheuertes Paar ab, aber das war natürlich beabsichtigt.

»Wen hast du denn da mitgebracht?«, wollte Bajazzo wissen und zeigte auf Benicia in der ersten Reihe.

»Lecker Häschen«, brummte die Asiatin.

»Mein Schätzelein«, kreischte Berlotti. Benicia schlug sich die Hände vors Gesicht, Felipe sprang von seinem Sitz und winkte ihm fröhlich zu.

»Wollen wir Altländer Apfeltorte backen?«, wollte Bajazzo von ihm wissen.

»Nein«, kreischte Berlotti.

»Wollen wir leckeren Hamburger Pannfisch braten?«

»Nein!«

»Hm, was möchtest du denn machen?«

»Tanzen!«

»Tanzen?«

»Tanzen!«

»Du willst tanzen? Hier? Vor allen Leuten? Bist du dir da auch ganz, ganz sicher? «

Berlotti schüttelte entschieden den Kopf, öffnete aber den Mund auf Händedruck. »Ja, unbedingt!«

»Aber warum?«, erkundigte sich Bajazzo scheinheilig.

»Ich tanze für mein Leben gern.«

»Willst du mit der feschen Dame an meiner Hand tanzen?«

»Au ja«, brummte sie.

»Och nö«, kreischte Berlotti.

»Nein?«

»Lieber allein«, rief Berlotti. »Und nackt!«

Berlotti, der sah, dass Benicia Tränen lachte und Felipe vor seinem Sitz stand und ihn mit leuchtenden Augen ansah, beschloss, sich in sein Schicksal zu ergeben. Wer sich selbst auf den Arm nahm, ersparte anderen die Arbeit.

Berlotti zog sein Cordsakko aus und ließ es vor seine Füße fallen. Als Nächstes knöpfte er seine Hemdsärmel auf und krempelte sie bis über die Ellenbogen hoch. Die Leute johlten und pfiffen anzüglich. Wie auf Kommando schallte orientalische Musik aus den Lautsprechern. Berlotti improvisierte, ohne zu zögern, einen Bauchtanz und ließ aufreizend seine Hüften kreisen. Die Musik stoppte, das Publikum tobte. Doch Berlottis Hoffnung, die Angelegenheit hinter sich zu haben, zerschlug sich, als der bauchredende Clown seine Hand erneut drückte.

»Jetzt will ich singen!«, hörte Berlotti den Clown für sich sagen.

»Oh Mann, du bist aber auch eine Rampensau!«

»Oh ja!« Berlotti tat ihm nun den Gefallen und nickte.

»Was willst du denn singen?«

»Oper!«

»Oper?«

»Ja, große Oper!«

Berlotti sah, wie Benicia sich erneut die Hand vor den Mund schlug. Felipe saß mittlerweile auf ihrem Schoß und strahlte stolz, dass der Freund seiner Mutter der Star der Manege war.

»Na dann, lass es raus!«

Während der Clown im kreischigsten Sopran eine Opernarie zum Besten gab, untermalte Berlotti die Performance mit aus-

Liebe Leserin, lieber Leser,
mein Hauptkommissar Gabriele Berlotti ermittelt
in seinem zweiten Fall, und ich danke Ihnen,
dass Sie ihn dabei begleiten möchten.
Ihren Beistand wird er gut gebrauchen können.
Denn ausgerechnet zur Apfelblüte verdirbt Berlotti
eine Leiche die schönste Jahreszeit im Alten Land.
Vielleicht begegnen wir uns bald bei einer Lesung
oder laufen uns im wunderbaren Alten Land über
den Weg – darüber würde ich mich sehr freuen.
Ich wünsche Ihnen viel Spaß mit meinem Buch
und hoffe, dass es Ihnen gefällt.
Wenn Sie mir schreiben möchten,
erreichen Sie mich über *presse@emons-verlag.de*
oder über Facebook und Instagram.

Herzliche Grüße aus Hamburg

Daniel E. Palu

ladenden Gesten der rechten Hand. Die linke befand sich nach wie vor in der Hand des Clowns und war in Dauerbetrieb wie ein Knautschi-Antistressball. Das Zelt tobte. Berlotti sah Benicias und Felipes Augen leuchten, und ein Gefühl von Wärme durchströmte seinen Körper. Von Benicia würde er seinen Eltern vorerst nichts erzählen, das hatte er sich geschworen.

✳✳✳

Gegen zehn Uhr hielt Berlotti vor einem Reihenhaus unweit des Ohlsdorfer Friedhofs und ließ Benicia und Felipe aussteigen. Sie umarmte ihn und drückte ihre geschwungenen Lippen auf seine Wange. Sie hatten beschlossen, es langsam angehen zu lassen, was zumindest ihm gelegentlich schwerfiel. Felipe kroch vom Rücksitz des kleinen Fiat 500, fiel ihm um den Hals und drückte ihn fest. Berlotti küsste ihn zum Abschied auf den Scheitel. Konnte man väterliche Liebe für jemanden empfinden, mit dem man erst einige wenige Male Zeit verbracht hatte? Denn genau so empfand es Berlotti.

»Fahren wir im Sommer zusammen in den Urlaub?«, fragte Felipe.

Berlotti rührte, dass der Junge eine gemeinsame Zukunft plante. »Ich hoffe.«

»Och bitte! Ich wollte Stand-up-Paddeln lernen, dann könntest du mitmachen. Das wäre sooo toll!«

Felipe umarmte ihn noch einmal, sogar noch fester als zuvor.

»Es sind ja noch ein paar Monate bis zu den Sommerferien. Wenn ich den Luhmich bis dahin gefunden habe, komme ich mit.«

Felipe runzelte die kleine Stirn. »Was ist ein Luhmich?«

Berlotti musste grinsen. »Das erzähle ich dir spätestens im Urlaub.«

Er wartete, bis die beiden in ihrer Erdgeschoss-Maisonette-Neubauwohnung verschwunden waren, und wollte losfahren, sah vorher aber noch einmal auf sein Handy. Eine Leipziger Nummer hatte versucht, ihn zu erreichen. Sechzehn Mal! In diesem Moment erschien die Nummer erneut auf seinem Display. Er nahm ab, bekam aber nicht einmal die Gelegenheit, seinen Namen zu nennen.

»Schön, dass Sie noch rangehen. Wusste gar nicht, dass man als Hauptkommissar bei der Hamburger Kripo einen Nine-to-five-Job hat, wenn man am Anfang einer Ermittlung steht. Hätte ich auch gerne.« Kaiser hatte wieder diesen unergründlichen Tonfall aufgesetzt, aus dem man nicht heraushören konnte, ob das, was sie sagte, aufrichtig, scherzhaft oder als Beleidigung gemeint war.

Wären nicht noch Glückshormone durch Berlottis Körper geflippert, die er dem ersten pünktlichen Feierabend seit seinem Amtsantritt in Hamburg zu verdanken hatte und den Personen, mit denen er die letzten Stunden verbracht hatte, wäre seine Antwort unter Umständen unfreundlicher ausgefallen. So entgegnete er bloß: »Die Freiheit des Menschen liegt nicht darin, dass er tun kann, was er will, sondern dass er nicht tun muss, was er nicht tun will.«

»Was Besseres fällt Ihnen wohl nicht ein?«, gab sie lahm zurück.

»Nö. Ihnen? Lassen Sie uns doch lieber über meinen Fall reden.«

»Unseren.«

Berlotti hatte nicht vor, seine gute Kinderstube zu vergessen und zu einem Weitpinkelwettbewerb mit einer Kollegin anzutreten. Erst recht nicht durchs Telefon. Aber auf der Nase herumtanzen lassen wollte er sich auch nicht.

»Haben Sie *unseren* Mörder schon gefasst? Das würde sechzehn Anrufe in nicht einmal zweieinhalb Stunden erklären.«

Loreen Odette Kaiser machte ein Geräusch, das klang wie ein missglücktes Lachen. »Wenn Sie mir nicht verboten hätten, aktiv zu werden, wäre das vielleicht sogar der Fall«, kam es humorlos aus dem Hörer.

»Also?«

»Also was?«

»Sie werden mich wohl kaum sechzehnmal angerufen haben, um mich einfach mal anzumaulen, weil Ihnen danach war.« Er musste einige Energie aufwenden, um sich treu zu bleiben und nicht pampig zu werden.

Berlotti hörte durchs Telefon, wie die Frau die Lippen zusammenkniff. Er dachte schon, sie würde auflegen.

»Die ermittelnden Beamten haben allesamt das Zeitliche gesegnet. Informationen aus erster Hand werden Sie vergeblich suchen.« Sie atmete lautstark aus. »Drei der vier Hehler, die während der Ermittlungen auftauchten, leben nicht mehr.«

»Wo wohnt der andere?«

»Gemeldet ist er hier in Leipzig.«

War sie das? Ihre erste Spur in diesem Fall? Es begann in Berlottis Fingerspitzen zu kribbeln.

»Allerdings lebt er mit fortgeschrittener Demenz in einem Seniorenstift«, schob sie nach, und Berlotti fluchte innerlich.

»Dann war da noch IKMR Ilse Hammer ...« Kaiser sprach nicht weiter, als wartete sie auf eine Nachfrage Berlottis. Als diese nicht kam, holte sie zu einer Erklärung aus, weil sie ohnehin davon ausging, dass der westdeutsche Hauptkommissar nicht einmal die Grundlagen der ostdeutschen Geschichte kannte. Womit sie auch recht hatte, wie Berlotti nur ein klein wenig zerknirscht zugeben musste.

»IKMR steht für Inoffizielle Kriminalpolizeiliche Mitarbeiterin aus dem Kreis der Rechtsbrecher.«

»Die DDR-Polizei ließ Kriminelle für sich spionieren?« Berlotti glaubte, sich verhört zu haben.

»Jetzt maßen Sie sich mal kein vorschnelles Urteil an, Herr Besserwessi!«

Berlotti stöhnte leise. Besserwessi! Was würde wohl als Nächstes kommen? Der Fuchs ist schlau und stellt sich dumm, beim Wessi ist es andersrum? Ehe er etwas entgegnen konnte, fuhr Kaiser in einem derart belehrenden Tonfall fort, als stünde sie vor einer Sonderschulklasse.

»Etwa ein Drittel der Inoffiziellen Kriminalpolizeilichen Mitarbeiter bestand aus Rechtsbrechern, Rückfälligen und Asozialen. War doch schlau, über Augen und Ohren in den Kreisen zu verfügen, in denen die Hauptklientel verkehrte.«

Berlotti hatte keine Lust, gleich den nächsten Streit mit der Leipziger Kollegin vom Zaun zu brechen.

»Was weiß die kooperative Ilse denn über Gomolla?«

»Wenn wir wüssten, wie Ilse Hammer mit bürgerlichem Namen heißt, wüssten wir eventuell auch, was die Ilse über den Konrad weiß.«

Berlotti ließ den Wagen an und lenkte ihn zurück Richtung Altes Land. »Schlummert die Ilse-Akte denn noch irgendwo im Archiv?«

»Hoffentlich«, antwortete Kaiser, ausnahmsweise einmal umgehend und ohne lange Bedenkzeit. »Wir sind dran.«

In seinem Kopf ratterte es, die Informationen sickerten nacheinander ins Hirn und suchten dort ihren Platz. »Wissen wir denn, wie Ilse mit unserem Toten in Verbindung stand?« Berlotti musste sich konzentrieren, um dem Verkehr ebenso viel Aufmerksamkeit zu schenken wie dem Telefonat.

»Sie arbeitete in einer Gaststätte und hat Gomolla eine Falle gestellt, mit der die K 1 ihn schließlich überführen konnte. Mehr weiß ich darüber aber nicht.«

Berlottis Gehirn arbeitete auf Hochtouren. Zwar hatte die Leipziger Kollegin viele Personen ausgegraben, die einen Bezug zu ihrem Toten hatten. Ungünstig war bloß, dass fast alle tot waren. Umso wichtiger, dass sie sich auf die wenigen Lebenden konzentrierten. Und die Verschollenen ausfindig machten.

»Dann gibt es da noch Fritz Hesse, einen ehemaligen Zellengefährten von Gomolla«, fuhr Kaiser fort. »Der hat damals Informationen an die Ermittler weitergegeben, mit denen das Diebesgut gefunden werden konnte. Und jetzt wird es interessant …«

Berlottis Puls beschleunigte sich und erhöhte sich sogar noch, weil die Kollegin eine ihrer üblichen Kunstpausen einlegte. Machte sie das absichtlich? Oder war sie so verpeilt, dass sie zwischen zwei Sätzen einfach wegdämmerte und ihren Gedanken nachhing?

»Sie haben meine ungeteilte Aufmerksamkeit«, versuchte Berlotti den Erzählfluss zu beschleunigen.

»Hesse ist vor einem Jahr unter ungeklärten Umständen gestorben!«

Berlotti stutzte. Hingen diese Fälle zusammen? Es waren eindeutig zu viele Tote. Bitte nicht schon wieder ein Serienkiller, bat er bang.

»Zwei habe ich noch!«, ließ die Leipziger Kollegin verlauten. »Adam Torma, ein Fotograf ungarischer Herkunft, lebt seit ein paar Jahren irgendwo bei Hamburg. Stade, glaube ich.«

»Ernsthaft?«, entfuhr es Berlotti. Torma lebte am Rande des Alten Landes, keine halbe Stunde Autofahrt vom Fundort des Toten entfernt? Eine wichtige Information wie diese hätte an den Anfang dieses anstrengenden Telefonats gehört und nicht ans Ende, nach unzähligen Verstorbenen, die keine Relevanz für die Ermittlungen hatten! War das noch Renitenz oder schon Unfähigkeit? All das dachte Berlotti bloß. Er war schließlich auf die Kooperation der Kollegin angewiesen.

»Was hat ein Fotograf denn mit dem Einbruch ins Grassimuseum zu tun?«, erkundigte er sich stattdessen. Es fiel ihm zunehmend schwerer, freundlich zu bleiben. Dass er die Fassung noch lange behalten würde, dafür konnte er die Hand nicht ins Feuer legen.

»Laut Polizeibericht hat er gestanden, Gomolla damals Informationen zur mangelhaften Sicherheit im Museum gegeben zu haben. Gerichtlich belangt wurde er dafür aber nicht, was ich einigermaßen interessant finde.«

»Das sehe ich genauso«, sagte Berlotti und fügte in Gedanken ein *ausnahmsweise* hinzu. Er ließ sich die Adresse geben. Am nächsten Morgen würde er Torma gleich als Erstes einen Besuch abstatten. »Und der Zweite?«

»Bitte?«

»Und der Zweite?«, wiederholte Berlotti. »Sie sagten vor nicht einmal neunzig Sekunden: ›Zwei habe ich noch!‹«

»Gomollas Halbbruder habe ich bislang telefonisch nicht erreichen können, und in seiner Wohnung habe ich ihn auch nicht angetroffen.«

Hatte sie das gerade wirklich gesagt? Berlotti spürte, wie sich sein Blutdruck schlagartig in einem bedrohlichen Maße erhöhte. »Was war an der Anweisung ›kein direkter Kontakt ohne mich‹ eigentlich nicht zu verstehen, Kommissarin Kaiser?« Allen Vorsätzen zum Trotz erhob er nun doch seine Stimme. In frostigem Tonfall fuhr er fort: »Keine Telefonate, keine Hausbesuche, bei denen ich nicht anwesend bin!«

»Jetzt regen Sie sich ab, ich hab ihn ja nicht angetroffen.« Kaiser klang deutlich defensiver als noch vor wenigen Augenblicken. »Dann kommen Sie eben her, wenn Sie nicht wollen, dass wir unsere Ermittlungen im Schneckentempo vorantreiben. Apropos Schneckentempo –«

»Nee, bitte, heute nicht mehr!«, fiel ihr Berlotti ins Wort, der keine Lust hatte, sich weiter ans Bein pinkeln zu lassen. »Ich mach jetzt Feierabend! Nacht ooch.«

Berlotti beendete das Telefonat, aber schon im nächsten Moment ärgerte er sich über sich selbst. Andere Menschen haben nur die Macht über mich, die ich ihnen selbst zugestehe, rief er sich ins Gedächtnis. Obwohl er sich nicht als aufbrausend bezeichnet hätte, musste es das italienische Temperament sein, auf das er zwar nicht stolz war, was sich in Augenblicken wie diesen aber stets seinen Weg an die Oberfläche bahnte. Bekämpfen oder akzeptieren? Eine Frage, die er sich immer wieder stellte, auf die er aber noch nicht die richtige Antwort gefunden hatte.

***

Als er in Mümmelmannsberg ankam, war es dunkel. Während der Tag einen Vorgeschmack auf den Frühling geboten hatte, fühlte Berlotti sich jetzt bei einstelligen Temperaturen in den Hamburger Winter zurückversetzt. Er stand wieder vor dem niedrigen Jägerzaun und musterte das Haus, vor dem er am Morgen schon einmal gestanden hatte. Die Rollläden waren heruntergelassen, nichts deutete auf die Anwesenheit eines Bewohners hin. Berlottis Klingeln glitt schrill durchs Haus. Als sich nichts tat, trat er in den schmalen Vorgarten und klopfte an die Rollläden. Er wartete einige Sekunden und klopfte erneut, diesmal fester. Die Plastikelemente schepperten. Wenn jemand im Haus war, dann würde er spätestens jetzt die Tür öffnen, bevor die Nachbarn sich wegen des Lärms beschwerten.

»Hallo?«, kam es mit brüchiger Stimme von der Hausseite, auf der sich die Eingangstür befand. »Wer ist denn da?«

Mit wenigen Schritten stand er wieder vor der Tür und einer mittelalten Frau in Jogginganzug und Badelatschen gegenüber.

»Frau Malandra?« Berlotti machte keine Anstalten, ihr die Hand zu geben.

»Kommt darauf an, was Sie wollen.« Misstrauisch musterte sie ihn.

»Ihren Mann würde ich gerne sprechen.«

»Das geht nicht«, sagte sie ausdruckslos mit einem Kratzen in der Stimme, als müsse sie sich jeden Moment räuspern.

Ganz in Schwarz gekleidet, sah sie ihn weiter unverwandt an und versuchte offenbar, ihn einzuschätzen. Die Strickjacke hatte sie eng über den knochigen Körper gezogen, die Arme vor der Brust verschränkt. Die gebückte Haltung hätte darauf schließen lassen können, dass sie uralt war. Doch das Gesicht war nahezu faltenfrei, was einen befremdlichen Kontrast erzeugte.

»Der ist tot!«

»Tot?« Berlotti glaubte an einen schlechten Scherz, wusste aber gleichzeitig, dass es kein Scherz sein konnte. Welche Ehefrau würde einem Fremden gegenüber solche Scherze machen?

»Ja, tot. Wie in: gestorben. Vergangenen Dienstag war die Beerdigung.«

Wenn das stimmte, änderte das natürlich alles. Er hatte Ignazio Malandra unter Druck setzen wollen und ihn nach den Erpressungsanrufen bei seiner Mutter fragen wollen. Also wieder einmal nichts weiter als eine fixe Idee seiner Mutter. Was hatte er auch erwartet? Dass ihm jemand die Tür öffnete und sagte: »Ja, ich habe Ihre Mutter verhext, verhaften Sie mich bitte auf der Stelle?«

»Dann möchte ich mit Ihnen *über* Ihren Mann sprechen, Frau Malandra.«

Die Frau presste die verschränkten Arme noch fester an ihren Körper. »Was ist mit Ignazio, Gott hab ihn selig?«

»Was können Sie mir über sein Geschäft sagen?«

»Geschäft?« Die Frau sah ihn misstrauisch an. »Ich weiß nicht, was Sie meinen. Er hat ... hatte kein Geschäft.«

»Ich frage, weil ...« Mitten im Satz wurde sich Berlotti der Absurdität der Situation bewusst. Was machte er hier? Warum behelligte er eine wildfremde Frau, die gerade ihren Ehemann verloren hatte. Weil seine demente Mutter sich von einem Toten belästigt fühlte? Ernsthaft?

Gerade als er sich bei ihr für die Störung entschuldigen wollte, sagte sie so leise, dass er erst glaubte, sich zu verhören: »Mein Mann ist tot. Was auch immer er veranstaltet haben mag, es ist vorbei.«

**

Es war fast Mitternacht, als Berlotti über den Kies auf das Schloss zuschritt. Er war froh, dass er seinen Mantel dabeihatte, denn es war empfindlich kalt geworden. Der Weg war von brennenden Fackeln gesäumt, deren Flammen stimmungsvoll im Nachtwind tanzten. Beim Anblick des festlich beleuchteten Schlosses empfand er es einmal mehr als völlig absurd, dass sie ausgerechnet hier vorübergehend untergebracht worden waren. Aus dem Pferdestall hörte er unterdrücktes Lachen und bei näherem Hinhören auch einen ABBA-Song. Erst jetzt fiel ihm wieder ein, dass er eine Nachricht mit Tesafilm am Treppengeländer vorgefunden hatte, die sie auf eine Hochzeit hingewiesen hatte. Sosehr er sich für die Pächter freute, dass das Geschäft brummte, so sehr widerstrebte es ihm, ausgerechnet ihm, der seine Ruhe liebte und am liebsten völlig zurückgezogen leben würde, auf dem Präsentierteller in einer Sehenswürdigkeit zu wohnen. Berlotti würde seine Eltern und sich selbst so schnell, wie die Umstände es ihm erlaubten, wieder zurück nach Hause verfrachten. Wie auch immer er das bewerkstelligen sollte, mitten in einer Mordermittlung. Doch der Handelnde nahm sein Schicksal selbst in die Hand, dem Passiven entglitt es.

Noch bevor das Portal hinter ihm ins Schloss fiel, hörte er seine

Eltern miteinander argumentieren. Er konnte nicht verstehen, worum es sich handelte, aber so engagiert klang seine Mutter nur, wenn es darum ging, eine geeignete Schwiegertochter zu finden, oder um ähnliche Themen von fundamentaler Bedeutung.

»Setz dich zu uns, wir müssen reden«, empfing ihn seine Mutter ohne Umschweife in der Schlossküche und schob den leeren Stuhl am Campingtisch in seine Richtung. Eine große Karaffe mit Weißwein und Eiswürfeln stand zu zwei Dritteln geleert auf dem Tisch. Ohne zu fragen, schüttete sie das dritte Glas auf dem Tisch randvoll und rückte es auf den freien Platz. Berlotti, der nicht wusste, was er davon halten sollte – eine Intervention? ein Tribunal? Anzeichen für eine Zwangsverheiratung? –, setzte sich mit einem unguten Gefühl zu ihnen. Sein Vater Alfio hatte rote Wangen, ob vom Wein oder der erhitzten Diskussion, vermochte Berlotti nicht zu sagen.

»Es ist wirklich toll, dass du deinen Vater und mich so schnell unterbringen konntest, nachdem unser Haus abgebrannt ist.« *Er* hatte seine Eltern im Schloss untergebracht? *Er?* Dass seine Mutter sich aus einer ganzen Reihe gut gemeinter Angebote aus ihrem immensen Bekanntenkreis ausgerechnet für das Schloss entschieden hatte, schien sie offenbar erfolgreich verdrängt zu haben. Carmela verzerrte gerne die Realität. Gut, das machten sie alle gelegentlich, wenn er ehrlich war. Allerdings war seine Mutter darin seit jeher unangefochtene Weltranglistenerste. Berlotti hatte keine Ahnung, in welche Richtung dieses Gespräch führte. Doch mit dreiundvierzig Jahren Erfahrung ahnte er, dass es keine erfreuliche Wendung nehmen würde.

»Das Schloss ist wunderschön, und am liebsten würde ich den ganzen Tag lang den Blick aufs Alte Land genießen. Aber meine Tage als Burgfrollein auf Schloss Agathenburg sind gezählt.«

Alfio sagte nichts, trank stattdessen sein Weinglas aus und schenkte sich direkt nach.

Berlotti, dem allmählich dämmerte, was seine Mutter ihm hier gerade unterbreitete, griff nach dem Glas vor ihm und kippte den Inhalt in einem Zug herunter. Sein Vater tat es ihm gleich. Beide schienen sich innerlich wappnen zu wollen vor der Detonation.

»Wir ziehen zurück ins Alte Land«, ließ Carmela prompt die Bombe platzen. »Schon morgen!«

Berlotti öffnete den Mund, schloss ihn wieder, stand auf, setzte sich erneut, erhob sich, ging zum Eisfach, holte die Flasche Limoncello heraus, griff nach seinem Glas, überlegte es sich anders, setzte die Flasche an den Mund und nahm zwei, drei, vier Schluck. Als er die Flasche absetzte, sah er, wie Alfio sein Wasserglas in Berlottis Richtung schob. Der schenkte ihm den Rest des selbst gemachten Zitronenlikörs ein. Alfio trank die viel zu große Menge mit einem Mal aus. Die Frau treibt zwei erwachsene Männer im Rekordtempo in den Alkoholismus, dachte Berlotti. Dann setzte er sich wieder, legte sich die Worte zurecht, ehe er zu sprechen begann.

»Das ist ja alles schön und gut, aber was willst du mir damit sagen?« Berlotti versuchte, die Worte seiner Mutter in einen sinnvollen Zusammenhang zu bringen. »Willst du jetzt eigenhändig über Nacht unser Haus aufbauen und morgen wieder einziehen? In deinem Zustand?«

»Was soll das heißen, ›in meinem Zustand‹?« Carmela tat empört, aber Berlotti nahm ihr das nicht ab. Dafür sprach zudem, dass seine Mutter ihm keine Gelegenheit gab, zu erklären, was er damit meinte.

»Die Nachbarn stellen uns ihren Wohnwagen zur Verfügung. Fietes Eltern parken ihn direkt in unserem Garten, ist das nicht toll? So können wir die Sanierungsarbeiten an unserem Haus auch besser beaufsichtigen.«

Der Tonfall seiner Mutter machte Berlotti deutlich, dass es sich um keine diskutierbare Aussage handelte.

»Aber …« Berlotti hatte das Gefühl, aus Versehen in die Trommel einer Waschmaschine geraten zu sein und herumgeschleudert zu werden, mit tausendsechshundert Umdrehungen pro Minute.

Er suchte den Blick seines Vaters, doch der zuckte nur mit den Schultern und sagte: »Eine alte Baume pflanzte du nix weg.« Was auch immer Alfio von den Plänen seiner Ehefrau hielt, er stand ihr treu zur Seite. Sie bildeten eine Einheit, eine Art Mauer, an der er, Berlotti, sich mehr als einmal eine blutige Nase geholt hatte.

Und Carmela fügte strahlend hinzu: »Campingferien im eigenen Garten, das wird ein Spaß!« Dabei klatschte sie in die Hände wie ein kleines Kind.

»Wenigstens brauchst du dich dann nicht mehr um Angriffe des Schwarzen Magiers zu sorgen und dass Geld auf mysteriöse Weise verschwindet«, sagte Berlotti, holte eine neue Flasche aus dem Eisfach und schenkte sich und seinem Vater einen weiteren Limoncello ein.

Verständnislos sah Carmela ihn an.

»Ich war vorhin bei Malandras. Ignazio ist tot.«

Als hätte er den Finger seiner Mutter in die Steckdose gesteckt, hielt sie in der Bewegung inne und sah ihn mit vor Schreck aufgerissenen Augen an.

»Du hast … dem Teufel einen Besuch abgestattet?« In ihrer Stimme schwangen Sorge, Fassungslosigkeit und auch eine Spur Bedrohung mit.

»Erstens übertreibst du, und zweitens ist er tot!«

»Woher willst du das wissen? Du glaubst doch sonst auch nicht alles, was man dir erzählt!«

Berlotti kramte sein Smartphone aus der Hosentasche, entsperrte den Bildschirm und präsentierte ihr die Todesanzeige, die er im Internet gefunden hatte.

Carmela warf einen schnellen Blick darauf und zeigte sich wenig beeindruckt. »Das beweist gar nichts!«

»Aber –«

»Oder hast du seine Leiche gesehen?«

»Nein, Mutter, das habe ich nicht. Aber –«

»Der Teufel ist der Vater der Lügen. Und je mehr er hat, desto mehr will er haben. Wahrscheinlich hat er seinen Tod nur vorgetäuscht, damit er in Ruhe seinem Werk nachgehen kann.«

»Ach Mutter, das glaubst du doch selbst nicht!« Berlotti hatte genug von dem Gespräch, weshalb er noch hinzufügte: »Jeder von uns ist sein eigener Teufel. Wir machen uns die Welt höchstens selbst zur Hölle.«

Carmela schien ebenfalls genug gehört zu haben. Sie wandte sich zur Tür. »Du hast keine Ahnung, wovon du sprichst. Nicht den leisesten Schimmer hast du. Aber ich habe mich schon selbst darum gekümmert.«

Alarmiert sah Berlotti sie an. »Was hast du getan?«

»Nichts. Jedenfalls nichts, worüber du dir den Kopf zerbrechen solltest. Seitdem ich meine Geldscheine in Alufolie einwickle, verschwindet davon nichts mehr. Frag deinen Vater!«

Alfio stand auf, um seinem Sohn nicht in die Augen schauen zu müssen, zuckte mit den Achseln und deutete ein Nicken an.

»Und mit den Angriffen«, fügte Carmela hinzu und rauschte aus der Küche, sodass die letzten Worte bereits aus der Eingangshalle zu ihm hallten, »werde ich schon fertigwerden. Mit Gottes Hilfe und der des Pastors.«

Als Alfio ihr folgen wollte, stellte sich Berlotti seinem Vater in den Weg. Er musste nur die Augenbrauen hochziehen, dass Alfio sich bemüßigt fühlte zu sagen: »Seine Familie lässtema nick im Stick. Biste du ja auk tsuruckgekomme.«

Berlotti trat zur Seite, ließ seinen Vater passieren, rieb sich mit den Handflächen mehrfach kopfschüttelnd die Augen und folgte seinen Eltern schließlich ins Obergeschoss.

Drei

Geschwister sind die einzigen Menschen,
über die wir uns pausenlos aufregen
und die wir trotzdem fest im Herzen tragen.

Auf dem Foto, das ihm Adam Torma vor die Nase hielt, war ein quasi nackter Mann abgebildet.

»Das ist Konrad Gomolla?« Berlotti nahm ihm den Abzug aus der Hand. Der eingeölte Körper eines Bodybuilders war darauf zu sehen, in typisch verdrehter Schwarzenegger-Mister-Universe-Pose mit nichts als einem Stringtanga am Leib. Auf dem nächsten Foto hatte der Mann nicht einmal mehr den Slip an, sondern verdeckte mit der Hand sein Gemächt. Hatte er auf dem spärlich bekleideten Foto noch ernsthaft geschaut, lächelte er nun neckisch in die Kamera.

Torma hatte einen Lutscher aus durchsichtigem Cellophan gewickelt und sich in den Mund geschoben – als Nikotinersatz, wie er entschuldigend meinte. »Gut, dass Konrad so große Hände hat«, sagte Torma schmatzend mit Lolli im Gesicht und ließ es weder anzüglich klingen noch schmierig, sondern wie eine selbstverständliche Tatsache, »sonst wäre das Foto nicht jugendfrei.«

Er hatte geschwungene Nasenflügel, die ihn fast arrogant erscheinen ließen, und eine Stimme, die eher zu einer exaltierten, leicht nörgeligen Frau passte als zu einem Mann jenseits der siebzig.

Berlotti betrachtete noch immer das Foto und brachte den Mann darauf nicht mit der Person zusammen, der in seiner Anwesenheit vor wenigen Tagen zwei Löffel aus den Augenhöhlen gezogen worden waren. Andererseits sah sich wohl niemand sonderlich ähnlich ohne Augen und mit einer Fratze, wo eigentlich der Mund sein sollte. Er gab Torma das Foto zurück, der es in seiner weinroten Lederherrenhandtasche verstaute. Nachdenklich ließ Berlotti seinen Blick über die schmucken Fachwerkhäuser mit ihren reich verzierten Portalen schweifen, die den Hansehafen der Stader Altstadt einrahmten. Das historische

Plattboden-Segelschiff, das hier vor Anker lag, erinnerte an die Zeit, in der einst Schiffe zum Entladen anlegten.

Unangekündigt hatte er am frühen Morgen vor Tormas Haus im malerischen Stadtkern gestanden und geklingelt. Als ihm die Eingangstür des Fachwerkhauses geöffnet wurde und er die Treppen in den dritten Stock hinaufstieg, hatte er einen Mitte siebzigjährigen Mann erwartet, aber keinen schlanken, fast schmächtigen Jüngling in Boxershorts, der in der Wohnungstür stand. Verwundert sahen sie einander an, und als Berlotti sich vorstellte, wurde der Junge schlagartig leichenblass. Auch Torma wirkte nervös und gab sich recht kleinlaut, als er, in einen zartrosafarbenen Bademantel gehüllt, ebenfalls in der Tür erschien. Die langen grauweißen Haare hingen ihm wirr vom Kopf wie bei einer misslungenen Kreuzung zwischen Karl Lagerfeld und Albert Einstein. Nachdem Berlotti erklärt hatte, weswegen er hier war, wirkte Torma aufrichtig überrascht, zog sich eilig an, kramte in einer Kommode, fand, was er suchte, und stopfte es in eine weinrote Lederherrenhandtasche. Dann verließen sie gemeinsam das Haus und setzten sich auf eine Bank neben den historischen Holzkran am Alten Hafen.

»Sie und Herr Gomolla waren Liebhaber?«, wagte Berlotti eine Vermutung.

In diesem Moment parkte eine ältere Dame ihren Rollator neben ihnen und nahm auf der Bank Platz. Sofort begann sie die beiden Herren in ein Gespräch zu verwickeln.

»Ich komme gerade vom Arzt, dieser Nagelpilz will einfach nicht verschwinden. So hartnäckig, da kannst du noch so viel Lack draufgeben. Seit zwei Jahren lackiere und lackiere ich, gibt's doch nicht! Meine Nachbarin sagt immer …«

Berlotti nickte der Frau freundlich zu, stand auf und zeigte auf das einladend aussehende Café auf der anderen Seite des Hafenbeckens. »Ich könnte einen Kaffee vertragen!«

Sie spazierten an einem Giebelhaus vorbei, das in diesem Schmuckkästchen von Altstadt etwas aus dem Rahmen fiel, weil jedes Stockwerk anders schief gelagert war. Alte Balken und Speicherluken sowie die Überreste eines Flaschenzuges am hervorstehenden Giebelgeschoss erinnerten noch an die ursprüngliche Nutzung als Speicher. Dann tauchte vor ihnen der wohl prächtigste Bau der an prächtigen Fassaden ohnehin nicht armen Gasse auf. Ein Glaser musste sich hier einst eine goldene Nase verdient haben, angesichts der Hunderten von Scheiben für die vielen Sprossenfenster. Der weiße Stuck an der ansonsten rot gestrichenen Fassade sah aus, als wäre einem Konditor der Topf mit dem Zuckerguss explodiert. Auf den Treppengiebeln thronten sieben Turmspitzen, die an Miniatur-Obelisken erinnerten.

Nebenan, in einem dreigeschossigen Fachwerkgebäude mit Doppelgiebel, befand sich das Café im Göbenhaus. Die jahrhundertealte Fassade war fast vollständig von Efeu bewachsen. Sie setzten sich auf der Terrasse in die Sonne und ließen sich von draufgängerischen Spatzen beschallen. Berlottis Vorsatz, ein paar Pfunde abzunehmen, hatte die üppige Kuchenauswahl zunichtegemacht, kaum dass er einen Blick in die Auslage geworfen hatte. Irgendwann würde er schon wieder mit Sport anfangen, befand er, und schob die Kuchengabel in das phantastisch aussehende Stück Stachelbeer-Baisertorte.

Im Hintergrund lief leise ein Lied, Céline Dions Herz würde für immer und immer weiterschlagen.

Langsam rührte er seinen Kaffee um. Der aromatische Duft stieg ihm in die Nase. Er nahm einen Schluck und genoss, wie die heiße Flüssigkeit seine Kehle hinabfloss. Das Leben war hart genug, da wollte er wenigstens mit seinem Kaffee im Reinen sein.

Während Berlotti sich ein weiteres Stück der Torte in den Mund schob, musterte er Torma. Er schien zu dieser Art Männer zu gehören, bei deren Alter man fast immer danebenlag. Für seine paarundsiebzig Jahre war Torma in guter Verfassung, schlank, drahtig. Und doch sah er aus, als wäre er nicht richtig zusammengesetzt worden. Berlotti hätte aber nicht sagen können, woran er das festmachte. Stattdessen wiederholte er seine Frage nach der Beziehung der beiden Männer.

Torma löste das Haargummi, klemmte es sich zwischen die Zähne und zog seinen Zopf straffer. »Gomolla ist hetero«, sagte er schließlich und seufzte.

»Das ist nicht unbedingt eine Antwort auf meine Frage«, entgegnete Berlotti und nahm einen weiteren Schluck aus seiner Tasse.

»Ich verstehe nicht …«, sagte Torma, stutzte dann, lachte und sagte: »Na, Sie sind mir ja einer!« Torma trank geräuschvoll seinen Kaffee. »Was wollen Sie denn eigentlich von Konny?«

»Wann haben Sie ihn zuletzt gesehen?«

»Lange vor der Wende, bevor er verhaftet wurde.« Torma wickelte nachdenklich den Pferdeschwanz um seinen Zeigefinger. »Ich weiß es nicht mehr genau, aber das muss fünf Jahrzehnte oder so her sein.«

»Ganz sicher?« Berlotti blickte Torma forschend ins Gesicht. »Sie sind ihm nicht zufällig im Alten Land über den Weg gelaufen?«

»Im Alten Land?« Torma musterte ihn ungläubig. »Was sollte Konny hier wollen? Der ist Sachse durch und durch. Oder zumindest war er's damals.«

»Erzählen Sie mir von Konny. Wie haben Sie sich kennengelernt?«

»Wir sind uns in einer Bar begegnet. Er war sehr direkt, wollte, dass ich Aktaufnahmen von ihm mache. Vermutlich wusste er, dass ich das nicht ablehnen würde. Ich hatte damals einen gewissen … Ruf.« Torma suchte in Berlottis Gesicht nach Anzeichen von Ablehnung. Als er keine fand, fuhr er befreiter fort. »Er machte Kraftsport, und sein muskulöser Körper war wie ein Kunstwerk.«

Berlotti dachte an das Foto und musste zugeben, dass Gomollas Körper über eine gewisse Ästhetik verfügte. Auch wenn er dem Bodybuilder-Kult wenig abgewinnen konnte.

»Was wollte Gomolla denn als Gegenleistung?«

Ein Windstoß wehte Tormas Serviette davon. Der überlegte kurz, ob er hinterhereilen sollte, entschied sich aber dagegen. Trotz der gelegentlichen Böen war es in der Sonne so warm, dass Berlotti sein beiges Cordsakko auszog und über die Stuhllehne hängte. Aus dem Augenwinkel spürte er Tormas Blick über seinen Körper wandern.

»Was wollte Gomolla denn als Gegenleistung?«, wiederholte Berlotti.

»Wir haben nächtelang geplaudert. Er hat sich sehr für Kunstschätze interessiert. Ich habe regelmäßig fürs Grassimuseum gearbeitet und diverse Kunstkataloge erstellt, und so gingen uns die Gesprächsthemen nie wirklich aus.«

Die Information brauchte einige Sekunden, bis sie sich in Berlottis Gehirn an die richtige Stelle verschob. »Er hat Sie nach dem Museum ausgefragt und als Gegenleistung die Hüllen für Sie fallen gelassen!«

Torma wirkte zerknirscht, als er kleinlaut zugab: »Ich habe eine Bemerkung über den mangelhaften Schutz der Kulturgüter im Museum gemacht. Daraufhin wollte er von mir wissen, ob es denn keine Alarmanlage im Grassi gäbe. Keine Lichtschranken vor den Vitrinen oder Ähnliches.«

»Und, gab es?«

»Eben nicht! Wir haben uns seinerzeit sehr darüber amüsiert, was es in der DDR alles nicht gab. Erst als die Geheimdienstmitarbeiter der K 1 bei mir auf der Matte standen, habe ich begriffen, dass ich wohl ziemlich dämlich gewesen bin.«

»Und danach haben Sie Gomolla nie wiedergesehen?«

Versonnen sah Torma an Berlotti vorbei auf das Stader Altstadtpanorama. »Leider nein, obwohl ich sehr oft an ihn und seinen Körper gedacht …« Er unterbrach sich, blinzelte den offensichtlichen Tagtraum weg und sah dann Berlotti an. »Warum wollen Sie das eigentlich alles wissen, das sind doch olle Kamellen.«

Die letzten beiden Worte waren die ersten, die Torma mit sächsischem Akzent sprach. Alles, was er davor gesagt hatte, war ohne dialektale Einfärbung gewesen. Offenbar war das auch Torma aufgefallen.

»Tja, Sie bekommen den Ossi vielleicht aus dem Osten raus, den Osten aber nie so ganz aus dem Ossi.«

***

Auf dem Rückweg bog Berlotti von der Straße nach Hamburg Richtung Neuenfelde ab. Er hatte spontan beschlossen, den Tatort noch einmal aufzusuchen, in der Hoffnung, sich ohne den ganzen Trubel der Spurensicherung ungestört umsehen zu können. Tatsächlich war der Parkplatz am Friedhof leer, als er seinen Fiat dort abstellte.

Er stieg aus und tauchte unter dem rot-weißen Absperrband hindurch, das den Bereich zwischen Geräteschuppen und dem hinteren Teil des Geländes abgrenzte. Das Schafgatter war verwaist, stattdessen sah er eine in Schwarz gekleidete Person vor dem Baum stehen, an dem vor Kurzem noch Konrad Gomolla gelehnt hatte. Die nummerierten Aufsteller waren verschwunden. Er beobachtete die Gestalt aus einiger Entfernung, die reglos vor dem Apfelbaum stand, und er fragte sich, was sie hier zu suchen hatte.

»Das Absperrband hat seinen Namen nicht umsonst«, sagte Berlotti.

Die Frau, nach deren Namen Berlotti in seinem Gedächtnis kramte, bis er ihn schließlich fand, zuckte zusammen und drehte sich um, als wäre sie bei etwas ertappt worden.

»Geistliche bilden da keine Ausnahme, Frau Kohler!«, ergänzte er.

Hatte Kerstin Kohler eben noch erschrocken dreingeblickt, trug sie nun einen besorgten Gesichtsausdruck zur Schau.

»Als Pastorin von Neuenfelde ist es geradezu meine Pflicht, für verstorbene Mitglieder meiner Gemeinde zu beten«, sagte sie und faltete demonstrativ die Hände.

»Woher wissen Sie, dass der Tote ein Gemeindemitglied war?« Über ihnen tauchte ein Falke auf und legte eine flugakrobatische Vorführung hin. Ob aus purer Lebensfreude oder weil er auf der Jagd nach Feldmäusen war, vermochte Berlotti nicht zu sagen. »Meines Wissens haben Sie den Toten nicht gesehen und können ihn deshalb auch nicht als Gemeindemitglied identifiziert haben.«

Die Sonne hatte im Laufe des Vormittags weiter an Kraft gewonnen, und doch meinte er in der Wolkenformation, die sich hinter dem übermütigen Vogel abzeichnete, einen unheilvollen Vorboten zu erkennen, eine Fratze, die an einen Totenkopf erinnerte.

Die schlanke, fast magere Frau presste die Lippen aufeinander und sah ihn traurig an. »Wissen Sie, als Geistliche ist man fast permanent mit dem Tod konfrontiert. Das geht einem zuweilen ganz schön an die Nieren. Wie soll man denn so jemals restlos glücklich werden? All das Leid der Hinterbliebenen …« Sie seufzte laut, als könnte sie die Trostlosigkeit ihres Berufs ebenso wenig fassen wie Gewalt und Ungerechtigkeit auf Erden.

»Woher wollen Sie wissen, dass der Tote ein Gemeindemitglied war?«, wiederholte Berlotti, diesmal sanftmütiger. Er konnte den Gemütszustand der Pastorin nachvollziehen, schließlich musste er sich selbst allzu oft mit Tod und Trübsal auseinandersetzen.

»Warum sollte ein Ortsfremder zum Sterben auf den Friedhof von Neuenfelde kommen?« Sie lächelte schwach, wie um die Absurdität dieses Gedankens zu unterstreichen.

»Das versuchen meine Kollegen und ich gerade herauszufinden«, gab Berlotti zurück, den Blick fest auf sein Gegenüber geheftet. »Vielleicht haben Sie etwas Erhellendes beizutragen?«

Schweigend starrte sie auf die Stelle, an der sie den Tatort vermutete. Statt eine Antwort zu erhalten, sah er ihre Fassung wie ein Kartenhaus zusammenfallen. Die Schultern sackten um mehrere Zentimeter, die Arme fielen an den Seiten herunter. Tränen stiegen ihr in die Augen, sammelten sich am unteren Augenlid, ohne herunterzulaufen.

»Entschuldigen Sie, das ist sonst gar nicht meine Art. Aber der Tod meines Mannes … ich bin noch immer nicht darüber …« Sie schniefte geräuschvoll. »Dass in unmittelbarer Nähe zur Kirche ein Mensch gewaltsam zu Tode kam, hat wohl frische Wunden wieder aufgerissen.« Kerstin Kohler zeichnete mit der rechten Hand ein Kreuz in die Luft und wandte sich dann zum Gehen. »Selbstverständlich helfe ich Ihnen gerne, allerdings weiß ich nicht, wie ich Ihnen von Nutzen sein kann.«

Sie liefen schweigend nebeneinander zurück zum Parkplatz.

»Sagt Ihnen der Name Konrad Gomolla etwas?«, fragte er schließlich.

Sie schenkte ihm einen Seitenblick und sah dann wieder vor sich auf den Weg. »Ist das der Name des Toten?«

Berlotti nickte.

Sie legte die Stirn in Falten, als könnte sie auf diese Weise besser nachdenken, schüttelte jedoch schon nach kurzer Zeit den Kopf. »Niemand aus unserer Kirchengemeinde heißt so. Aber wenn Sie mir ein Bild von ihm zeigen, kann ich es Ihnen mit Gewissheit sagen«, sagte sie bestimmt.

Am Auto angekommen, lehnte Berlotti sich mit dem Rücken an die Fahrerseite und sah nachdenklich von Kerstin Kohler zum Autoschlüssel in seiner Hand, von dort zur Kirchturmspitze von St. Pankratius und wieder zurück zur Pastorin. Er spürte, dass sie ihn aufmerksam musterte.

»Glauben Sie, dass der Tote ein guter Mensch war?«, fragte sie, so leise, dass Berlotti nicht sicher war, ob sie gerade überhaupt etwas gesagt hatte.

Er stieß sich vom Auto ab und machte einen Schritt auf sie zu. »Wie kommen Sie darauf?«

Wieder sah sie ihn nachdenklich an. Gerade als er glaubte, keine Antwort zu erhalten, sagte sie ebenso leise wie zuvor: »Auch wenn der Herr uns lehrt, dass erst im Jenseits gerichtet wird, bin ich doch der Ansicht, dass er einige Menschen nicht ohne Grund früher zu sich ruft als andere.« Mit einem traurigen Lächeln schob sie hinterher: »Sie glauben gar nicht, was man als Pastorin alles erlebt.« Daraufhin nickte sie ihm zu und ging Richtung Pfarrhaus davon.

∗∗∗

Als der Zug den Hamburger Hauptbahnhof verließ, ging Berlotti durch die Waggons nach vorn, auf der Suche nach einem freien Sitzplatz. Die Fahrgäste stapelten sich in den Gängen und vor den Toiletten auf dem Boden. Kurzerhand setzte er sich in eine freie Sitzreihe in der ersten Klasse. Das war keine Verschwendung von Steuergeldern, das war Notwehr, beschloss er.

Der Zug war kaum richtig losgefahren, da war Berlotti schon in sein Notizbuch versunken. Immerhin wussten sie bereits, wer der Tote in seinem früheren Leben gewesen war: der verurteilte Einbrecher in ein DDR-Museum.

Obwohl sich immer wieder die Bilder der verstümmelten Leiche vor Berlottis geistiges Auge schoben, versuchte er seine Gedanken zu ordnen. Während er noch über das seltsame Zusammentreffen mit der Pastorin nachdachte, machte sich ein neuer Gedanke in seinem Bewusstsein breit: Was hatte die Küsterin Olga noch bei ihrer Begegnung gesagt? Kohlers Ehemann sei von der Straße gedrängt worden und ums Leben gekommen? Hatte Katharina sich eigentlich darum gekümmert? Auf den ersten Blick schien es sich um voneinander unabhängige Ereignisse zu handeln, aber er konnte sich genauso gut irren. Deshalb nahm er sein Handy in die Hand, wählte Katharinas Nummer, doch die Verbindung konnte nicht aufgebaut werden. Typisch Deutsche Bahn, dachte Berlotti und rügte sich gleich dafür.

Was brachte jemanden dazu, einen anderen Menschen so zuzurichten, wie es mit Konrad Gomolla geschehen war? Die Fähigkeit zu morden steckte in uns allen, da gab er sich keiner Illusion hin. Aber diese Form der Brutalität setzte eine Triebkraft voraus, die ihm fremd war. Die Ursachen mussten in Gomollas Vergangenheit liegen. Doch wie fand man etwas über einen Menschen heraus, der seit seiner Entlassung aus dem Gefängnis über Jahrzehnte hinweg ein Phantom gewesen war? Wenn Gomolla in keinem Melderegister zu finden war, wie sollten sie die Zeit vor seinem Tod rekonstruieren? Leipzig würde neue Erkenntnisse bringen, musste es einfach!

In Berlin-Spandau setzte sich eine Frau mit dünnem weißen Haar neben ihn und blieb, in Das Goldene Blatt vertieft, bis Wittenberg sitzen, wo sie ausstieg, ohne Berlotti auch nur angesehen oder ein Wort mit ihm gewechselt zu haben. Kurz darauf klingelte sein Telefon.

»Bist du schon in Leipzig?«

Berlotti fasste für Benicia den Vormittag zusammen. »Nach Stade müssen wir mit Felipe auch mal fahren, das wird ihm gefallen!«

»Das denke ich auch. Weißt du schon, ob du es mit uns zu den Wasserspielen in Planten un Blomen schaffst?«

»Ich kann nicht einschätzen, was mich in Leipzig erwartet, aber ich möchte euch sehr gerne sehen.«

»Das wäre wirklich schön. Felipe würde sich freuen. Und ich mich auch.«

Noch Sekunden nachdem Berlotti aufgelegt hatte, kribbelten seine Kopfhaut und Unterarme. Jeder Austausch mit Benicia brachte sein zentrales Nervensystem in Aufruhr. Allein ihre Stimme vermochte es, ihm angenehme Schauer über den Rücken laufen zu lassen. Er hoffte inständig, dass ihm sein aktueller Fall die Pläne nicht durchkreuzte, mehr Zeit mit Benicia zu verbringen.

Erneut versuchte Berlotti, Katharina anzurufen, die allerdings nicht abnahm.

»Allerliebste Lieblingskollegin aller Zeiten und aller, die da noch kommen«, säuselte er auf ihre Mailbox. Er berichtete von dem Unfall, bei dem der Mann der Pastorin ums Leben gekommen war. Weller und sie sollten sich den Polizeibericht besorgen und klären, ob es eine Verbindung zu ihrem Fall geben konnte. »Sicher ist sicher. Oder wie ihr jungen Leute sagt: ›Better safe than sorry.‹ Kannst du dich kümmern?«

Ob in Leipzig noch Zeit war, sich einen ordentlichen Kaffee zu besorgen, bevor er Loreen Odette Kaiser entgegentrat? Er kannte die Frau nicht, aber die bisherigen Telefonate ließen auf einen anstrengenden Tag schließen. Als hätte sie seine Gedanken gelesen, kam in diesem Augenblick eine Nachricht auf seinem Smartphone an: *Warte im Wagen am West-Ausgang, cremefarbener BMW.*

Also kein Kaffee. Bevor er beim erstbesten Bäcker anhielt und sich eine viel zu dünne, viel zu bittere Brühe zapfen ließ, würde er noch etwas länger ausharren, auch wenn's allmählich schwerfiel. Wo andere Menschen bei ihm längst eine Kaffeesucht vermuteten, hatte er sich schlicht eine chronische Unterkoffeinierung in Selbstdiagnose attestiert. Nichts, was er nicht durch eine konstante, qualitativ hochwertige Zufuhr des flüssigen Herzschrittmachers unter Kontrolle hatte.

Berlotti gähnte mehrmals herzhaft, während der Zug in den Leipziger Hauptbahnhof fuhr. In der letzten halben Stunde hatte sein Kreislauf Kapriolen geschlagen wie ein übermütiger Welpe, ehe er auf ein ihm bislang unbekanntes Niveau abgesackt war. Kaum dass er stand, drückte es ihn wieder in den Sitz. Obwohl er es auf eine ruckelnde Zugbewegung schob, ahnte er doch, dass es sein Koffeinpegel war, der ihm zu schaffen machte. Er unternahm einen erneuten Versuch aufzustehen.

Als er den Zug verlassen hatte und am Ende des Bahnsteigs angelangt war, versuchte er sich zu orientieren. Die Sonne schien durch die Oberlichter der kolossalen Halle. Millionen Staubpartikel tänzelten durch den Raum. An einem Adventsstern und einer Vielzahl von Pyramiden aus dem Erzgebirge vorbei, die ihm im Frühjahr reichlich deplatziert vorkamen, folgte er der Beschilderung und hielt nach der Kollegin Ausschau.

Die Frau, die ihm die Hand gab, war etwas kleiner als er, um die ein Meter siebzig und ungefähr in seinem Alter. Statt eines nach oben gegelten Igelhaarschnitts mit hellblonden Strähnchen, den er idiotischerweise erwartet hatte, hatte sie ihr dunkelblondes Haar zu einem Pferdeschwanz zusammengebunden, der ihr bis zu den Schulterblättern reichte. Während ihre rechte, eindeutig manikürte Hand seine fest drückte, steckte die andere in einer abgewetzten braunen Lederjacke, die ihr eine coole, aber nicht übertrieben toughe Ausstrahlung verpasste.

»Woher wussten Sie, wie ich aussehe?«, wollte Berlotti wissen, während er auf dem Beifahrersitz Platz nahm.

»Das Internet ist voll mit mehr oder weniger vorteilhaften Bildern von Ihnen«, sagte Kommissarin Kaiser und warf ihm einen amüsierten Seitenblick zu. »Jedenfalls in gewissen Nachrichtenblogs und Foren.«

»Das ist der Fluch, wenn einer einfach anständig seine Arbeit macht.«

»Einer, der aus Italien kommt und bei dem Verdächtige mit mafiaähnlichen Methoden aus dem sechzehnten Stock fliegen?« Berlotti öffnete den Mund, doch Kaiser kam ihm zuvor und hob beschwichtigend eine Hand vom Lenkrad. »Hey, ich gebe nur wieder, was ich gelesen habe. Das Internet spiegelt in den seltensten Fällen die Realität wider, das wissen wir wohl beide.«

In Gedanken gab Berlotti der Kollegin recht, entgegnete aber nichts. Alte Fassaden herrlicher Gründerzeitbauten zogen an ihnen vorbei. Vielleicht könnte er mit Benicia und Felipe wieder herkommen, wagte er den ambitionierten Versuch einer Planung für die nähere Zukunft. Dafür müsste er allerdings bald herausfinden, wer Gomolla das Besteck in den Kopf gerammt hatte.

Als hätte Kaiser seine Gedanken erraten, erkundigte sie sich: »Waren Sie schon mal in Leipzig?«

Berlotti versuchte ein Gähnen zu unterdrücken. »Noch nicht geschafft, aber Dresden.«

Kaiser nickte. »Kennen Sie den größten Unterschied zwischen Dresden und Leipzig?« Ohne eine Antwort abzuwarten, fuhr sie fort: »Der Leipziger kann sich dresden, aber der Dresdner kann sich nicht leipzigern.« Ihr Mundwinkel zuckte. Berlotti schaute sie verständnislos an. Dann wiederholte sie den Satz, sprach die Konsonanten noch weicher aus und ließ die Vokale noch undeutlicher zwischen ihnen schweben. Endlich begriff er, dass mit »dresden« »trösten« gemeint war. Im Sächsischen wurde selbst der kantigste Satz zu Butter. Müde rang er sich ein Lächeln ab und fragte sich, was aus der Kratzbürste geworden war, die ihn am Telefon angeraunzt hatte.

Sie warf ihm einen Seitenblick zu. »Jetzt nehmen wir erst einmal Gomollas Halbbruder in die Mangel. Und danach genehmigen wir uns ä Schäälschen Heeßn.«

Wieder schien Berlottis fragender Gesichtsausdruck sie zu belustigen, weshalb sie nachschob: »Na, dann trinken ma erschd ä Gaffee.«

»Klingt insgesamt nach einem guten Plan.« Dass er das Sächsische allenfalls mittelattraktiv fand, auch wenn sie es bewusst ironisch aussprach, musste er ihr ja nicht auf die Nase binden. Allerdings ging es ihm mit den meisten Dialekten so, den deutschen wie den italienischen.

***

Erwin Geese war klein und stämmig, verfügte trotz des fortgeschrittenen Alters über volles Haar und war einer jener Dunkelhaarigen, die eine halbe Stunde nach dem Rasieren schon wieder einen Dreitagebart hatten. Vom Moment an, in dem er ihnen die Tür geöffnet hatte, war Geese darum bemüht, weder schuldbewusst noch nervös auszusehen. Was nicht ungewöhnlich war, denn das war nach Berlottis Erfahrung die Standardeinstellung der meisten Menschen, wenn sie es mit der Polizei zu tun bekamen.

Er wohnte in der Krochsiedlung, einem Stadtteil, der aus etwa dreißig nahezu identisch aussehenden Mehrfamilienwohnhäusern zu bestehen schien. Berlotti schätzte, dass sich in diesen drei- und viergeschossigen Häuserzeilen bestimmt eintausend Wohnungen befanden. Mit ihrer Kastenform und dem flachen Dach erinnerten ihn die Bauten an den typischen Bauhausstil. Kaiser hatte ihm erzählt, dass die Kästen heute unter Denkmalschutz standen, auch wenn sie auf den ersten Blick nicht danach aussahen. Zudem ermöglichten sie es den Leipzigern, zu Mietpreisen von teilweise unter fünf Euro pro Quadratmeter in voll sanierten Wohnungen zu leben. Berlotti war beeindruckt, konnte er doch der schlichten deutschen Bauweise viel abgewinnen, deutlich mehr als viele seiner italienischen Landsleute, denen es nicht opulent genug sein konnte. Zumal er wusste, dass in Hamburg für vergleichbaren Wohnraum manchmal mehr als der halbe Monatslohn draufging.

Geeses Ein-Zimmer-Wohnung im Hochparterre eines Sechs-Parteien-Hauses war spartanisch eingerichtet. Ausgeklapptes Schrankbett aus hellem Holz auf abgewohntem Dielenboden, eine dazu passende Kommode. Die Wände kahl und weiß, kaum persönliche Dinge. Gerade so, als wäre er eben eingezogen und die Umzugskisten würden erst noch geliefert werden. Dabei wohnte der Mann hier seit mehr als zwanzig Jahren, wie Kaiser ihm auf der Fahrt in die Krochsiedlung berichtet hatte.

»Wann haben Sie Ihren Bruder zuletzt gesehen?« Kaiser, die im Gespräch mit Berlotti lupenreines Hochdeutsch gesprochen hatte, verwendete nun einen sächsischen Einschlag. Doch der Versuch, auf diese Weise Vertrauen aufzubauen, verfehlte seine Wirkung. Geese zuckte unbestimmt mit den Schultern und kniff dabei fest den Mund zu.

Er will uns nichts sagen, dachte Berlotti. Aber warum? Weil er der Polizei grundsätzlich misstraut? Weil er etwas zu verheimlichen hat? Weil er eine Straftat decken will?

»Hörnse«, ließ er sich schließlich zu einer Antwort herab, nachdem Kaiser, ohne mit der Wimper zu zucken, die Frage zwei weitere Male wiederholt hatte. »Ich weeß ni, wo mein Halbbruder ist. Interessiert mich auch nicht. Wir haben seit Jahrzehnten nüschd miteinander zu schaffen. So eenfach ist das.«

»Also ist Ihr Verhältnis nicht sehr eng?« Kaiser ließ nicht locker.

»Nee, gar nicht.«

»Herr Geese, Ihr Bruder ist tot.«

Geese hatte den Mund schon geöffnet, schloss ihn aber wieder, als die Nachricht vom Tod seines Halbbruders zu ihm durchgesickert war. Für Berlotti war das immer der Moment der Wahrheit. Wie reagierte einer, dem überbracht wurde, dass jemand gestorben war, der einem nahestand oder den man zumindest kannte? Er war überzeugt, dass aus solchen Situationen viel herauszulesen war: Entsetzen, Trauer, schlecht gespieltes Erstaunen. Sekündlich wich aus Geeses Gesicht mehr Blut, bis es die Farbe der Raufasertapete annahm: kalkweiß mit einem Schuss Gilb. Dazu trug auch Kaisers detaillierte Schilderung der Todesumstände von Konrad Gomolla bei. Berlotti hoffte inständig, dass er den Tod eines geliebten Menschen niemals von der Kollegin übermittelt bekommen würde.

In Geeses fassungslosem Gesicht meinte Berlotti noch etwas

anderes zu erkennen – eine vage Ahnung, warum sein Bruder derart brutal sterben musste, und eine ebenso unbestimmte Furcht, dass sein eigenes Leben in Gefahr war.

»Mein herzliches Beileid, Herr Geese. Ihr Verlust tut mir sehr leid«, holte Berlotti nach, was Kaiser bislang versäumt hatte.

Geese nahm die Beileidsbekundung mit einem angedeuteten Nicken zur Kenntnis.

»Darf ich mal Ihr Handy sehen?«, schob Berlotti nach.

»Hä? Wieso?« Geese stand noch immer unter Schock. Berlotti wollte Geeses Zustand ausnutzen und hoffte, dass der nicht nach einem Durchsuchungsbeschluss fragte.

Kurz darauf scrollte er durch dessen Kontakte im Handy.

Ach! Überrascht stellte Berlotti fest, dass eine Nummer unter Gomollas Namen abgespeichert war. Mit vor Aufregung tauben Fingerspitzen drückte er die Wahltaste. Wenn sie das Telefon des Toten fänden – egal, ob mobil oder Festnetz –, könnte sie das einen großen Schritt voranbringen. Doch die Hoffnung machte eine wenig empathische Stimme zunichte, die ihn informierte, dass die Nummer, die er gewählt hatte, nicht vergeben war. Er öffnete den Kontakt und sah, dass die Nummer mit 0711 begann, der Vorwahl von Stuttgart.

»Ich denke, Sie haben seit Jahrzehnten nichts von Ihrem Bruder gehört?«

»Halbbruder!«, widersprach Geese lahm.

»Warum haben Sie dann eine Stuttgarter Nummer unter seinem Namen abgespeichert?« Berlottis Tonfall blieb freundlich, wurde aber drängender.

»Ach, das!«

»Ja, *das*!«

Berlotti war sich nicht sicher, ob Geese tatsächlich vergessen hatte, eine Nummer seines Bruders abgespeichert zu haben, oder ob er versuchte, sich eine plausible Begründung dafür zu überlegen.

»Also?«

»Der Konny hat mir vor ein paar Jahren änne Postkarte geschiggt, auf der stand die Nummer.«

»Wann war das? Haben Sie die Karte noch?«

»Boah.« Geese blies die Wangen auf und presste die Luft lautstark heraus. »Geene Ahnung.«

Berlotti war zu dem Schluss gelangt, dass dem Mann mit Freundlichkeit nicht beizukommen war. »Dann geben Sie sich Mühe, wir ermitteln in einem Mordf–«

»Is ja gudd!« Geese sah von Berlotti zu Kaiser, dann zwischen ihnen hindurch an die Wand, als stünde dort die Antwort auf Berlottis Frage. »Zwanzsch, fuffzn, zwelf Jahre, geene Ahnung. Die Karte hab'sch weggehaun, und den Konny hab'sch nie angerufen. Mir beede hatten wie gesagt ni das beste Verhältnis.«

»Warum eigentlich nicht?«, wollte Berlotti wissen. Manchmal waren es die profanen Fragen, die einen weiterbrachten – bei der Arbeit und im Leben sowieso.

Geese sah ihn erstaunt an. Offenbar hatte er mit einer persönlichen Frage nicht gerechnet. Er rieb sich über die bärtige Wange. »Das muss ich Ihnen wohl jetzt ni beantworten.«

»Kein Mensch muss müssen«, entgegnete Berlotti und beobachtete aus dem Augenwinkel, dass Kommissarin Kaiser neben ihm unruhig von einem Bein aufs andere trat.

Geese wischte sich einen unsichtbaren Krümel von der Trainingsjacke und schien abzuwägen, inwiefern ihm ein Gespräch mit der Polizei schaden konnte. Offenbar kam er zu dem Schluss, dass er den ungebetenen Besuch umso schneller wieder loswurde, je eher er kooperierte.

»Wenn dir die Stasi fuffzn Jahre lang ni von der Seite weicht, weil dein Stiefbruder meint, Diebesgut bei dir verstecken zu müssen, da darf man schon mal'n Brass ham. Oder was meent ihr?«

Berlotti stützte sich auf die Lehne des Klappstuhls, den Geese ihnen angeboten hatte, den sie aber ignorierten. »Und seitdem herrscht Funkstille zwischen Ihnen?«

»Mir haben uns nüschd zu sagen, warum sollen wir dann den Schein wahren? Und für wen?« Geese hatte zunehmend stärker gestikuliert, mit den Schultern gezuckt, wegwerfende Handbewegungen gemacht. Für Berlotti ein Hinweis darauf, dass ihm sein Halbbruder doch nicht so egal war, wie er behauptete.

»Gab es einen Streit?«

»Nee.«

»Sicher?«

»Hörnse: Was ooch immer Sie hier konstruieren möchten, das funktioniert so ni. Konny hat im Knast gesessen. Ich kann von Glück sach'n, dass mich sein Verhalten ni ooch noch die Freiheit gekostet hat. Fuffzn Jahre hat er gesessen, dann ist ihm die Einheit zupassgekommen.«

»Und danach? Kein Kontakt?«

»Saachisch dor.«

»Ich denke, er hat Ihnen eine Postkarte geschickt.«

Geese stutzte, hatte sich aber schnell gefangen. »Ja, stimmt. Sonst aber geen Kontakt.«

»Woher war die eigentlich verschickt worden?«

»Wer?«

»Die Postkarte.«

»Ach so.«

»Also?«

»Ich globe, die war aus Stuttgart.«

Berlotti lehnte sich wieder zurück und musterte Geese unverhohlen. Sagte der Mann die Wahrheit, oder spielte er ihnen etwas vor? Geese hätte allen Grund gehabt, auf seinen Bruder wütend zu sein. Ins Visier der Deutschen Volkspolizei war wohl niemand gerne geraten, ganz zu schweigen von der Stasi.

»Geschwister sind die einzigen Menschen, über die wir uns pausenlos aufregen und die wir trotzdem fest im Herzen tragen.« Berlotti bemühte sich um einen neutralen Tonfall, auch wenn es in ihm anders aussah. Wie immer, wenn er an seine verschollene Schwester denken musste.

»Was können Sie uns von dem Diebesgut erzählen?«, schaltete sich nun auch Kommissarin Kaiser wieder ein.

»Nüschd!« Die Antwort kam schnell, sehr schnell. Für Berlottis Geschmack zu schnell. Aber was es auch war, das Geese möglicherweise vor ihnen geheim halten wollte, er hatte beschlossen, es ihnen nicht zu sagen. Immerhin hatten sie einen neuen Anhaltspunkt.

Kaum dass sie aus dem Haus getreten waren, rief er Katharina an und gab ihr die Stuttgarter Telefonnummer durch. Gedankenverloren wanderte sein Blick von Kaisers fragendem Gesicht zu der weitläufigen Rasenfläche, den alten Bäumen zwischen den Häuserreihen und hinauf zu den verglasten Wintergärten, die aus den Hauswänden ragten. Auch wenn sie einen neuen Hinweis erhalten hatten, dem Katharina und Weller nachgehen konnten, war Berlotti unzufrieden. Die Situation, in der sie sich gerade befanden, war ihm nicht fremd. Es war immer das unangenehmste Stadium einer Ermittlung: zu viele Informationen, die allenfalls vage waren, mehr Vermutungen als gesicherte Indizien. Zu viele Personen, die sie befragen, zu viele Hinweise, denen sie nachgehen mussten. Wie immer, wenn Berlotti das Gefühl hatte, sich in einer Sackgasse zu befinden, tat er etwas, das schon des Öfteren geholfen hatte: Er trat einen Schritt zurück.

Vor seinem geistigen Auge ließ er die bisherigen Erkenntnisse an sich vorbeiziehen. Angefangen mit jenem Moment, in dem er die Leiche zum ersten Mal gesehen hatte, über die Mordwerkzeuge bis hin zur Identität des Toten. Irgendetwas stimmte da nicht, dachte Berlotti. Er fühlte sich merkwürdig abgekoppelt von der Ermittlung, gerade so, als hätte er keine Verbindung zum Toten und seiner Herkunft. Das würde auch erklären, warum ihm bislang jene fieberhafte Anspannung abging, die ihn früher oder später ereilte. Als hätte man ihn auf eine Bühne geschubst, damit er etwas vortrug, und er war der Einzige, der nicht wusste, was er dort sollte und was das Publikum hören wollte. Lag es daran, dass er sich außerhalb seiner Komfortzone aufhielt? War ihm der Osten wirklich derart fremd, dass die Situation seinen Ermittlerinstinkt lähmte?

»Ich will mir ein Bild von den Tatorten vom Einbruch damals machen«, sagte er zu Kommissarin Kaiser, die im Auto am Steuer saß und mit ihm auf dem Weg zum Revier war. Hatte Berlotti erwartet, dass sie ihm mit hochgezogener Augenbraue widersprechen würde, wusste sie ihn einmal mehr zu überraschen, indem sie bloß nickte, zum Handy griff und einige Anrufe tätigte.

Keine halbe Stunde später standen sie im Grassimuseum vor einer Vitrine, in der sich die wiedergefundenen Raubgegenstände befanden. Berlotti brauchte einige Augenblicke, bis er sich gefangen hatte. Die Opulenz in vielen Räumen, das Schimmern der goldenen Trinkpokale, die religiösen Darstellungen des sterbenden Christus in Bernstein und Ebenholz, Vitrinen voller Tassen aus Porzellan und Wasserpfeifen aus Emaille, das alles flutete seine Wahrnehmung. Auch wenn das Museum seit dem Einbruch grundlegend umgebaut worden war, konnte Berlotti sich doch vorstellen, dass Konrad Gomolla sich gefühlt haben musste wie im Schlaraffenland: nachts eingeschlossen mit diesen Schätzen, ohne Alarmanlagen, und einpacken zu können, was das Herz beliebte. Obwohl Berlotti im Museum nichts Hilfreiches erfuhr, hatte er doch das Gefühl, durch diesen Besuch zurück in die Spur gefunden zu haben.

Als Nächstes ließ er sich zum Elsterbecken fahren, wo Gomolla einst den Großteil seiner Beute versteckt hatte. Berlotti stand am rechten Ufer, unweit der Landauer Brücke am Leutzscher Niederholz, das zum Rosental gehörte, und blickte in die schwarztrüben Fluten, die gemächlich an ihm vorbeidümpelten. In einiger Entfernung hob ein kleiner Bagger schaufelweise Schlamm aus dem Gewässer und lud das unansehnliche Sediment auf einen Lkw.

Berlotti stellte sich vor, wie Gomolla fast auf den Tag genau vor achtundvierzig Jahren hier ans Ufer getreten war, möglicherweise gebückt, um in der dichten Böschung Deckung zu finden. Während Berlotti sich vor eine Steinplatte kniete, unter der Gomolla Berichten zufolge einst die Beute versteckt hatte, fragte er sich zum ersten Mal in seinem Leben, wie es sich anfühlen musste, auf der Flucht zu sein. Was war das für ein Gefühl? Adrenalingetrieben, gar keine Frage. Aber vor Angst? Oder war da auch eine gewisse Erregung mit im Spiel?

Berlotti hatte während seiner Ausbildung gelernt, dass Diebe nach ihrer Tat oft ein Glücksgefühl erlebten, eine Euphorisierung, die meist als reizvoller und positiver Zustand erlebt wurde. Mit diesem Kick verbunden war häufig ein gehobenes Selbstwertgefühl: Die Täter fühlten sich überlegen, selbstsicher und fasziniert von dem Beutezug und sahen unbegrenzte Gelegenheiten vor sich, sie fragten sich, was noch alles möglich war. War Gomolla ein Adrenalinjunkie gewesen? War er einfach nur arm? Oder hatte ihn eine kriminelle Energie dazu getrieben? Falls Letzteres der Fall war, lag es an einer sozial schwachen Herkunft? War Gomolla psychisch labil gewesen? Berlotti ahnte, dass er Gomollas Wesen, seinen Antrieb für die Tat begreifen musste, wenn er dem Motiv für dessen Ermordung auf den Grund kommen wollte.

»Wo lagern denn Gomollas Vernehmungsprotokolle?«, erkundigte er sich bei Kaiser.

»Entweder in den Archiven der Stasi oder im Sächsischen Staatsarchiv. Beide befinden sich hier in Leipzig. Aber genau wird Ihnen das unser nächster Termin sagen können.«

***

Die Sonne war gerade hinter den historischen Fassaden der Gründerzeitbauten verschwunden, der Himmel tiefrosa. Kaiser parkte im Halteverbot gegenüber einem Bio-Bäcker. Sie stiegen aus, und Berlotti folgte der Kollegin, die sich durch einen Spalt in einem Bauzaun quetschte. Vor einem imposanten, drei mal vier Meter großen Stahltor stand ein Mann, den Berlotti auf Mitte fünfzig schätzte. Seine wenigen verbliebenen Haare schien er einzeln gekämmt zu haben, so sorgfältig und verzweifelt waren sie seitlich über den Kopf gelegt, um die Glatze zu bedecken.

Als er auf Loreen Odette Kaiser zukam, strahlte er sie so an, dass Berlotti Sorge hatte, seine Mundwinkel würden einreißen. Sie umarmten sich zur Begrüßung. Berlotti blickte an der beigefarbenen Fassade hinauf. Nur die noch immer vergitterten Fenster ließen auf den einstigen Zweck der Einrichtung schließen. Die Kollegin stellte den Mann als Rüdiger Schrader vor, der die Hand zum militärischen Gruß an die Fastglatze hob und Berlotti schelmisch zuzwinkerte.

»Rüdiger ist Mitglied im Leipziger Demokratieverein, der sich unter anderem um den Erhalt der ehemaligen zentralen Hinrichtungsstätte als Erinnerungsort bemüht«, erklärte Kaiser. Und bevor Berlotti, der glaubte, sich verhört zu haben, nachhaken konnte, fuhr sie schon fort: »Außerdem ist er unser kriminalhistorischer Berater. Wenn Sie Fragen zur Geschichte der Leipziger Polizei während der Weimarer Republik oder in der DDR haben, dann ist er Ihr Mann. Er hat schon des Öfteren Licht in unsere Ermittlungen gebracht.«

Schrader bedachte Kaiser mit einem beinahe scheuen Lächeln und drehte den Schlüssel im Schloss des großen Stahltores, das sich mit einem markerschütternden Quietschen gegen die Eindringlinge zu wehren schien. Zu Berlottis Überraschung befand sich hinter dem Tor ein weiteres, noch massiver als das erste.

»Sagten Sie Hinrichtungsstätte? Ich dachte, wir sind hier in der Justizvollzugsanstalt, in der Konrad Gomolla einst eingesessen hat.«

Kaiser und Schrader warfen sich einen vielsagenden Blick zu. Schließlich ergriff Schrader das Wort.

»Auch Jahrzehnte nach dem Mauerfall gibt es Kapitel der DDR-Geschichte, über die nicht allzu viel bekannt ist.« Schrader machte eine Pause und blickte noch einmal zu Kaiser. »Jedenfalls für Bundesbürger aus Westdeutschland.«

Berlotti hatte das Gefühl, sich erneut rechtfertigen zu müssen, doch Schrader hob beschwichtigend die Hände. »Keine Sorge, Sie sind in bester Gesellschaft. Kaum jemand im Westen will sich mit der Geschichte der DDR befassen. Ich kann es ihnen nicht einmal verdenken. Mir wäre auch lieber, ich wüsste über so manches Elend nicht so genau Bescheid. Aber wenn sich der eine oder andere die Mühe machen und sich mit der deutschen Vergangenheit auseinandersetzen würde, könnte das zu so etwas wie Verständnis führen, anstatt sich nur über die Ossis lustig zu machen und alle über einen Kamm zu scheren.«

Berlotti hatte nicht vor, sich in Sippenhaft nehmen zu lassen. »Hinrichtungsstätte?«, wiederholte er deshalb nur.

»Sie haben recht, ist nicht Ihre Schuld«, sagte Schrader, aber es klang wie: Ja, steck du nur den Kopf in den Sand und ignorier die Ungleichbehandlung zwischen West und Ost. Er schloss nun auch das zweite Tor auf.

»Der Zellentrakt, in dem Ihr Toter von 1975 bis 1990 einge-sessen hat, wurde vor einigen Jahren abgerissen. Falls Sie also Gomollas Gefängniszelle begutachten wollten, muss ich Sie lei-der enttäuschen«, sagte Schrader und blieb vor einer schweren Stahltür stehen. »Übrig geblieben ist nur der D-Flügel. Hier wurden nach 1960 alle Todesurteile der DDR vollstreckt.«

Berlotti versuchte nicht allzu frustriert dreinzuschauen, auch wenn er nicht wusste, was er sich von einer Inspektion von Gomollas ehemaliger Zelle erhofft hatte. »Mir war nicht klar, dass es in der DDR die Todesstrafe gab. Vom Schießbefehl an der Grenze einmal abgesehen.«

Sie standen in einer niedrigen gemauerten Einfahrt, von der jeweils rechts und links eine Tür abging.

»Dieses Schleusensystem war nötig, damit nicht einmal die anderen Insassen etwas von den Hinrichtungen mitbekamen«, erörterte Schrader. Er schloss die gelblich lackierte Tür zu ihrer Rechten auf. Berlotti wappnete sich für den Anblick, den er erwartete. Und war fast ein wenig enttäuscht, als er in eine leer geräumte Wohnung schaute. Sie betraten einen fensterlosen Raum, dessen Wände weiß getüncht waren. An vielen Stellen bröckelte der Putz, roter Klinker kam darunter zum Vorschein. Es roch modrig. Fünf Türen, allesamt in demselben verblichenen Gelbton, gingen von dem Flur ab.

»Die Wohnung des Gefängnis-Heizers wurde zur Todeskam-mer umfunktioniert«, sagte Schrader, dessen Stimme von den nackten Wänden widerhallte.

Berlotti fröstelte. Er hätte nicht sagen können, ob es die Feuchtigkeit war, die ihm in die Knochen kroch, oder ob es der Ort an sich war, der ihm unter die Haut ging.

Schrader öffnete die zweite Tür von rechts und gab die Sicht frei auf einen zwölf Quadratmeter großen Raum, auch er leer, die Fenster zugemauert. An der Decke war eine Neonröhre angebracht, die grelles Licht warf, nachdem Schrader sie angeschaltet hatte. Neben der Tür war ein Wasserhahn installiert. Auf dem Steinfußboden zog sich eine Abflussrinne entlang. Daneben waren Umrisse von etwas zu erkennen, deren Ursprung Berlotti nicht zuordnen konnte. Schrader bemerkte Berlottis Blick und nickte vielsagend.

»Hier war einst das Fallbeil befestigt.«

Berlotti schluckte, spürte seine trockene Kehle. Er räusperte sich und fragte heiser: »Die Verurteilten wurden geköpft?«

»Die erste Zeit in den sechziger Jahren schon. Aber das lief wohl nicht so glatt wie erwartet und artete manchmal in eine grausame Sauerei aus.«

Berlotti ahnte, dass Schrader die Formulierung »glatt« in Hinblick auf eine Hinrichtung mit dem Fallbeil absichtlich gewählt hatte.

»Danach ging man dazu über, die Verurteilten mit einem unerwarteten Nahschuss in das Hinterhaupt zu töten«, fuhr Schrader fort. »Die Hinrichtungen wurden geheim gehalten. Weder die Anwohner noch die Inhaftierten bekamen mit, was hinter diesen Mauern vor sich ging.«

Berlottis Blick ruhte auf der Abflussrinne, in der einst das Blut Hingerichteter entlanggeflossen war, und schlagartig wurde ihm flau. Der Wunsch, aus diesen Räumen herauszukommen, wurde von Sekunde zu Sekunde größer, und nur mit Mühe konnte er sich zurückhalten hinauszustürmen.

»Wie viele?«, fragte Berlotti mit belegter Stimme.

»Seit Gründung der DDR 1949 mindestens hundertvierundsechzig Menschen, allein in diesem Raum Minimum vierundsechzig.«

Berlottis Nackenmuskulatur verkrampfte, das Atmen fiel ihm zunehmend schwer. Vierundsechzig Menschen haben ihr Leben in diesem tristen Zimmer gelassen, dachte er. »Nicht alles Schwerverbrecher, nehme ich an?«

Schrader, der bis hierhin in jovialem Tonfall durch die Räume geführt hatte, hielt einen Augenblick inne. Berlotti konnte sehen, wie er schluckte, was er angesichts der Historie dieser Räumlichkeiten nachvollziehen konnte. Kurz darauf schien er sich aber wieder gefangen zu haben.

»Was wir bislang aus Stasi-Akten zusammengetragen haben, wurden in der DDR fünfzig Mörder hingerichtet. Dazu kommen fünfundsechzig Verbrecher aus der NS-Zeit.«

»Bis hierhin nachvollziehbare Entscheidungen«, klinkte sich Kaiser in das Gespräch ein, die sich bisher im Hintergrund gehalten hatte.

»Je nachdem, wo man in Sachen Todesstrafe steht«, entgegnete Berlotti.

»Legen Sie mir keine Worte in den Mund, die ich nie gesagt habe«, gab Kaiser kurz angebunden zurück. »Was das betrifft, bin ich sehr sensibel. Auch wenn Sie mir das nicht zutrauen.«

Schrader schaute erstaunt zwischen den beiden Streithähnen hin und her, bevor er wieder das Wort ergriff.

»Was Loreen – Frau Kaiser – damit wohl andeuten wollte, ist, dass neben Mördern und Nazis auch fünfzig Menschen wegen politischer Delikte hingerichtet wurden. Und wir wissen alle, dass der Artikel sechs der DDR-Verfassung, der Boykotthetze verbot, reine Propaganda war und als Pseoudorechtsgrundlage für drakonische Strafen herhalten musste, bis hin zur Todesstrafe.«

Kurz darauf standen sie wieder im Freien. Berlotti rieb sich die Augen, wie um die Müdigkeit fortzuwischen. Um ihn herum wetteiferten Vögel mit ausschweifenden Arien, um ihr Revier abzugrenzen und potenziellen Paarungspartnerinnen zu signalisieren, wie gesund und stark sie waren. Wäre Berlotti nicht gerade der Kammer des Schreckens entkommen, hätte er sich darüber wahrscheinlich sogar freuen können. Stattdessen hing ihm der Geruch nach feuchtem Keller in der Nase, und die Kälte war nicht nur körperlich, sondern auch emotional noch immer spürbar. Er ahnte, dass er diesen trostlosen Ort so schnell nicht wieder loswerden würde. Wie zur Bestätigung fluteten stumpfe

Fallbeile seine Gedanken, die Köpfe mehr oder weniger sauber abtrennten, und Staatsbeamte, die Männern unerwartet und aus nächster Nähe in den Hinterkopf schossen.

»Ich könnte ein Bier vertragen«, sagte er zu Loreen Odette Kaiser.

Wenige Minuten später saßen sie im Bayerischen Bahnhof, einer ehemaligen Schalterhalle, die zu Brauerei und Schankhalle umfunktioniert worden war. Die Kollegin hatte ihm ungefragt eine Gose bestellt. Nach dem ersten vorsichtigen Schluck glaubte Berlotti an einen Scherz. Er hatte schon einige Craft-Bier-Sorten probiert und konnte vielen mittlerweile mehr abgewinnen als dem nach deutschem Reinheitsgebot gebrauten Durchschnittsbier. Aber als die säuerliche Flüssigkeit auf seine Geschmacksknospen traf, gefolgt von Koriander und einer ordentlichen Portion Salz, glaubte er, statt einem Bier eine asiatische Suppe ins Glas gefüllt bekommen zu haben. Er schloss die Augen und schmeckte dem Abgang der milchig goldenen Flüssigkeit nach. Es kam ihm vor wie das Trinken von Salzstangen. Die Salzigkeit brachte einen dazu, einen weiteren Schluck trinken zu wollen und dann noch einen – trotz der ungewohnten Mixtur. Er setzte das Glas wieder an und trank es in kleinen Schlucken leer. Kaiser und Schrader nickten ihm wohlwollend zu.

Während sie den Tag Revue passieren ließen und auch über die möglichen Hintergründe des Mordes am gebürtigen Leipziger Konrad Gomolla sprachen, klingelte Kaisers Telefon. Das Gespräch dauerte keine halbe Minute.

»Das war der Kollege, der gleich vor Ort in der Wohnung von Erwin Geese dessen Verbindungsnachweise überprüft und sich den Browserverlauf seines Handys und Computers angesehen hat. Er hatte in letzter Zeit tatsächlich keinen Kontakt zu seinem Halbbruder. Gomollas Festnetznummer, die in Geeses Handy eingespeichert war, ist schon seit fast zehn Jahren nicht mehr aktiv. Und für die Tatnacht scheint er auch ein Alibi zu haben.«

»Also alles auf Anfang«, murmelte Berlotti. »Am besten fahre ich heute Abend noch zurück.«

»Heute noch?«, fragte Kaiser erstaunt. »Aber nicht mit dem Zug.«

Berlotti sah sie erstaunt an.

»Na, die Zugführer streiken vierundzwanzig Stunden lang, noch bis morgen Abend.«

»So lange kann ich nicht warten«, sagte Berlotti entschieden. »Die Ermittlungen rufen.«

»Aber wie …?«, hakte Kaiser nach.

»Ich miete mir einen Wagen. Eine Gose macht mich noch nicht fahruntauglich.«

Sie brachen auf, und als sich Schrader schon verabschieden wollte, hielt Berlotti ihn noch zurück.

»Ich würde gerne die Vernehmungsprotokolle von Gomolla mitnehmen.«

Schrader stutzte. Seine lange Nase sah weiß und verfroren aus, während über den Wangenknochen zwei rote Flecken aufblühten. Vermutlich vom Alkohol, dachte Berlotti.

»Es gibt keine Abschriften, nur die Originaldokumente.«

»Dann nehme ich eben die mit. Ich habe den Eindruck, ich kratze in diesem Fall nur an der Oberfläche, und möchte mich mehr einlesen.«

Wieder zögerte Schrader.

»Der Zusammenhang mit dem Raub vor achtundvierzig Jahren ist der einzige ernst zu nehmende Hinweis, den wir bislang haben«, schob Berlotti nach, diesmal eindringlicher.

»Es ist nur …« Schrader schien nach den richtigen Worten zu suchen. »Sie können ja auch nicht in den Louvre spazieren und sich die ›Mona Lisa‹ ausborgen, weil Sie die für Ihre Ermittlungen benötigen.«

Berlotti hätte gerne entgegnet, dass ein Hunderte Millionen Euro teures Meisterwerk von da Vinci und die Ermittlungsakten der Geheimpolizei der DDR kaum miteinander vergleichbar waren.

»Es handelt sich um historische Dokumente der K 1. Da muss ein Antrag eingereicht werden, um die Unterlagen aus den Archiven anschauen zu können, und dann auch nur unter fachkundiger Aufsicht. Die können Sie nicht einfach ausleihen wie in einer Schulbücherei«, legte Schrader nach.

Berlotti, für den die Bürokratie in Deutschland eine Hydra war, der immer mehr Köpfe nachwuchsen, je mehr man ihr abschlug, stellte einmal mehr fest, dass man Verwaltungsbeamte am ehesten aus ihrer Lethargie riss, indem man vorschlug, Prozesse zu beschleunigen, Antragsverfahren zu vereinfachen oder einfach mal ermittlungsdienlich zu arbeiten. Da er auf die Kooperation des Mannes angewiesen war, verzichtete er darauf, ihm seine Ansichten mitzuteilen, und bemühte sich, freundlich zu bleiben.

»Wer entscheidet denn über den Antrag?«

»Der Verein Demokratie für Leipzig e. V.«

Berlotti kramte in seinen Hirnwindungen. »Ich dachte, die Unterlagen liegen im Sächsischen Staatsarchiv?«

Wie aus der Pistole geschossen kam die Antwort. »Nicht alle. Die Unterlagen, die Sie suchen, kann Ihnen der Leipziger Demokratieverein besorgen.«

»Dessen Mitglied Sie doch sind, oder? Wann ist denn die nächste Sitzung?«

»Für Dezember terminiert.«

Berlottis Kragen hatte den dringenden Wunsch zu platzen. Sie suchten einen Mörder, aber auf Dokumente, die hilfreich sein könnten, sollten sie wegen der Bürokratie acht Monate lang warten? Völlig indiskutabel! »Meinen Sie, Sie könnten eine Sondersitzung anberaumen? Es geht hier um eine Mordermittlung.«

»Ich werde mich dafür einsetzen, dass Ihnen die Akten bald zugänglich gemacht werden. Aber versprechen kann ich nichts.«

∗∗∗

Lautlos wie in einem Raumschiff glitt Berlotti über die menschenleere Autobahn. Es war seine erste Erfahrung mit einem E-Auto, aber wegen des Streiks war er froh, überhaupt noch einen fahrbaren Untersatz bekommen zu haben. Nach einem

Ladestopp für den Wagen und einer Koffeinfüllung für sich selbst hatte er seine Fahrt fortgesetzt.

In dieser Nacht gab es genügend Sterne für alle. Dazwischen leuchteten vereinzelt Satelliten, die einsam ihre Runden zogen. Eine Sternschnuppe stürzte sich übermütig in den Himmelsparcours. Der Mond stand satt wie selten über ihm, sodass Berlotti den Eindruck hatte, ihn berühren zu können. Die letzte Viertelstunde war er fast allein auf der Autobahn unterwegs gewesen. Nur einmal war jemand recht nah mit eingeschaltetem Fernlicht aufgefahren, hatte dann aber wieder abgebremst und war zurückgefallen.

Der kurze Schreckmoment war bereits wieder vergessen, als Berlotti auf dem Weg zu Schloss Agathenburg wegen einer Vollsperrung von der Autobahn Richtung City abbog. Als wäre er nicht schon hundemüde genug, musste er noch einen Umweg fahren, grollte er.

Einmal mehr beschlich ihn das Gefühl, dass sein Leben ein Puzzle war. Allerdings eines, bei dem der Karton fehlte, weshalb er keine Ahnung hatte, welches Motiv er überhaupt zusammensetzen sollte. Nicht besser erging es ihm mit diesem Fall. Etwas beschäftigte ihn dunkel, etwas aus den Eindrücken, die er in Leipzig gewonnen hatte. War es etwas, das er gesehen hatte? Hatte jemand etwas gesagt, das nicht ins Bild passte? Er hatte keine Ahnung, was da an ihm nagte, sosehr er auch nachdachte. Oder lag es einfach nur an den intensiven Eindrücken des Tages, die ihn beschäftigten?

Er fuhr an der Elbe entlang Richtung Hafencity und wollte gerade auf die Niederbaumbrücke abbiegen, als ihn die Fernlichter eines Autos im Rückspiegel irritierten, die alarmierend schnell näher kamen.

Was zum …? Was hat der Idiot vo–

Ehe er auch nur einen klaren Gedanken fassen konnte, durchriss ein Schlag die Stille, gefolgt von einem scharfen metallischen Krachen. Sein Kopf flog zur Seite. Sein Körper drückte mit voller Wucht in den Anschnallgurt. Er hörte mehr, als er spürte, wie sein Wagen das Brückengeländer durchbrach. Der Knall, als das

Aluminium der Karosserie auf das Eisen der Brückenbegren-
zung traf, durchdrang alle Schichten seines Gehirns. Nie hätte
er vermutet, dass ein Geräusch in diese Tiefen vorzudringen
vermochte.

Die wollen mich umbringen, dachte er in den Zehntelsekunden, die sein Wagen mehrere Meter tief Richtung Wasseroberfläche fiel. Die wollen mich wirklich umbringen. Ohne zu wissen,
wer *die* waren und welchen Grund sie haben konnten, ihm nach
dem Leben zu trachten.

Er verlor die Orientierung, wusste nicht, wo oben und wo
unten war, und bereitete sich auf das Unvermeidliche vor. Schon
schlug die Front hart auf dem Wasser auf.

Für einige Sekunden schwamm das Auto kopfüber auf der
Elbe. Er wusste, was er zu tun hatte. Doch der Schreck war ihm
in Mark und Bein gekrochen und machte es ihm unmöglich,
sich zu bewegen. Sein Gehirn feuerte Signale ab, die entweder
nicht bei seinen Gliedmaßen ankamen oder von diesen schlichtweg ignoriert wurden. Stattdessen versuchte er, sich die letzten
Sekunden seines Lebens vorzustellen und die ersten Sekunden
danach, die es nicht geben würde. Sosehr seine Mutter ihn auch
vom Gegenteil überzeugen wollte.

Durch Löcher und Spalten in der Karosserie drang allmählich
mehr und mehr Wasser ins Innere. Dessen Kälte zog ihm die
Lungen zusammen, verschlug ihm kurz den Atem.

Als das Gefährt so weit vollgelaufen war, dass es sich den Ge-
setzen der Schwerkraft ergab und zu sinken begann, erschienen
die Gesichter von Benicia und Felipe vor seinem geistigen Auge.
Diese Vision bewirkte, dass er endlich aus der Schockstarre er-
wachte.

Er löste den Gurt. Keine Sekunde zu früh, denn das Fahrzeug
befand sich komplett unter Wasser und sank in hohem Tempo.

Berlotti versuchte, die Tür zu öffnen, indem er am Türgriff
rüttelte. Nichts geschah.

Ruhig bleiben, ermahnte sich Berlotti, doch sein Herzschlag
beschleunigte auf höchsten Alarmmodus. Fast fürchtete er, dass
der heftige Puls seine Halsschlagader zum Platzen bringen würde.

Zunehmend außer sich vor Beklemmung warf er sich gegen die Tür, doch der Druck, der auf das Gefährt einwirkte, schien zu groß, denn nichts bewegte sich.

Der Wagen schlug hart mit dem Heck auf dem Boden auf. Berlotti knallte gegen den Autohimmel. Gleichzeitig drückte der Wasserdruck das Dach ein. Mit wachsender Panik malträtierte er den elektronischen Fensterheber. Ohne Erfolg.

Berlotti warf seinen Kopf nach links und nach rechts, suchte nach irgendetwas, das ihm helfen könnte. Das Wasser reichte ihm mittlerweile bis zur Brust. Ihm blieb nicht mehr viel Zeit. Nicht mehr als ein paar Sekunden, bis er vollständig unter Wasser sein würde.

Furchtbare Gedanken suchten ihn heim. Rings um sich sah er nichts als todbringende Dunkelheit.

Er fand nichts, mit dem er die Scheibe einschlagen konnte. Er versuchte es mit dem Ellbogen, doch das Wasser stand schon zu hoch, als dass er genügend Schwung holen konnte.

Das Wasser stieg und stieg und ging ihm schon bis zum Kinn. Er zog und zerrte an der Gangschaltung, um den Knüppel aus der Verankerung zu reißen, auch das ohne Ergebnis.

In der Sekunde, in der er ein letztes Mal tief Luft holte, bevor der Innenraum vollständig volllief, kam ihm eine Idee. Er rüttelte an der Kopfstütze, brauchte aber einige Versuche, bis er sie in der Hand hielt.

Die Luft reicht noch, die Luft reicht, nur nicht panisch werden, beschwor er sich. Mit den Stäben schlug er, so fest er konnte, gegen die Windschutzscheibe. Nichts, absolut nichts geschah.

Nicht einmal Risse bekommst du? Er musste sich zwingen, die Luft nicht schon aus seinen Lungen entweichen zu lassen.

Gleich ist's vorbei. Alles zu spät. Und statt des Films, der angeblich in den letzten Augenblicken an einem vorbeizog, kam Berlotti ein allerletzter Gedanke. Was, wenn die Windschutzscheibe stabiler konstruiert war als die Seitenfenster?

Mit letzter Kraft stieß er den Stab der Kopfstütze gegen das Fahrerfenster. Nie war er froher über einen Sprung im Glas.

Er hieb zwei weitere Male dagegen, und endlich, endlich war der Weg frei.

Er zwängte sich durch das Fenster. Kopf, Oberkörper, Hüfte waren schon draußen. Mit einem kräftigen Beinschlag wollte er auch den Unterkörper aus dem Wagen befreien. Er blieb hängen und spürte einen scharfen Schmerz am Schienbein, der ihm die Luft aus der Lunge trieb. Reflexartig schnappte er nach Luft. Wasser strömte in die Atemwege, und was er spürte, während er nach oben zu strampeln versuchte, war ein heftiger Krampf im Hals. Fast sofort wurde ihm schwarz vor Augen.

Vier

Der Zufall geht Wege,
da kommt die Absicht gar nicht hin.

Er konnte die Dunkelheit körperlich spüren. Als wäre er in einem fensterlosen Raum eingesperrt. Als würde das Nichts ihn einhüllen wie ein Kokon. Aus der Ferne drang ein Geräusch zu ihm durch, ein tiefes, regelmäßiges Pochen, so stark, dass jeder Schlag sein Innerstes zu erschüttern schien. Wie ein Musiker, der mit einem gigantischen Schlägel auf die größte Pauke der Welt schlug, so fest, dass der Schlag nicht nur ihn erbeben ließ, sondern alles um ihn herum. Oder war es ein Herzschlag? Etwa sein Herzschlag? Der Blick auf sich selbst formierte sich neu, und nun kam es ihm vor, als wäre er ein Fötus im Mutterleib, der darauf wartete, geboren zu werden.

Im nächsten Moment löste sich auch dieses Bild in der pulsierenden Dunkelheit auf. Körperlos schwebte er durch diese transparente Masse, die ihm wie eine Art Ursuppe erschien. Eine Ansammlung undefinierbarer Substanzen. Berlotti wusste weder, wo er war, noch, was. War er tot? Wenn ja, hätte er seiner Mutter all die Jahre unrecht getan, denn es gab ein Leben nach dem Tod. Wenn auch kein lebenswertes, sofern man tatsächlich als Gelee durch einen nicht fassbaren Raum trieb.

Je länger Berlotti an diesem Ort verweilte, desto mehr verschwamm er mit dem Element, das ihn umgab. Die Faszination für diesen Ort wich immer mehr der Gewissheit, dass er in dieser grenzenlosen Dimension gefangen war. Wer immer oder was immer er auch war, er gehörte nicht hierher. Er musste raus, zurück in sein Leben. Er war noch nicht fertig dort.

Ein Grauen beschlich ihn, und je mehr er seine Sinne schärfte, um einen Ausweg zu ersinnen, desto mehr wuchs seine Panik. Er schrie und schrie, so laut er konnte, bis seine Umgebung aufhörte zu existieren. Was davon real war, vermochte Berlotti nicht zu sagen.

Später, viel später, zumindest kam es Berlotti so vor, tauchte etwas über ihm aus der Dunkelheit auf. Etwas, das auf ihn zukam. Es drehte sich langsam und blendete ihn mit Strahlen aus hellgoldenem Licht. Je näher es kam, desto mehr zerbarst die Dunkelheit, und die identitätslose Masse um ihn herum schien zu zersplittern. Im Zentrum dieses Lichts tauchte etwas anderes auf. Er konzentrierte sich so angestrengt darauf, herauszufinden, was es war, wie er sich noch nie zuvor um etwas bemüht hatte. Im Zentrum dieser sich drehenden Spirale aus reinem Licht war eine Öffnung, aus der ihm etwas entgegenkam, das ihm vertraut und gleichzeitig unendlich fremd erschien. Ein Wesen mit goldbraunen, schulterlangen Locken. Es trug ein schlichtes Kleid, das, obwohl es weiß war, dieselbe Art von Wärme ausstrahlte wie das Licht, das es umgab. Er kannte den Namen dieses Wesens, wollte ihn rufen, doch intuitiv wusste er, dass in dieser Dimension Worte unnötig waren. Zweiunddreißig Jahre hatte er nicht in dieses Gesicht geblickt: Santina, seine Schwester. Was suchte sie hier?

Sie sah ihn an, direkt in ihn hinein. Mit einer Liebe, die über alles hinausging, was er bisher in seinem Leben erfahren hatte. Echter und reiner. Ohne ein Wort zu sagen, sprach sie zu ihm. Durch ihre Gegenwart.

Ich lebe nicht, und doch bin ich nicht tot.
Suche mich, aber du wirst mich nicht finden.
Ich bin nicht die, die ich einst war.

Ihre Botschaften gingen durch ihn hindurch wie Schallwellen, und er war sich sicher, dass sie ebenso wahr waren wie die Gegenwart seiner Schwester. Das muss ich meinen Eltern erzählen, dachte Berlotti. Und Katharina und Peter. Aber würden sie ihm glauben? Würde er sich selbst glauben, wenn er erst zurück wäre?

Er kannte den Unterschied zwischen Phantasie und Realität genau, und er wusste, dass dies die wirklichste Erfahrung seines Lebens war. So unwahrscheinlich sie ihm auch erschien und so wenig er wusste, wann und wo er sich momentan befand.

Wunderschön sah seine Schwester aus, keinen Tag gealtert, seitdem er sie zuletzt gesehen hatte. Sie hatte noch immer die niedliche, leicht nach oben gebogene Stupsnase, die über ihr wildes Temperament hinwegzutäuschen vermochte.

Das Licht, das sie umgab, war greifbar und beinahe materiell wie Sonnenlicht, das man zwar auf seiner Haut spüren konnte, das einen aber niemals verbrannte.

Was ist dieser Ort?
Warum bin ich hier?
Was ist damals mit dir passiert?

Santina lächelte ihn an. Zumindest kam es ihm so vor. Vielleicht wurde auch nur das Licht eine Spur heller.

Dein Sein an diesem Ort hat einen Sinn.
Er wird sich dir noch erschließen.

Sie streckte ihre Hand aus. Auch wenn sie ihn physisch nicht erreichte, traf ihn eine Welle der Wärme. Obwohl er an diesem Ort nicht über einen Körper verfügte, fühlte es sich an, als würde diese Wärme sein Herz erfüllen und von dort aus seinen Leib wie eine Welle durchdringen.

Dann zog etwas an ihm. Nicht so, als würde ihn jemand physisch von dort wegholen wollen. Es war eher eine Empfindung, wie wenn einem bewusst wurde, dass die Ferien zu Ende gingen und man spürte, dass sich als Reaktion darauf die eigene Stimmung veränderte. Er entfernte sich vom Lichtzentrum, unklar, ob er traurig darüber war, weil er nach zweiunddreißig Jahren gerne mehr Zeit mit seiner Schwester verbracht hätte, oder froh, diesen unwirklichen Ort verlassen zu können.

Als er nach unten schaute, sah er die Erde als tiefblaue Kugel in der bodenlosen Schwärze des Kosmos. Just als er Santina noch einmal sehen und ihr sagen wollte, wie sehr er sie vermisste, löste sich die tiefen- und grenzenlose Versenkung auf, und er stürzte ungebremst in die Tiefe.

**

Stimmen. Durch einen dichten Nebel krochen sie in seinen Traum hinein, und einen Augenblick glaubte er, dass er entweder tot sein musste oder noch immer eingeschlossen unter der Elbe. Es roch nach Desinfektionsmittel, was beide Optionen ausschloss. Er versuchte, die Augen zu öffnen, doch sein Körper wollte ihm nicht gehorchen. Die Laute sickerten in sein Bewusstsein. Er kannte die Stimmen oder zumindest einige von ihnen. Aber wem gehörten sie? Er versuchte sein umnebeltes Gehirn in Gang zu setzen. Wo war er, und wer war bei ihm?

»Wenn Wasser in die Atemwege gelangt, verkrampft sich die Stimmritze im Kehlkopf. Schon ein einziger Tropfen kann das auslösen«, sagte eine Stimme, die Berlotti nicht kannte.

»Wie gefährlich ist das?« Diese Stimme kannte Berlotti wiederum, konnte sie aber nicht zuordnen, auch wenn er wusste, dass er es eigentlich müsste.

»Im Grunde ist der Stimmritzenkrampf als Schutzmechanismus gedacht, er soll verhindern, dass zum Beispiel beim Verschlucken Flüssigkeit in die Lunge gelangt. In der Folge kann man nicht mehr atmen. Auch dann nicht, wenn man in diesem Moment an die Oberfläche geholt wird. Denn der Krampf im Kehlkopf lässt sich – genau wie ein Krampf im Bein – nicht aktiv lösen.«

»Das heißt, man erstickt unter Wasser?« Eine dritte Stimme schaltete sich in das Gespräch ein. Verdammt, er kannte diesen Mann. Einigermaßen gut sogar.

»Der Sauerstoffmangel führt dann dazu, dass die Ertrinkenden ohnmächtig werden. Nach drei bis fünf Minuten sterben die ersten Gehirnzellen. Ihr Vorgesetzter wurde wohl nach wenigen Minuten an Land gezogen. Wie lange er unter Wasser war, wissen wir nicht genau.«

Ihr Vorgesetzter. Natürlich! Das waren Katharina und Peter, seine Kollegen. Berlotti versuchte, sich bemerkbar zu machen, doch sosehr er sich anstrengte, es wollte ihm weder gelingen, ein Wort zu sagen, noch, Finger oder Zehen zu bewegen.

»Wenn wir bloß wüssten, was passiert ist«, vernahm er Katharina.

»Die Polizisten vor Ort meinen, er muss wohl am Steuer eingeschlafen und dann von der Brücke gestürzt sein.« Berlotti konnte die Zweifel in Peter Thies' Stimme hören, wofür er dem Kollegen dankbar war. Hatten sie denn den Wagen noch nicht geborgen? Dann wüssten sie doch anhand der Rammspuren, dass er abgedrängt worden war! Er wollte sich räuspern, doch sein Hals fühlte sich trocken und wund an.

Dann war wieder Katharina zu hören. »Wie lange bleibt er noch bewusstlos?«

»Das lässt sich schwer sagen. Auf professioneller Basis kann ich keine zuverlässige Prognose abgeben.« Im nächsten Moment war der Mann, der offenbar Arzt war, verschwunden. Katharina und Peter flüsterten miteinander, und Berlotti entschied, dass es endgültig an der Zeit war. Er schlug die Augen auf und sprach das erste Wort seit einer gefühlten Ewigkeit.

»Scheiße.«

Katharina schrie auf. »Chef!« Sie stürmte an sein Bett und nahm seine Hand fest in ihre eigene. »Du bist wach!«

Berlotti schluckte, was schmerzte.

»Wasser?«

»Danke, hatte ich erst mal genug.«

Katharina und Peter blickten verblüfft erst ihn an, dann einander, und ein Grinsen grub sich in ihre Gesichter.

»Habt ihr keine Ermittlung, die ihr führen könnt?« Berlotti sah die Kollegen abwechselnd an.

»Würden wir ja«, sagte Katharina, »wenn nicht der Ermittlungsleiter letzte Nacht entschieden hätte, ein Bad in der Elbe zu nehmen.« Dann fiel ihr Blick auf seine Hand, die noch immer in ihrer eigenen lag. Verlegen legte sie seine wieder auf die Bettdecke und tätschelte sie noch einmal unbeholfen.

»Ich hole den Arzt«, sagte Katharina, doch Berlotti schüttelte den Kopf.

»Nee, lass mal. Ich hab gehört, dass jedes Jahr Tausende Menschen sterben, weil die Handschrift des behandelnden Arztes nicht lesbar war.« Berlotti gähnte so herzhaft, dass es ihm fast den Kiefer ausrenkte. Plötzlich verspürte er eine bleierne Müdigkeit, die ihm das Sprechen erschwerte. »Lasst uns gleich über unseren Fall sprechen. Ich muss nur mal ganz kurz die Augen ...«
In der nächsten Sekunde war er eingeschlafen.

**

Einen halben Tag später fanden sie sich in gleicher Besetzung wieder an Berlottis Krankenbett ein. Der berichtete von Leipzig, dem Gespräch mit Gomollas Bruder, den Tatortbegehungen im Grassimuseum und dem Elsterbecken, vom beklemmenden Besuch der Hinrichtungsstätte und dem Gefühl, das ihn während des gesamten Aufenthalts nicht losgelassen hatte: Gomollas Schändung hatte etwas mit den Ereignissen vor achtundvierzig Jahren zu tun. Auch wenn er nicht erklären konnte, wie die christliche Symbolik damit zusammenhing und warum Gomolla ausgerechnet im Alten Land sterben musste.

Als er schilderte, was auf der Niederbaumbrücke in der Hafencity geschehen war, klappten Katharina und Peter unisono die Kinnladen herunter. Mit aufgerissenen Augen hörten sie zu, wie Berlotti bei der Kollision erst den Schreck seines Lebens erlitt, nur um sofort darauf um selbiges bangen zu müssen. Wortlos verließ Peter Thies das Krankenzimmer. Und kam keine fünf Minuten später mit einem kleinen Pappbecher zurück, den er Berlotti reichte. Er trug ein kariertes Hemd, das Berlotti noch nie an ihm gesehen hatte. Wie alle seine Hemden spannte auch dieses gefährlich an Bauch und Schultern. Wieder einmal fiel Berlotti auf, dass Thies ein Bulle von einem Kerl war mit dem Herzen eines Hundewelpen.

»Zuerst immer Kaffee und dann die Welt«, brummte Thies feierlich.

»Wer mir unaufgefordert Kaffee bringt, kann kein schlechter Mensch sein«, entgegnete Berlotti nicht weniger feierlich. Berlotti fiel auf, wie erholt und braun gebrannt sein Kollege aussah, trotz der Sorgenfalte auf seiner Stirn.

»Ihr beide!«, sagte Katharina schmunzelnd. Ihre gazellenhafte Figur hatte sie in schmale Jeans, weiße Bluse und dunkelblauen Blazer gekleidet, dessen Ärmel sie etwas hochgekrempelt hatte. In Kombination mit den weißen Sneakern sah sie so dynamisch aus wie eh und je. »Lasst euch bloß nicht von der Krankenschwester erwischen!«

»Ach was!«, entgegnete Berlotti. »Kaffee dehydriert den Körper nicht, sonst wäre ich schon zu Staub zerfallen. Außerdem wird ein Gerichtsmediziner irgendwann nicht exorbitanten Kaffeekonsum als Todesursache bei mir feststellen, sondern einen Sinnspruch zur falschen Gelegenheit.«

»Kaffee ist nur schädlich, wenn dir ein ganzer Sack aus dem fünften Stock auf den Kopf fällt«, steuerte Peter Thies bei. Damit war die Blutsbrüderschaft zwischen beiden ein weiteres Mal besiegelt.

Berlotti hätte in diesem Augenblick sogar Automatenbrühe getrunken, so sehr war sein Pegel im Keller. Umso mehr überraschte es ihn, dass er beim Umrühren eine zarte Schaumschicht bemerkte, die nur bei den besten Espressomaschinen entstand. Er nippte und pflichtete in Gedanken einem Papst bei, der vor vielen Jahrhunderten gesagt haben soll: »Dieser Satanstrank ist so köstlich, dass es eine Schande wäre, ihn den Ungläubigen zu überlassen.« Für einen guten Espresso würde Berlotti fast wieder in die Kirche eintreten. Aber auch nur fast.

Beseelt nahm er einen zweiten Schluck und konzentrierte sich auf Thies' Schilderung, wie Berlotti im Krankenhaus gelandet war.

»Eine Krankenschwester war auf dem Heimweg nach ihrer Spätschicht und hat einen Knall gehört. Als sie mit ihrem Fahrrad zur Unfallstelle ist, hat sie zwar vermutet, dass etwas passiert sein musste, aber es war nichts zu sehen. Erst als du bewusstlos an der Wasseroberfläche aufgetaucht bist, hat sie Hilfe gerufen und ist ins Hafenbecken gesprungen. Zu dritt haben sie dich dann herausgeholt.«

»Und der Unfallfahrer?«, hakte Berlotti nach.

»Keine Spur von Fremdeinwirkung. Deine Lebensretterin hat kein Auto wegfahren sehen.«

»Wer sollte ein Interesse haben, dich aus dem Weg zu räumen?«, murmelte Katharina mehr zu sich selbst und biss sich nachdenklich auf ihre Unterlippe.

Berlotti sah sie erschöpft an. »Außer einem rechten Mob, der vor dem Polizeipräsidium meine Absetzung fordert und sich selbst die Nase bricht, um es mir anzuhängen, meinst du?«

»Glaubst du …?« Sie schaute erschrocken auf.

»Ich glaube nichts. Aber das Haus meiner Eltern in Brand zu setzen hatte offenbar nicht die gewünschte Wirkung«, entgegnete Berlotti. »Denn ich lebe noch. Und ich habe noch meinen Job. Und den gedenke ich zu erledigen, solange ich mich in dieser Dimension befinde und mein Körper diesen Aggregatzustand besitzt.«

Die beiden Kollegen warfen einander irritierte Blicke zu, und Berlotti konnte sie gut verstehen. Nach kurzem Zögern berichtete er von seiner transzendentalen Erfahrung. Thies, der seit ihrem ersten gemeinsamen Fall mit Berlottis Vater befreundet war, war über Santinas Verschwinden im Bilde. Katharina hingegen sah ihn anfangs mitleidig an, schüttelte zwischenzeitlich mit einer Mischung aus Unglauben und Faszination den Kopf.

»Oh Mann, was für ein Horrortrip!«, platzte es aus ihr heraus, als er am Ende seiner Schilderung angelangt war.

Berlotti kräuselte die Stirn. »Alles, was man verdrängt hat, schreit im Traum um Hilfe.« Jetzt, wo er es laut ausgesprochen hatte, schien es nicht mehr als eine ferne Erinnerung, eine Halluzination. Dabei hatte es sich in der Situation sehr real angefühlt.

Katharina nickte mitfühlend. »Falls Santina lebt, würde sie wohl kaum all die Jahre darauf warten, dass du das Bewusstsein verlierst, um dir eine Botschaft zu senden. Dafür könnte sie dir auch einfach eine WhatsApp schicken.«

»›Suche mich, aber du wirst mich nicht finden‹«, wiederholte Thies den geheimnisvollen Satz. »Warum dann überhaupt erst suchen?« Offenbar schien er sich noch nicht vom Gedanken verabschieden zu wollen, dass es sich um mehr als einen Fiebertraum gehandelt haben könnte.

»Nix für ungut, Peter. Aber da suche ich doch lieber ganz konkret jemanden, der gebürtige Ossis im Alten Land bei lebendigem Leib schändet.« Er sah abwechselnd von Peter zu Katharina. »Also: Während ich in der Elbe planschen war, was habt ihr in der Zwischenzeit erreicht?«

»*Un momento, commissario*«, wandte Thies ein. »Und wenn der Unfall nicht mit deiner Herkunft, sondern mit der Mordermittlung zusammenhängt?«

»Ist das denn wirklich plausibel?«, gab Berlotti zurück und knetete dabei seine Hände, die eingeschlafen waren. »Wir haben doch niemanden in Verdacht. Wer sollte denn derart aus der Deckung kommen?«

»Vielleicht bist du unserem Täter doch schon auf die Füße getreten?« Thies hatte angefangen, in dem kleinen Zimmer mit großen Schritten auf und ab zu gehen.

»Oder er will verhindern, dass wir überhaupt erst auf ihn aufmerksam werden«, warf Katharina ein.

Die drei schwiegen und hingen ihren Gedanken nach. Berlotti bat darum, ein Fenster zu öffnen, weil es im Krankenzimmer nach Schulturnhalle zu riechen begann.

»Gehen wir denn davon aus, dass es ein Mann ist?«, meldete sich Katharina erneut zu Wort.

»Gerichtsmediziner Schwan zufolge wäre jeder mit der entsprechenden Wut im Bauch dazu in der Lage«, sagte Berlotti. »Aber weibliche Verdächtige sind in den Ermittlungen noch gar keine aufgetaucht.«

»Auch irgendwie verdächtig«, meinte Katharina.

Die Sonne hatte bei ihrer Wanderung über den Frühlingshimmel das einzige Fenster im Raum erreicht. Ein einsamer Lichtstrahl fiel durch die Scheibe, die Fettflecken und Schlieren zierten. Draußen musste ein Auto eine Vollbremsung hingelegt haben. Das lange und ohrenbetäubende Quietschen von Autoreifen drang durchs geöffnete Fenster. Das Geräusch trat bei Berlotti einen Gedanken los, den er aber nicht greifen konnte. Er rutschte durch ihn hindurch wie eine Münze in einem Getränkeautomaten, die man immer wieder einwerfen muss, weil sie einfach nicht hängen bleiben will. Aber dann glitt er schließlich in ihn hinein, fand seinen Platz, eine freie Stelle, wie für ihn gemacht.

»Wie ist denn der Stand beim Mann der Pastorin? Wurde der nicht von der Fahrbahn gedrängt? Oder war das auch eine Halluzination?«

Peter schaute Berlotti fragend an, dann Katharina, dann wieder ihn.

»Stimmt, Peter weiß noch nichts davon.«

»Kein Wunder«, meinte Berlotti, während er gespielt vorwurfsvoll den Kopf schüttelte. »Wer hat diesen Italienurlaub überhaupt genehmigt?«

Katharina hatte am Vortag angefangen herumzutelefonieren, aber wegen Berlottis Unfall vorübergehend eine Ermittlungspause eingelegt. Fix brachte sie Thies auf den aktuellen Stand der Ermittlungen. Dann musste auch Thies zugeben, dass ein Zusammenhang bestehen könnte.

»Der Zufall geht Wege, da kommt die Absicht gar nicht hin«, gab Berlotti zu bedenken. »Aber auf Parallelen sollten wir das trotzdem abklopfen.«

»Wir?« Katharina sah ihn mit einer Mischung aus Erstaunen und Schmunzeln an.

»Stimmt. Ihr. Ich hau mich noch 'ne Stunde aufs Ohr, bis mir der Schädel nicht mehr so brummt.«

»Wenn wir doch mehr über Gomolla wüssten!«, schimpfte Thies und unterbrach seine Wanderung auf kleinem Raum. »Ist er verheiratet? Wollte seine Ehefrau ihn loswerden? Siebzig Prozent aller Morde …«

»… werden im Familienkreis verübt«, führte Berlotti den Gedanken zu Ende. »Schon klar. Aber warum dann ausgerechnet mit wertvollen Museumsstücken, die vor fast fünf Jahrzehnten geklaut wurden? Entschuldigt bitte, aber das klingt doch recht weit hergeholt.«

»Die bessere Idee schlägt die gute, Commissario. Ich bin offen für Alternativen«, gab Thies augenzwinkernd zurück.

Berlotti sah den Kollegen nachdenklich an. Dann schüttelte er den Kopf und seufzte. »Kein Respekt vor dem Alter, die jungen Leute. Da ertrinkt man fast und ringt mit dem Tod und soll, kaum dass man wieder wach ist, einen Verdächtigen aus dem Hut zaubern!«

Katharina prustete vor Lachen. »Den larmoyanten Italiener beherrschst du hervorragend, das muss ich dir lassen.«

»Jahrelanger Anschauungsunterricht«, grinste nun auch Berlotti. »Wo ist eigentlich …«

»Sebastian?« Katharina schmunzelte. »Dem dürften die Ohren glühen, weil er die mehr als fünftausend deutschen Einwohnermeldeämter abtelefoniert.«

»Strafarbeit?«, erkundigte sich Berlotti scheinheilig.

»Gar nicht. Aber wer James Bond spielen will, muss sich erst einmal als Miss Moneypenny bewähren.«

»Wer *mitmachen* will, darf sich hinten anstellen?« Berlotti ahnte, dass Katharina ihm auf diese Weise zu verstehen geben wollte, dass ihre Beziehung die Ermittlungen nicht beeinträchtigen würde.

»Wir haben 'ne Adresse, unter der Gomolla mal gemeldet war. Dann wurde er erwischt, als er ein Handy klauen wollte. Das war kurz nach der Wende im Juli 1994. Er hat dreißig Tagessätze zu zehn Mark Strafe gezahlt, danach ist er untergetaucht.«

»Untergetaucht?«, hakte Berlotti nach.

»Hat seine Wohnung gekündigt und war seitdem nicht mehr gemeldet, jedenfalls nicht unter seinem richtigen Namen. Aber Sebastian bleibt dran …«

Die Tür ging auf, und der vorwurfsvolle Blick, den der Arzt den beiden Besuchern zuwarf, als er den leeren Kaffee-Pappbecher auf Berlottis Nachttisch stehen sah, hätte die Wüste Gobi gefrieren lassen. Katharina und Peter verabschiedeten sich schnell, bevor der Mann in Weiß zu einer Standpauke ansetzen konnte.

Fünf

Die Welt macht dem Menschen Platz,
der weiß, wohin er geht.

Die Woche verging wie in Zeitlupe. Berlotti konnte spüren, wie sich die Zeit auflöste und die Tage ineinander verschmolzen. Alfio und Carmela waren wie angekündigt zurück nach Rübke ins Alte Land gezogen und lebten nun in einem Wohnwagen im Garten ihres Zweifamilienhauses. Fietes Vater, der Apfelbauer, hatte am späten Vormittag mit seinem Deutz-Traktor vor dem Schloss gestanden und die wenigen verbliebenen Habseligkeiten von Familie Berlotti auf den Anhänger gepackt. Als Berlotti Tage später aus dem Krankenhaus zurück nach Schloss Agathenburg kam, fand er nichts weiter als seine Matratze und die Campinglaterne im Treppenhaus. Der Rest ihrer ungewöhnlichen Übergangsbehausung war leer geräumt. Er hatte mit sich gehadert, was er tun sollte. Weiter hier die Stellung halten? Oder seinen Eltern folgen?

Das unfreiwillige Bad in der Elbe hatte ihn Kraft gekostet. Obwohl er keine bleibenden körperlichen Folgen davongetragen hatte, fühlte er sich müde, todmüde. Aber auch die »Begegnung« mit Santina hing ihm noch nach. Am liebsten hätte er sich im Schloss verkrochen und seine Wunden geleckt. Oder noch besser: seine Zelte hier abgebrochen und an einem weit entfernten Ort Zuflucht gesucht. Doch das kam nicht in Frage. Er hatte Alfio sein Wort gegeben, ihm mit Carmela beizustehen. Zumal sein Vater auch nicht mehr der Jüngste war. Also hatte er Fiete angerufen, seinen ehemaligen Klassenkameraden, langjährigen besten Freund und Nachbarn.

»Du alter Schietbüdel«, hatte der ihn am Telefon begrüßt, obwohl sie seit Jahren nicht miteinander gesprochen hatten. In den nächsten zwei Stunden hatten sie sich gegenseitig auf Stand gebracht. Berlotti wusste nun von Fietes überstandener Krebserkrankung und dass er seine »Kaffeeklappe« in Hollern-Twielenfleth in den nächsten Tagen wieder öffnen würde. Und Fiete hatte sich für seinen Kumpel gefreut, als der ihm von Benicia und Felipe erzählte. Ohne großes Gewese hatte Fiete ihm bis auf Weiteres in seinem Gästezimmer Asyl angeboten.

Seit zwei Tagen wohnte Berlotti wieder in Rübke im Alten Land, wenige hundert Meter neben der Stelle, wo vor Kurzem noch sein Elternhaus stand und heute nicht mehr als eine Ruine. Obwohl er eine Ermittlung zu leiten hatte, war er in den vergangenen Tagen vor allem damit beschäftigt gewesen, sich mit Versicherungen herumzustreiten. Seiner Hartnäckigkeit und vermutlich auch seinem Dienstrang war es zu verdanken, dass der Vorgesetzte des Vorgesetzten seines eigentlichen Sachbearbeiters schließlich zugesagt hatte, die Gelder zu bewilligen. In den nächsten Tagen sollten die verkohlten Reste abgerissen und, sobald sich seine Eltern für ein Modell entschieden hatten, binnen weniger Monate ein Fertighaus schlüsselfertig übergeben werden. So weit der Plan.

Fast zwei Wochen nach dem Fund der geschändeten Leiche klappte er das Verdeck seines Fiat 500 zurück und machte sich auf den Weg zur Besprechung im Revier. Als sein Smartphone klingelte, schaltete er auf Lautsprecher.

»Moin, du krummbuckelige Gesichtsgrätsche!«

Niemand kannte bessere Beleidigungen als sein bester Freund Fiete, und das war nur eine seiner vielen besten Eigenschaften.

Berlotti schmunzelte. »Kann ja nicht jeder so viel Schönheitsschlaf bekommen wie du!«

»Wer hart arbeitet, muss sich hart ausruhen.« Fiete lachte sein Fiete-Lachen, das immer ein bisschen zu laut, immer ein bisschen zu dreckig, aber immer auch offen und herzlich war. »Wo bist du?«

»Unterwegs auf dem schönsten Arbeitsweg der Welt«, entgegnete Berlotti und meinte es auch genauso. Endlos waren die Apfelplantagen. Akkurat gepflanzt in Reih und Glied. Kilometerlange Spaliere gestutzter Bäumchen, so weit das Auge reichte, nur ab und zu ein Wassergraben. Auch der Himmel schien heute kein Ende zu nehmen. Während er auf den Neuenfelder Hauptdeich zuhielt, hinter dem die Elbe ihre Bahnen zog, fuhr er an Kirschbäumen vorbei. Blüten sprossen aus den Zweigen, reckten ihre Köpfe Richtung Sonne und verwandelten die Strecke in einen weiß schimmernden Teppich. Bald würden auch die Millionen Apfelbäume folgen, die schon aus der Ferne rosa leuchteten und verführerisch nach Frühling dufteten.

Berlotti konnte sich gar nicht sattsehen an dieser Pracht. Egal, ob die Bäume blühten, wie jetzt, oder im Spätsommer pralle Früchte daranhingen, ein Rausch in Pink, Rot, Gelb. Der Frühling, die erste Liebe und das Alte Land waren die drei Dinge, die selbst niedergeschlagene Menschen fröhlich stimmten. Wie konnte man bloß hier wohnen und nicht dankbar dafür sein?

»Du bist und bleibst ein Nostalgiker«, seufzte Fiete. »Warte es ab, bis die Touris zur Apfelblüte hier einfallen. Dann reden wir noch mal!«

Berlotti wusste, dass es die Jahreszeit war, die die Altländer gleichermaßen liebten wie fürchteten. Denn sosehr die Landschaft im Frühjahr zu betören wusste, so sehr hatte mancher Altländer das Gefühl, dass seine Region zu einer Dirne gemacht wurde, die um die Gunst vieler Freier buhlte. Horden von Städtern fielen in die Gegend ein, und während ein beträchtlicher Teil der Bewohner mit Obstständen, Aalräuchereien, Führungen in historischen Kostümen um Aufmerksamkeit und Gelder der durchreisenden Touristen wetteiferte, verschanzte sich der andere Teil in seinen Wohnungen und reetgedeckten Fachwerkhäusern. Denn auf den Straßen zwischen Stade und dem Hamburger Hafen war kein Durchkommen. Kilometerlange Staus von früh bis spät und vor allem an den Wochenenden verleideten manchem Einheimischen die schönste Zeit des Jahres.

»Du bist und bleibst ein norddeutscher Grantler.« Berlotti wusste, dass Fiete zwar große Töne spuckte, mit den meisten Gästen und Besuchern aber bestens klarkam und sich mit vielen angefreundet hatte. »Mit den bösen Touris machen du und dein buckeliger Bootsanleger einen netten Umsatz.«

Wieder schallte das Fiete-Lachen durchs Auto. »Wir reden noch mal, wenn du im Stau stehst und sich dein Fahrtweg zur Arbeit mehr als verdreifacht.«

»Wenn du nicht noch im Halbschlaf wärst, wüsstest du, dass mich meine Arbeitszeiten immer entgegengesetzt den Touristenströmen führen. Morgens in die Stadt hinein, und abends, wenn alle zurück nach Hamburg fahren, winke ich den Heimkehrern von der Gegenfahrbahn aus zu.« Berlotti bremste scharf, weil vor ihm ein Traktor die Straße entlangtuckerte, aber kurz darauf zu Berlottis Erleichterung auch schon wieder abbog. »Außerdem macht die Welt jenen Menschen Platz, die wissen, wohin sie wollen.«

Sie verabredeten sich auf ein Bier in den nächsten Tagen, und Berlotti setzte die Fahrt beflügelter fort. Fiete und die bevorstehende Apfelblüte wussten ihn ebenso über seine seelische und körperliche Verfassung hinwegzutrösten wie über die Tatsache, dass sie in den Ermittlungen keine Fortschritte vorweisen konnten.

⁂

Noch bevor er den Konferenzraum betrat, wich sein zwischenzeitliches Hoch von der Fahrt einer tiefen Ernüchterung. In der Kollegenrunde saß Polizeipräsidentin Elvira Beil und sah sich um wie ein Hai, der nach verwundeten Fischen Ausschau hielt. Katharina Meinhold, Sebastian Weller und Peter Thies hockten auf ihren Stühlen wie Erstklässler, die auf eine Moralpredigt warteten.

Berlotti atmete tief durch und trat durch die Glastür. Sofort heftete sich Beils Blick auf ihn. Berlotti wusste, dass er nach außen oft einen souveränen Eindruck machte, auch wenn in ihm Stürme tobten. Wie jetzt. Denn er hatte hier mehr denn je das Gefühl, etwas beweisen zu müssen. Einen Fall schneller zu lösen als Kollegen, die denselben Dienstrang besaßen, Spuren besser zu lesen, in Vernehmungen die intelligenteren Fragen zu stellen, um seiner Vorgesetzten zu zeigen, dass seine Einstellung kein Fehler gewesen war. Und das ärgerte ihn, maßlos sogar. Hatte er seinen ersten Hamburger Fall nicht innerhalb kürzester Zeit gelöst? Für die Hetze, die im Internet tobte, seitdem er sich während der Ermittlungen mit den Rechtspopulisten angelegt hatte, konnte er schließlich nichts. Ebenso wenig für den Fakt, dass sich sein erster Fahndungserfolg in sechzig Metern Höhe aus dem Fenster gestürzt hatte. Er hatte seine Arbeit erledigt, so wie es seine Aufgabe war. Warum saß die Polizeipräsidentin in seiner Sitzung wie eine Nachhilfelehrerin, die sicherstellen wollte, dass auch ihr schlechtester Schüler die Versetzung ins nächste Schuljahr schaffte? Er beschloss, den ungebetenen Besuch zu ignorieren, so gut es ihm möglich war.

Gerade als er beginnen wollte, stürmte Sebastian Weller auf ihn zu und umarmte ihn fest. Sehr fest. »Schön, dass Sie wieder da sind!«

Berlotti war zu verdutzt, um etwas zu entgegnen. Seine Arme hingen herab, in Wellers Schraubstock gefangen. Über dessen Schulter blickte er in drei sehr unterschiedliche Gesichtsausdrücke: Katharina hatte schamrote Wangen und sah aus, als wünschte sie sich nichts sehnlicher, als im Erdboden zu versinken. Elvira Beil hatte beide Augenbrauen maximal hochgezogen und schien abzuwägen, ob zwischen den Männern etwas lief. Und Peter Thies hatte die Wangen bis zum Anschlag aufgebläht, versuchte mühsam, nicht laut loszulachen, was ihm Tränen in die Augen trieb. Endlich ließ Weller seinen Chef los, klopfte ihm noch einmal unbeholfen auf die Schulter und setzte sich wieder.

Berlotti räusperte sich. »Moin, werte Kollegen! Auch wenn ich wahnsinnig gerne wissen würde, wem ich die unverhoffte Abkühlung in der Elbe zu verdanken habe, lasst uns trotzdem auf unseren Toten im Alten Land fokussieren.«

Thies wischte sich mit dem Ärmel übers tränennasse Gesicht und warf Berlotti ein verstohlenes Grinsen zu, ehe er berichtete. »Gomolla hatte kein Mobiltelefon bei sich. Jedenfalls nicht, als er gefunden wurde. Es gibt einen Funkmast in Neuenfelde, unweit des Fundortes. Im in Frage kommenden Tatzeitraum haben die Funkzellen des Mastes einhundertsiebenunddreißig Anfragen empfangen, die von nur siebzehn Mobiltelefonen versendet wurden. Die habe ich mit Kollege Weller zurückverfolgt. Die Hälfte davon waren Teenager. Wir haben mit allen Personen telefoniert. Deren Alibis hielten einer ersten Überprüfung stand.«

»Konntest du die Daten auf den Fundort der Leiche eingrenzen?«, wollte Berlotti wissen.

»Das geht in dicht bebauten Städten wie Frankfurt, wo es viele Sendemasten und mehr Funkzellen gibt. Dort sogar auf bis zu fünfzig Zentimeter genau. Aber in Neuenfelde, wo es nur einen Sendemast gibt, keine Chance.«

Berlotti verzog das Gesicht. »Wäre ja auch zu schön gewesen.«

Katharina hatte wieder eine gesunde Gesichtsfarbe angenommen. »Ich war mit dem Foto, das Gerichtsmediziner Ove Schwan von Gomolla gemacht hat, noch einmal bei der Pastorin. Weder sie noch ihre Küsterin Olga kannten ihn. Auch sämtliche Bewohner, die wir befragt haben, waren sich ziemlich sicher, den Mann noch nie gesehen zu haben.«

Berlotti stöhnte auf. »Der Mann ist ein Geist, das gibt's doch nicht!«

»So kommen wir nicht weiter, Herr Berlotti!« Elvira Beils Stimme hallte von den Glaswänden des Konferenzraumes wider. Wie immer sprach sie nicht sehr laut, aber bestimmt. Der Lichteinfall von der Seite warf merkwürdige Schatten auf ihr Gesicht. »Wenn wir dem Täter auf die Spur kommen wollen, müssen wir mehr über Gomolla in Erfahrung bringen.«

Berlotti konnte sich gerade noch einen Spruch verkneifen, dass sie genau das seit Tagen versuchten.

»Deshalb habe ich dafür gesorgt, dass Sie in der nächsten Sendung von ›Deutschlands ungeklärte Verbrechen‹ einen Slot erhalten.«

Berlotti sah seine Chefin entgeistert an. »Ich soll ins Fernsehen?« Er ahnte, dass Peter und Katharina seine Gedanken wie in einer Comic-Sprechblase über seinem Kopf schweben sehen konnten. Es war nur ein Wort, das aber in Großbuchstaben, und fing mit SCH an und hörte mit EISSE auf.

Beil fuhr ungerührt fort: »Da können Sie mit einem Foto von Gomolla und den Mordwerkzeugen um Hinweise bitten.«

Ein jähes Gefühl schlimmster Verdrossenheit überkam ihn. Er bedauerte zutiefst, seinen Unmut gegenüber seiner Vorgesetzten in Zaum halten zu müssen. Ja, sie kamen langsam voran. Aber sein Team arbeitete. Man suchte nach dem letzten Aufenthaltsort des Toten. Und er war sicher, dass sie anschließend auch alle anderen offenen Fragen würden klären können. Konnte man ihn nicht einfach mal machen lassen? Er war sich sicher, dass keinem seiner gleichrangigen Kollegen derart viel Aufmerksamkeit der Polizeipräsidentin zuteilwurde.

Vor seinem geistigen Auge sah er sich im Fernsehstudio stehen, in eine Fernsehkamera schauen, und schlagartig brach ihm der Schweiß aus. Nein, er war keiner für die Öffentlichkeit. Er wollte seine Ruhe haben. In Ruhe ermitteln. In Ruhe Fälle zum Abschluss bringen. In Ruhe leben. Und irgendwann in Ruhe sterben. War das denn zu viel verlangt?

»Und wann ist mein Fernsehauftritt?« Berlotti versuchte, nicht allzu missgelaunt zu klingen.

»Übermorgen. Sie werden aus dem Studio in der Hafencity zugeschaltet.« Beil erhob sich und rauschte aus dem Besprechungszimmer.

Berlotti sah seine Kollegen gequält an. Er wusste, dass ihm dieses Rampensau-Gen fehlte, das mittlerweile für seinen Berufsstand eine Mindestanforderung zu sein schien: Schaffe wenig, aber verkaufe es als größte Errungenschaft der Menschheitsgeschichte.

Viel zu lange hatte er in Frankfurt bei seiner früheren Arbeitsstelle seine Arbeit besser erledigt als die meisten seiner Kollegen, das Gerangel mit anderen Anwärtern um den Posten des Hauptkommissars aber konsequent gemieden. Ihm war Alphatiergehabe zuwider. Er wollte ein guter Vorgesetzter sein, ohne ständig sein Revier markieren zu müssen. Das war allerdings auch an seiner neuen Wirkungsstätte schon schiefgegangen. Den

Arschgeigen gehörte die Welt. Und manche Menschen waren eben die Stradivari unter den Arschgeigen, dagegen war schwer anzukommen.

Er riss sich aus seinen düsteren Gedanken und sah Katharina hoffnungsvoll an. »Wolltest du nicht schon immer mal ins Fernsehen?«

»Nee, lass mal stecken. So viel Ruhm und Ehre, das kann ich dir unmöglich wegnehmen.« Sie legte ihm eine Hand auf den Oberarm, was offenbar aufmunternd gemeint war. »Ist doch 'ne super Chance. Für dich und den Fall.«

Katharina hatte recht. Wer Ermittlungen leiten wollte, musste auch seinen Kopf dafür hinhalten – und wenn's vor eine Fernsehkamera war. Er nickte, diesmal entschlossener. »Sebastian, Sie statten den Kollegen in Stuttgart einen Besuch ab und versuchen herauszufinden, was Konrad Gomolla bis wann und wo dort getrieben hat. Möglicherweise lässt sich vor Ort feststellen, wohin Gomolla gezogen ist.«

Der junge Kollege kritzelte sich eifrig Stichworte in seinen Block.

»Katharina, versuch dir so viele Kollegen von der Streife zu schnappen wie möglich und erweitert euren Suchradius um den Fundort. Das kann doch kein Zufall sein, dass ein Ex-Ossi ausgerechnet hier zur Strecke gebracht wird. Entweder wohnte der hier im Umkreis – oder sein Mörder.«

Katharina reagierte deutlich weniger eifrig als Weller. Sie wollte wissen, ob es nicht vielleicht besser wäre, abzuwarten, ob der Fernsehauftritt zielgerichtete Hinweise auf Gomollas letzten Aufenthaltsort ergäbe. Ein berechtigter Einwand, das musste Berlotti einsehen.

»Sind wir denn bei dem tödlichen Autounfall vom Neuenfelder Pastor schon weiter?«

»Ja, da –«

»Nein, noch –«

Katharina und Peter fielen sich ins Wort.

Berlotti hob die Augenbrauen. »Wenn ihr etwas aus Zeugenbefragungen gelernt haben solltet, dann, eure Versionen besser aufeinander abzustimmen, damit sie euch nicht gleich bei der ersten Nachfrage um die Ohren fliegen.«

»Wir sind dran«, sagte Katharina.

»Was schon feststeht, ist, dass die Lackspuren am Unfallwagen des Pastors nicht mit denen an deinem Mietwagen übereinstimmen«, ergänzte Peter Thies.

»Ganz schön heftiger Schaden an deinem Mietwagen übrigens«, fügte Katharina hinzu.

»Ich versuche, mir Aufnahmen von Überwachungskameras zu verschaffen, die die beiden Unfälle aufgezeichnet haben könnten. Bislang aber Fehlanzeige«, schloss Peter.

Berlotti nickte. »Vielleicht findest du ja doch noch Bilder von dem Luhmich, der mich baden geschickt hat. Wir können nicht ausschließen, dass es einen Zusammenhang zwischen den beiden Unfällen gibt. Auch wenn ich mir nicht denken könnte, was das für einer sein sollte.«

✳✳✳

Berlotti stand vor dem bodentiefen Fenster seines Minibüros und zupfte gedankenverloren an seiner Unterlippe. Er hatte das Gefühl, statt mehr immer weniger zu verstehen, und schien auf so etwas wie den Deus ex Machina zu warten, jenen Gott aus der Maschine, der in der antiken Tragödie mit Hilfe einer kranähnlichen Hebevorrichtung auf die Bühne gehievt wurde, um in einem Konflikt für eine überraschende Auflösung zu sorgen. Auch wenn er nicht gläubig war, käme ihm das überraschende Eingreifen einer Gottheit momentan gerade recht.

Es klopfte an der Glastür. Vor der Scheibe stand ein junger Mann mit Fahrradhelm, dynamisch gebogener Sonnenbrille und weißen, kurzen Leggings. Trug Gott neuerdings Radlerhosen? Berlotti winkte den Fahrradkurier herein und bekam einen schmalen, DIN-A4-großen Umschlag in die Hand gedrückt. Auf der Rückseite war ein Stempel des Vereins zum Erhalt der ehemaligen zentralen Hinrichtungsstätte als Erinnerungsort. Kurz wunderte er sich, ob und, falls ja, warum die Sendung aus

Leipzig ausgerechnet per Fahrrad zu ihm gebracht worden war. Aber er war zu aufgeregt, und ehrlich gesagt war es ihm auch egal.

Hastig zerrte er das Papierpaket aus dem Umschlag, das aus Kopien und Ausdrucken von Handyfotografien bestand. Ein neongrünes Post-it klebte obenauf: *Auf die Schnelle alles kopiert und abfotografiert, was zu finden war. Viel Erfolg! RS.* Rüdiger Schrader vom Verein Demokratie für Leipzig e. V., der ihn durch den ehemaligen Todestrakt geführt hatte, hatte Wort gehalten und ihm Gomollas Akte aus dem Archiv geschickt!

Er schlug eine Seite auf und stieß unmittelbar auf eine Reihe umständlicher Formulierungen und endlose Sätze mit gewöhnungsbedürftiger Orthografie:

Alibi-ueberpruefung (16.05 – 17.05.74) von einschlaegig wegen kunstdieb-, hehlerei und spekulation mit antiquitaeten sowie von schmuck- edelmetalldiebstaehlen durch das ag I erfaszten bzw. in operativer bearbeitung befindlichen personen.

Was war »ag I«? War das wichtig für den Fall? Berlotti seufzte.

Die nächste Stunde unternahm er eine Zeitreise und versank in den Ereignissen vor fast fünfzig Jahren. Die Seiten lagen um Schreibtisch und Stuhl verstreut auf dem Teppichboden. Die Ermittler wussten schnell, dass Gomolla der Täter sein musste, sie befanden sich aber in einer Beweisnot. Alle Spuren, die man am Tatort gesichert hatte, konnten nicht als objektive Beweismittel verwendet werden. Die Leitung der Untersuchungstruppe hatte sich Rat bei erfahrenen Psychologen und Psychiatern gesucht, die Gomolla attestierten, an überzogenem Geltungsbedürfnis und Selbstüberschätzung zu leiden. Letztlich wurde ihm der Prozess aufgrund von Indizien gemacht und aufgrund der Tatsache, dass die Ermittler in Gomollas Wohnung Stücke der Beute gefunden hatten sowie den Großteil des Ratsschatzes am Alten Klärwerk. Dreizehn Jahre Freiheitsentzug wegen Einbruchs ins Grassimuseum. Das wünschte man nicht seinem ärgsten Feind, dachte Berlotti.

Er legte die letzte Seite zurück auf den Schreibtisch. Dann zerstreuten sich seine Gedanken. Als sie wieder Gestalt annahmen, sah er sich selbst. Aber er sah kein vollständiges Bild. Dort, wo seine Augen hätten sein sollen, klafften zwei Löcher, sodass er durch sich hindurchsehen konnte. Etwas stimmte nicht. Ja, er war überarbeitet. Ja, er hatte in den vergangenen Nächten zu viel gegrübelt und zu wenig geschlafen.

Berlotti schloss die Augen, er presste sie fest zusammen. Als er sie wieder öffnete, wusste er, was sein Unterbewusstsein ihm hatte sagen wollen: Augen auf, da will dich jemand täuschen. Wenn Gomolla im Mai 1974 den Einbruch begangen hatte und ein Jahr später zu dreizehn Jahren Haft verurteilt wurde, warum hatte Kommissarin Kaiser ihm ganz andere Daten genannt, obwohl sie dieselben Akten gesichtet haben musste? Sie hatte von einer zwanzigjährigen Haftstrafe gesprochen, die im März 1990 im Rahmen der Wiedervereinigung aufgehoben worden war, woraufhin Gomolla vorzeitig entlassen wurde. Wo waren die restlichen sieben Jahre Haft? Wofür hatte Gomolla die bekommen? Warum tauchten die in diesen zusammenkopierten Dokumenten nicht auf?

Informationen, von denen er wusste, dass es sie gab, fehlten in den Unterlagen, die Schrader zufolge alles beinhalteten, was die Akte hergab. Die Dokumente waren offensichtlich unvollständig. Die Frage war: Warum?

**

Felipes Hand lag weich und warm in seiner. Berlotti konnte die Aufregung des Jungen regelrecht spüren. Endlich erklang eine Stimme aus den Lautsprechern, die keinem Geschlecht zuzuordnen war, und kündigte den Beginn der Veranstaltung an. Die Lichter erloschen, und Felipe schmiegte sich eng an Berlotti. Es war das erste Mal, dass der Junge um zehn Uhr abends noch wach sein durfte. Klassische Musik erklang. Hunderte Scheinwerfer in unterschiedlichen Farben beschienen die Wasseroberfläche. Hinter einer schwach erleuchteten Fensterscheibe neben dem riesigen Wasserbecken waren die Gesichter von zwei Personen zu erkennen. Wie Berlotti vorab im Internet erfahren hatte, handelte es sich dabei um zwei Künstler, die die Arrangements umsetzten. Er bewegte die Fontänen, sie spielte das Lichtklavier und ließ mittels einhundert Reglern die unterschiedlichsten Farben synchron zur Musik erstrahlen. Fontänen stiegen aus dem See und fielen zur Harmonie der Musik wieder zusammen. Felipe blickte mit funkelnden Augen auf das Spektakel.

Den freien Arm legte Berlotti Benicia um die Hüfte. Sie bettete ihren Kopf auf seine Schulter. Dabei kitzelten ihn ihre Haare am Hals, was ihn wohlig erschauern ließ. Zufrieden ließ er seinen Blick über die anderen Besucher schweifen. Ohne zu wissen, warum, stellten sich seine Nackenhärchen auf. Erneut suchte er die Reihen ab. In einiger Entfernung, am Rande seiner Reihe, stand eine Gestalt. Trotz des Käppis, das tief ins Gesicht gezogen war, bemerkte Berlotti, dass ihn die Person beobachtete. Er nahm seinen Arm von Benicias Schulter, drückte kurz Felipes Hand und sagte flüsternd zu beiden: »Bin gleich zurück.«

Er bahnte sich seinen Weg zu der Person, strauchelte über einen Rucksack, dessen Besitzerin ihm ein »Passen Sie doch auf!« hinterherzischte. Als er seinen Weg fortsetzte, war der Kappenträger verschwunden. Oder war es eine Frau gewesen? Er wusste, dass ihm die Person bekannt vorgekommen war, hatte sie aber nicht zuordnen können. War es einer dieser populistischen Idioten, die er tagtäglich protestierend vorm Revier stehen sah? Oder jemand, der ihm im Laufe einer Ermittlung begegnet war? Aber warum sollte der ihm folgen, wenn es doch Berlotti war, der nach ihm fahndete? Wobei sich Berlotti genauso gut fragen konnte, warum man ihn in der Elbe ertränken wollen würde.

Berlotti umkurvte noch einmal den kleinen See, doch die Person blieb verschollen. Also ging er zurück zu seinen Begleitern, noch immer nach der Kappe Ausschau haltend. Er konnte nicht umhin, sich zu sorgen. Wie sollte er so etwas wie ein normales Leben in seiner norddeutschen Heimat leben, wenn die Einschläge seinem Privatleben immer näher kamen?

Berlotti legte seine Hand in Benicias Nacken und massierte ihn sanft. Sie hauchte einen Kuss an seinen Hals, was einen kleinen Gefühlssturm in ihm auslöste. Während die Schlussfontäne fast vierzig Meter in den Nachthimmel schoss und Felipe begeistert in die kleinen Hände klatschte, beugte sie sich zu ihm. »Das ist sehr schön«, flüsterte sie. Berlotti wusste nicht, ob sie die Wasserspiele meinte oder dass sie zu dritt hier in Planten un Blomen waren. Und es war ihm auch egal. Dennoch hatte der Abend einen bitteren Beigeschmack bekommen, den er vergeblich wieder loszuwerden versuchte.

Sechs

Morgen kannst du gestern nicht nachholen,
und später kommt früher, als du denkst.

Der Abend zog ihn in eine kühle Umarmung, als er die Elbbrücken Richtung Heimat verließ. Dennoch hatte er das Verdeck seines Cinquecento heruntergeklappt, weil er das dringende Bedürfnis verspürte, seinen Körper und vor allem seinen Geist einmal ordentlich durchzulüften. Der Tag war katastrophal verlaufen. Oder ereignislos, was auf dasselbe hinauslief.

Weller hatte in Stuttgart lediglich herausgefunden, dass Gomolla im August 1994 die Mietzahlungen eingestellt hatte und unbekannt verzogen war. Katharina hatte ihren Suchradius erweitert, aber auch in den Ortschaften rund um Neuenfelde niemanden angetroffen, der Gomolla wiedererkannte. Sie traten auf der Stelle. Außerdem stand ihm sein Fernsehauftritt am morgigen Abend bevor. Sobald er daran dachte, brach ihm der Schweiß aus. Hatte er nicht schon genug mediale Präsenz, seit er ins Visier der rechtspopulistischen Medien geraten war? Das Haus seiner Familie war abgefackelt worden. Er war von der Straße abgedrängt worden und fast ertrunken. Er hatte keine Ahnung, ob das ein Anschlag der Rechten auf sein Leben gewesen war oder er im aktuellen Fall jemanden aufgeschreckt hatte. Aber wen? Und wann? Und warum schien das außer ihm und seinem Team niemanden so recht zu beunruhigen? Die Polizeichefin zum Beispiel. Mit keinem Wort hatte sie den Unfall erwähnt. Stattdessen einen blöden Spruch gedrückt.

»Ruf die Kaiser an!«, befahl er seinem Handy, und noch beim ersten Klingeln schallte ihre Stimme aus den Autolautsprechern.

»Ah, der Herr Freischwimmer!«

Noch so ein Scherzkeks! Schön, dass alle Welt um sein Wohlergehen besorgt war.

»Im Ernst, geht's Ihnen gut?«

»So gut, dass Sie meine Visage morgen Abend auf Ihrer Mattscheibe bewundern können.«

Berlotti erzählte in knappen Sätzen, was sich die Polizeipräsidentin vom Auftritt in der Sendung erhoffte. Und bat Kaiser, sich bereitzuhalten, sofern Hinweise eintrafen, denen in Leipzig nachgegangen werden musste.

»Ich hätte Sie gar nicht für so öffentlichkeitsgeil gehalten.«
Berlotti hoffte, dass die Bemerkung ironisch gemeint war, aber sicher war er sich bei der Kaiser nicht.

»Das Leben ist voller Überraschungen, im Positiven wie im Negativen.«

»Apropos Überraschungen. Mit Geeses Alibi ...«
Stille in der Leitung, als hätte Berlotti sie mitten im Satz unterbrochen.

»Was ist mit Gomollas Halbbruder?«, erkundigte sich Berlotti schließlich. Manchen Menschen musste man wirklich alles einzeln aus der Nase ziehen. Berlotti hörte, wie Kaiser statt einer Antwort mit einem Kollegen redete. Eine gefühlte Ewigkeit später setzte sie das Gespräch fort.

»Sein Alibi steht auf wackeligen Füßen – im wahrsten Sinne. Er will bei einer Freundin gewesen sein, aber die ist die meiste Zeit des Tages blau wie ein Veilchen. Der hätte in der Zwischenzeit eine Weltreise unternehmen können, ohne dass sie es mitbekommt. Da fühlen wir ihm noch mal auf den Zahn.«

»Meinen Sie ...?« Berlotti unterbrach sich. Welches Motiv sollte Geese haben, seinen Bruder nicht nur umzubringen, sondern derart zu massakrieren? Nach all den Jahren? Zumal sie angeblich keinen Kontakt gehabt hatten? »Klingt nach einem guten Plan.«

»Rüdiger schickt übrigens heute noch die von Ihnen so sehnlichst erwartete Ermittlungsakte!«

»Hat er schon.«

»Ah, sehr gut. Und?«
Sollte er überhaupt etwas preisgeben von seinen Überlegungen? Und wenn ja, wie viel?

»Stimmt was nicht?« Loreen Odette Kaiser klang irritiert. Sie war es offenbar nicht gewohnt, dass andere Menschen Pausen im Gespräch einlegten.

»Doch, alles gut«, log er und wusste selbst nicht so recht, warum. »Schau ich mir nachher gleich an.«

»Was erhoffen Sie sich noch mal davon?«

»In den Akten ist der Einbruch ins Grassimuseum beschrieben, wer damals alles daran beteiligt war. Wer die Ermittler waren, wer die Verdächtigen. Wie man Gomolla auf die Spur gekommen ist. Wir sollten nicht vergessen, dass ein Teil der gestohlenen Kunstgegenstände in unserer Leiche gesteckt hat. Das kann Zufall sein. Wahrscheinlich aber ist, dass es etwas bedeutet. Wer alle Fakten eines Falles kennt, muss sich später nichts vorwerfen.« Und wenn ich das Gefühl habe, dass mich jemand im Ungewissen lassen will, greift Plan B, dachte Berlotti. Das wollte er der Kollegin aber nicht auf die Nase binden.

***

»Commissario?« Peter Thies schob seinen Kopf durch den Spalt zwischen Türrahmen und Glastür.

Berlotti nickte dem Kollegen zu, der auf ihn zutrat. Wie jeder, den er kannte, musste auch er selbst den Blick heben, um Thies in die Augen zu schauen.

»Ich habe dir was aus Italien mitgebracht.« Der Hüne knetete eine zusammengerollte Plastiktüte in den Händen. »Gute Geschenke brauchen keine aufwendige Verpackung.« Er reichte ihm das mittlerweile reichlich zerknautschte Bündel. »Habe ich jedenfalls mal irgendwo gehört.«

Berlotti entrollte das Päckchen und entnahm ihm ein Trikot der italienischen Fußballnationalmannschaft. Mit hochgezogenen Augenbrauen sah er zwischen Shirt und Thies hin und her. Dann drehte er es um. Auf die Rückseite war der Name »Belotti« gedruckt.

»Da fehlt ein ›r‹«, stellte Berlotti irritiert fest.

»Andrea Belotti, der italienische Nationalspieler?«

Berlotti zuckte mit den Schultern. »Sagt mir nix.«

»Ich weiß, du hast mit Fußball nix am Hut. Aber jetzt, wo Italien Europameister geworden ist, dachte ich …« Thies trat von einem Fuß auf den anderen. »Kaffeebohnen und Limoncello bekommst du auch in Hamburg.«

Berlotti suchte wieder einmal nach Worten. Doch sein Kopf war leer, wie so oft, wenn's um Gefühle ging. Eine Umarmung erschien ihm übertrieben, ein Händedruck zu förmlich. Immerhin schien Thies die Situation auch nicht gerade leichtzufallen. Stattdessen sagte Berlotti: »Vielleicht kann ich das zu einer Wahlveranstaltung der Demokratischen Nationalpartei tragen. Die freuen sich.«

Auf Thies' Gesicht breitete sich ein schelmisches Grinsen aus. »Ich zieh dann auch mein Italientrikot an. Die Veranstaltung mischen wir gemeinsam auf.«

***

Er hatte schon das Ortsausgangsschild von Neuenfelde passiert und war auf den Nincoper Deich abgebogen, der nach Rübke führte, als sein Mobiltelefon klingelte.

»*Buona sera, mio caro.*« Benicias Stimme hatte wie immer zur Folge, dass Glückshormone seinen Körper durchströmten. »Wie läuft die Verbrecherjagd?«

»Miserabel. Hattet ihr einen schönen Tag?«

»Wir machen uns jeden Tag so schön wie möglich. Weißt du doch. Hier ist jemand, der dich sprechen möchte.«

»Hallo!« Felipe klang müde. »Hast du den Luhmich schon gefangen?«

»Leider noch nicht.«

»Ich kann doch helfen!«, schlug Felipe vor. »Wie fängt man denn einen Luhmich?«

»Indem du ihm so fest vors Schienbein trittst, wie du kannst.«

»Wirklich? Ganz ohne Pistole?«

»Pistolen sind was für Angsthasen. Hab einen schönen Schultag morgen, okay? Und hör auf deine Mama. Meistens jedenfalls.«

»Mach ich. Hab dich lieb!«

Die Muskeln in Berlottis Hals zogen sich zu einem Kloß

zusammen. Er atmete tief durch und wollte gerade etwas entgegnen, aber da hatte Felipe das Telefon schon an seine Mutter weitergereicht.

»Meld dich, wenn du die Tage wieder mehr Zeit hast.« Sie sagte es ohne Ungeduld, ohne Vorwurf in der Stimme. Berlotti konnte sein Glück kaum fassen, eine Freundin gefunden zu haben, die akzeptierte, dass sein Beruf während einer Ermittlung selten reguläre Arbeitszeiten bot.

»Ich wäre schön blöd, wenn ich's nicht täte!«, war alles, was Berlotti einfiel. Gerne hätte er noch weitere Dinge gesagt, charmante, geistreiche, aber wie immer, wenn es darauf ankam, in Herzensangelegenheiten noch mehr als sonst, wurde sein Hirn zu einer weißen Leinwand, und weder Pinsel noch Farbe schienen verfügbar. Er hoffte, dass er auch so genügte, ohne große Worte, ohne große Gesten. »Auf jeden Fall sollten wir die Tage mal Fiete auf seiner Kaffeeklappe besuchen. Felipe könnte Containerschiffen zuwinken, und uns beiden wird bestimmt auch nicht langweilig werden.«

Sie verabschiedeten sich, doch Felipes drei Worte hingen ihm noch nach. Er atmete ein weiteres Mal gegen die Enge in seiner Kehle an, was dazu führte, dass ihn eine Erinnerung in der Nase kitzelte. Hätte man Berlotti gefragt, wonach Kirschblüten dufteten, er hätte es nicht gewusst. Er hatte sich bislang darüber schlichtweg keine Gedanken gemacht. Umso erstaunter war er, als er einen frischen, leicht süßlichen Geruch bemerkte. Einen Geruch, den er aus seiner Kindheit kannte. Es war, als würde sich der Duft nicht um ihn legen wie eine Decke, sondern Nase, Körper und Geist umspielen, fast so, als wäre er gar nicht da. Er füllte seine Lungen und konnte förmlich spüren, wie seine Lungenbläschen eine Party feierten.

Wenige Augenblicke später fuhr er auf sein Elternhaus zu, als ihm der Schweiß ausbrach. Hinter seinem Haus stieg Rauch in den Himmel. Nicht schon wieder, dachte Berlotti. Nicht genug, dass die Fenster in der oberen Etage noch immer provisorisch abgeklebt waren. Auch die Rußspuren an den Wänden kündeten vom Unheil, das hier vor einigen Monaten getobt hatte. Er bog in die schmale Straße ein, in der neben dem Haus seiner Eltern und dem Apfelhof von Fietes Eltern nur ein weiteres Gebäude stand. Am windschiefen Backsteinhaus des Ehepaares Bauer, dessen reetgedecktes Dach bis fast auf den Boden reichte, beschleunigte er noch einmal für die letzten hundertfünfzig Meter. Kies flog auf, als er mit einer Vollbremsung zum Stehen kam.

Er sprang aus dem Cinquecento und über den kniehohen weißen Holzzaun, der das Grundstück von der Straße trennte, stürmte ums Haus herum – und rannte in Fiete hinein, der drei Sechserträger Bier in den Garten trug.

»Hoppla!« Fiete balancierte die achtzehn Bierflaschen nur mit Mühe auf seinen Unterarmen, die ebenso schlank waren wie die restlichen knapp zwei Meter seines schlaksigen Körpers. Er stellte die Ladung auf einen Campingtisch und drückte Berlotti eine Bierflasche in die Hand.

Verdutzt blickte Berlotti auf Fiete, der wie an mindestens dreihundertfünfzig Tagen im Jahr ein Polohemd trug, meist mit hochgeschlagenem Kragen, den er nur zu förmlicheren Anlassen herunterklappte. Dann ließ er den Blick über die Szenerie im Garten ihrer angekokelten Behausung schweifen. Alfio stand in einer Kochschürze mit aufgedruckter Italienflagge, die ihm Peter Thies überlassen hatte, am Kohlegrill. Fietes Vater fachsimpelte mit ihm über etwas, das Berlotti nicht verstehen konnte. Carmela trank mit Fietes Oma, die im Rollstuhl saß, Limoncello, und beide lachten herzlich über etwas, das seine Mutter der Achtundachtzigjährigen erzählte. In der hinteren Ecke des Gartens parkte der geliehene Wohnwagen, als hätte er schon immer dort gestanden.

Ein Grillfest mit den Nachbarn, auch wenn die Welt es gerade nicht gut mit ihnen meinte. Das sah seinen Eltern ähnlich. Seine Mutter hatte schon immer nach dem Motto gelebt: Morgen kannst du gestern nicht nachholen, und später kommt früher, als du denkst.

In diesem Sinne, dachte Berlotti und prostete Fiete zu. »Mein Henkersbier, bevor ich mich morgen im nationalen Fernsehen zum Affen machen darf.« Er setzte die Flasche an und ließ den Hopfensaft die Kehle hinabfließen. Dann erzählte er Fiete von der laufenden Ermittlung und seinem bevorstehenden Fernsehauftritt. Es tat gut, sich einmal den ganzen Frust von der Seele zu reden. Die betäubende Wirkung des Alkohols trug ihren Teil dazu bei.

Sieben

Je mehr der Mensch zu sehen glaubt,
desto einfacher ist es, ihn zu täuschen.

»Aus Hamburg bei ›Deutschlands ungeklärte Verbrechen‹ zugeschaltet ist jetzt Hauptkommissar Gabriel Berlotti, der uns die Details erzählen wird.«

»Gabriele.«

»Wie bitte?«

»Gabriele, nicht Gabriel. Mein Name ist Berlotti. Gabriele Berlotti. So viel Zeit muss sein.« Seine eigene Stimme klang hohl und merkwürdig heiser in seinen Ohren. Entweder waren die In-Ear-Kopfhörer Schrott oder einfach nur falsch eingestellt. Beides erschien ihm jedenfalls reichlich ungünstig.

Irritiert blickte der Moderator abwechselnd Berlotti an und in seine Moderationskarten, bemüht, den Faden wiederzufinden. Berlotti ignorierte seinen Herzschlag, den er bis zum Hals pochen spürte, und eilte ihm zu Hilfe.

»Unser Opfer wurde 1948 als Konrad Gomolla in Leipzig geboren.« Ein lautes Piepen in seinem Ohr ließ ihn kaum merklich zusammenzucken. Jetzt bloß nicht die Konzentration verlieren, dachte er. »Ob er zuletzt unter diesem Namen lebte, ist noch unklar. 1974 hat er aus dem Grassimuseum in Leipzig Gold und Silber, Perlen und Edelsteine im damaligen Sachwert von rund vierhundertvierzigtausend Mark entwendet. Gomolla wurde gefasst, ein Großteil der Beute sichergestellt. Er wurde zu einer langen Haftstrafe verurteilt. Im Zuge der Wiedervereinigung wurden Urteile der DDR-Justiz geprüft und neu beurteilt. Gomolla kam vorzeitig aus der Haft frei. Er verließ den Osten, zog nach Stuttgart, und dann verläuft sich seine Spur. Vor einigen Tagen wurde er mit den übrigen gestohlenen Kunstschätzen vom Einbruch tot aufgefunden – in Neuenfelde im Alten Land bei Hamburg. Die Details möchte ich Ihnen ersparen.«

Berlotti sah nun direkt in die Kamera. Er spürte sein Herz

immer noch wild klopfen, war aber froh, dass seine Stimme nicht zitterte, sondern klar und fest klang. »Was wir von Ihnen, verehrte Zuschauerinnen und Zuschauer, wissen möchten, ist, ob Sie Konrad Gomolla kennen. Haben Sie den Mann in den letzten Jahren gesehen? Können Sie uns etwas über seinen letzten Aufenthaltsort mitteilen?«

Aus dem Augenwinkel sah er auf dem kleinen Monitor unterhalb der Fernsehkamera, dass ein Foto von Gomollas Leiche eingeblendet wurde, auf dem er aussah, als würde er schlafen. Als Nächstes wurde ein Foto gezeigt, dass Berlotti sich von Adam Torma geliehen hatte. Eines jener Bodybuilderfotos, die der Fotograf aus Stade vor mehreren Jahrzehnten von Gomolla geschossen hatte. Verständlicherweise blendeten sie nur den Kopf ein und hatten die neckische Pose und den restlichen nahezu nackten Körper abgeschnitten. Anschließend waren die Mordwaffen zu sehen, die er aus ermittlungstechnischen Gründen nicht als solche bezeichnete.

»Vielleicht haben Sie Informationen zu diesen Beweisstücken. Es handelt sich um wertvolle Kunstschätze des 17., 18. und 19. Jahrhunderts. Jeder Hinweis könnte uns auf die Spur des Täters bringen.«

Berlotti wandte sich dem Moderator zu, der nickend übernahm und dann die Telefonnummer durchgab, unter der die Zuschauer Hinweise zum »Mord zur Apfelblüte«, wie die Redaktion den Fall nannte, abgeben konnten.

War doch gar nicht so schlimm, dachte Berlotti, als das Licht der Kamera erlosch und schon der nächste Filmbeitrag zu einem Bankraub in Kassel über den Bildschirm flimmerte. Auch aus Steinen, die einem in den Weg gelegt werden, kann man Schönes bauen.

Er verließ das Aufnahmestudio und betrat den angrenzenden hallenartigen Raum, in dem Ermittler Hinweise aus der Bevölkerung entgegennahmen. Dass die zwei Dutzend Männer und Frauen allesamt telefonierten, wertete er als gutes Zeichen. Als er sich neben einen Mann stellte, der Anfang vierzig sein musste, mit schütterem aschblonden Haar und beginnender Glatze am

Hinterkopf, hörte Berlotti, wie der ein Geräusch machte, das wie ein misslungenes Lachen klang.

»Ich kann Ihnen nicht sagen, ob der Hauptkommissar verheiratet ist.« Wache graublaue Augen hefteten sich auf Berlotti. Sie musterten ihn mit einer Neugier, die nicht direkt feindselig, aber auch nicht gerade freundlich wirkte. »Nein, nicht, weil ich es nicht möchte, sondern weil ich es nicht weiß«, antwortete er gelassen und ohne jede Spur von Ironie oder Groll, als spräche er übers Wetter. »Aber wenn Sie keine Hinweise zu dem Fall haben, würde ich die Leitung gerne wieder freigeben.«

Berlotti sah den Mann fragend an, doch der schüttelte nur den Kopf und nahm den nächsten Anruf entgegen. Also schaltete Berlotti sein Mobiltelefon an. Es vibrierte, um den Eingang einer Nachricht zu signalisieren – und hörte gar nicht wieder auf. Sechsundfünfzig neue Nachrichten wurden ihm angezeigt. Ich wusste gar nicht, dass ich sechsundfünfzig Menschen kenne, stöhnte Berlotti. Seine Ex-Frau hatte den Beitrag offenbar ebenso gesehen wie ehemalige Kollegen aus Frankfurt, die sich nicht gemeldet hatten, seitdem er die Dienststelle verlassen hatte. Zwischen all den Namen und teils unbekannten Nummern fiel ihm Katharinas Name ins Auge. Er öffnete die Nachricht. Auf dem Bildschirm erschien er selbst im Fernsehstudio. »Mein Name ist Berlotti. Gabriele Berlotti. So viel Zeit muss sein«, hörte er sich selbst in James-Bond-Manier sprechen. *Du gehst gerade viral*, hatte die Kollegin unter den Videoschnipsel geschrieben und einen Zwinkersmiley dahintergesetzt. Zum Lachen war Berlotti wirklich nicht zumute. Das war genau der Grund, weshalb er nicht im Fernsehen hatte auftreten wollen.

Sein Handy kündigte mit einem lang gezogenen Vibrieren einen Anruf an. Mürrisch nahm er ab.

»Commissario?« Peter Thies klang aufgebracht. »Dein Video ist im Internet!«

»Ich weiß, Katharina hat mir die dämliche Bond-Persiflage –«

»Nicht die! Das Video, wo du angeblich einem Demonstranten grundlos die Fresse polierst.«

In Berlottis Brust stürzte ein Fahrstuhl im Rekordtempo

abwärts, immer schneller, immer tiefer. Als hätte eine dunkle Macht die Stahlseile zerfetzt, um ihn ungebremst in die Hölle zu befördern.

»Bist du noch da, Capo?«

»Ich …« Berlotti versagte die Stimme. Sein Herz hatte eine Art Amoklauf begonnen.

»Das Handyvideo wurde hochgeladen, während dein Auftritt ausgestrahlt wurde. Wahrscheinlich erhoffen die sich eine größere Aufmerksamkeit, jetzt, wo du im nationalen Fernsehen zu sehen warst. Ich kann es zwar melden, aber runternehmen kann ich es nicht.«

Berlotti räusperte sich. »Ich geh damit direkt zu den Kollegen und erstatte Anzeige. Soll sich die Staatsanwaltschaft doch darum kümmern.«

»Kann ich etwas tun?« Thies konnte die Sorge in seiner Stimme nur schlecht verbergen.

»Kannst du dir das Video vornehmen? Der Hinterhalt war zwar von denen vorbereitet, aber vielleicht ist doch irgendwie zu sehen, dass nicht ich es war, der zugeschlagen hat.« Viel Hoffnung hatte Berlotti nicht, aber er wollte den Delinquenten unbedingt das Handwerk legen.

Kaum dass er das Gespräch beendet hatte, erschien erneut eine Hamburger Nummer auf dem Display. Alles in ihm sträubte sich, doch er hatte keine Wahl und nahm ab.

»Schluss, aus, vorbei.« Elvira Beils Stimme machte ihrem Namen alle Ehre. Sie schnitt wie eine scharfe Klinge in seinen Gehörgang. »Es liegt eine Strafanzeige wegen gefährlicher Körperverletzung gegen Sie vor sowie mehrere Dienstaufsichtsbeschwerden. Ich ziehe Sie von dem Fall ab.«

Berlotti spürte, wie sich in ihm etwas löste, etwas, das er selbst nicht recht begriff. Er fuhr sich mit der freien Hand durch die dunklen Locken, räusperte sich und sagte mit fester Stimme: »Nein!«

»Bitte?«

»Nein!« *Nein* war ein kompletter Satz. Er brauchte weder Erklärung noch Rechtfertigung.

Zum ersten Mal erlebte er die Polizeipräsidentin sprachlos, was ihm zwar keine Genugtuung gab, aber einen kurzen Augenblick der Befriedigung.

»Nein, Sie ziehen mich nicht von diesem Fall ab. Jedenfalls nicht, bis die Dienstaufsichtsbeschwerde geprüft und alle Beteiligten gehört wurden. Überhaupt würde ich es sehr schätzen, wenn meine Vorgesetzte mich erst nach meiner Sicht der Dinge fragen würde, bevor sie Drohungen gegen mich ausspricht.«

»Die Faustattacke scheint mir doch recht eindeutig zu sein. Zumal es mehrere Zeugen gibt.« Beils Stimme schien direkt aus der Tiefkühlabteilung eines Schlachtbetriebs an sein Ohr zu dringen.

»Die Menschen sind nicht immer, was sie scheinen, aber selten etwas Besseres.«

In der Leitung blieb es still. Ob Beil noch über den Sinn seiner Weisheiten nachdachte oder gerade abwog, ob das als Beleidigung gemeint war, vermochte er nicht zu sagen. Er ahnte aber, dass von den nächsten Sätzen abhing, wie sein weiteres Leben verlaufen würde.

»Erkennen Sie denn nicht das Muster, das mich verfolgt, seitdem ich hier meinen Dienst angetreten habe? Die Internethetze, die Morddrohungen, die Brandattacke auf mein Elternhaus, der Anschlag auf mein Leben vor ein paar Tagen, als ein Auto mich in die Elbe gestoßen hat, und jetzt das gefakte Video?«

»Eine Verschwörung, meinen Sie?« Zum ersten Mal klang sie zögerlich.

»Nennen Sie es, wie Sie wollen. Aber halten Sie es nicht für angebrachter, mich so lange zu schützen, bis meine Schuld oder Unschuld bewiesen ist, anstatt mir mit Rauswurf zu drohen? Wieder einmal, sollte ich bei dieser Gelegenheit wohl anmerken.«

Erneut blieb es still in der Leitung, weshalb Berlotti eindringlich nachschob: »Alles, was nur wahrscheinlich ist, ist wahrscheinlich falsch. Je mehr der Mensch zu sehen glaubt, desto einfacher ist es, ihn zu täuschen.« Er hatte sein Pulver verschossen, alles gesagt, was er zu sagen hatte.

»Ziehen Sie ab sofort bei den Ermittlungen zur Abwechslung einmal keine Aufmerksamkeit auf sich. Das würde helfen. Sie hören von mir.«

Dann hatte sie aufgelegt. Berlotti, der merkte, dass er die letzten Sekunden die Luft angehalten hatte, ließ sie explosionsartig entweichen. Er wollte gerade Katharina anrufen, als ihn der Polizeibeamte von eben zu sich winkte.

»Der Aufnahmeleiter fasst morgen im Laufe des Tages die relevantesten Erkenntnisse für Ihr Team zusammen. Aber ich hatte ein sehr aufschlussreiches Telefonat, das sofort weiterhelfen könnte.« Er hatte rote Wangen bekommen.

Ein Hinweis käme genau zum richtigen Zeitpunkt, dachte Berlotti, dann würde dieser verfluchte Tag vielleicht doch noch ein versöhnliches Ende nehmen.

»Ein Mann aus Leipzig will erst vor ein paar Tagen mit dem Toten telefoniert haben. Also, als er noch nicht tot war.«

»Hat er gesagt ...?«

Das Telefon vor dem Kollegen klingelte. Er kritzelte schnell etwas auf einen Zettel, riss die Ecke ab und drückte sie Berlotti in die Hand. Im nächsten Moment war der Beamte wieder ins Gespräch vertieft. Berlotti starrte auf den Schnipsel in seiner Hand. War das die Spur, die sie zu Gomolla führte und Licht in die Zeit vor dessen Tod brachte?

Während sich das Rufzeichen in sein Ohr bohrte, trat Berlotti ans Fenster und blickte auf den Platz vor dem Fernsehstudio, der kreisrund und rot gepflastert war. Der gewaltsame Tod von Konrad Gomolla war immer noch ein großes Puzzleteil, das nirgendwo hineinpasste. Ein Mann meldete sich, ohne seinen Namen zu nennen. Berlotti entschuldigte sich für die späte Störung und erkundigte sich nach Gomolla.

»Der hat mich vor ein paar Wochen angerufen und wollte mich erpressen.«

Berlotti erfasste ein plötzlicher Schwindel. Er hatte das dringende Bedürfnis, sich zu setzen, und weil kein Stuhl griffbereit war, setzte er sich an die Wand unterhalb des Fensters. »Wann? Womit?«

»Da muss ich etwas weiter ausholen.« Die Stimme erschien Berlotti akzentfrei und ließ auf einen Mann in den Dreißigern schließen. »Mein Vater hat vor achtundvierzig Jahren einen Nautiluspokal und Schmuck unter der Hand erworben. Ich habe die Sachen geerbt. Er hat mir nie ausdrücklich gesagt, woher das Zeug kommt, immer nur Andeutungen gemacht und auf den ideellen und materiellen Wert hingewiesen.«

»Gomolla hat Ihrem Vater Diebesgut aus dem Einbruch im Grassimuseum angeboten, und er hat ihm was abgekauft?«

»So habe ich mir das nach Ihrem Auftritt im Fernsehen eben zusammengereimt.«

Berlotti versuchte, in seinem Kopf die Puzzleteile zuzuordnen, die der Anrufer ihm durchs Telefon reichte, doch er wusste nicht, wie sie zu den bisher gesammelten Teilen passten.

»Das müssen Sie mir erklären.«

»Ich habe den Mann, den Sie suchen, nie gesehen, ebenso wenig die Gegenstände, die in der Sendung eingeblendet wurden. Aber ein Mann hat mich vor einigen Wochen angerufen, mir gesagt, dass er wüsste, dass sich wertvolles Diebesgut in meinem Besitz befinde. Als ich ihn gefragt habe, woher er das wisse, meinte er nur, er hätte das meinem alten Herrn vor einer Ewigkeit verkauft. Jetzt will er die Sachen zurück. Falls nicht, zeigt er mich anonym an.«

Berlotti stand ächzend wieder auf, weil der Schwindel nicht nachließ. Er kippte das Fenster und sog gierig die Luft ein. »Wie haben Sie reagiert?«

»Ich habe ihm gesagt, er kann mich mal. Ich konnte dem alten Krempel nie etwas abgewinnen. Als ich den Bericht gesehen habe, konnte ich eins und eins zusammenzählen. Ich habe im Internet zwar keine Bilder von den gestohlenen Gegenständen damals gefunden. Aber mein Vater muss den Pokal und den Schmuck ziemlich genau seit dem Einbruch besitzen.«

In Berlottis Gedanken schlug ein Blitz ein. Er glaubte, alles zu begreifen. Gomolla musste seinen Mörder kontaktiert, ihn erpresst und statt des Diebesgutes ein qualvolles Ende gefunden haben. Dennoch kam ihm der Anruf merkwürdig vor. »Warum erzählen Sie das nach all den Jahren plötzlich der Polizei? Der Besitz von Diebesgut ist strafbar.«

»Nee, oder?« Der Anrufer klang plötzlich verunsichert. »Ich hab das Zeug doch nirgends angeboten! Ist doch außerdem schon längst verjährt. Bevor es 'nen Krimineller kriegt, übergebe ich den Kram lieber der Polizei. Vielleicht bekomme ich ja sogar einen Finderlohn, weil ich in dem Fall geholfen habe?«

Ein endloser Nachschub an Kriminalromanen und Fernsehkrimis hatte die Allgemeinheit auf die Überzeugung konditioniert, über die Arbeit von Polizeiermittlungen ebenso Bescheid zu wissen wie über aktuelle Gesetzeslagen und die Verjährung von Straftaten. Was natürlich in den seltensten Fällen den Tatsachen entsprach.

»Wie hat Gomolla reagiert, als Sie ihn abgewiesen haben?«, wollte Berlotti wissen, die Finderlohnforderung bewusst ignorierend.

»Stinksauer ist er geworden. Hat gesagt, ich soll mir das gut überlegen, sonst würde ich was erleben. Er wollte sich wieder melden. Hat er aber nie getan.«

»Wann war das genau?«

»Hab ich doch gesagt: vor ein paar –«

»Strengen Sie sich an, ich brauche den genauen Tag des Anrufes.«

»Ist ja gut, kein Grund, gleich so unfreundlich zu werden. Moment, ich schau in meiner Anrufliste nach.«

Sekunden verstrichen, die ihm wie Minuten vorkamen.

»Samstag vor zwei Wochen, um Viertel vor elf abends.«

Konrad Gomolla hatte jemanden erpressen wollen, und keine achtundvierzig Stunden später wurde er umgebracht?

»Können Sie in Ihrem Handy nachschauen, wo Sie in der darauffolgenden Nacht gewesen sind? Also von Sonntag auf Montag?«

»Muss ich nicht. Zu Hause, im Bett, bei meiner Frau.« Der Mann klang patzig. Natürlich ahnte er, warum Berlotti fragte. »Wenn ich den umgebracht hätte, hätte ich jetzt wohl kaum angerufen, oder was denken Sie?«

»Was ich denke, tut in diesem Zusammenhang leider nichts zur Sache«, entgegnete er. Auch wenn er die meiste Zeit versuchte, seiner Arbeit mit gesundem Menschenverstand nachzugehen, hatte er schon häufiger größere Fortschritte gemacht, wenn er ebendiesen außer Acht gelassen hatte. Denn »gesund« und »Verstand« brachte Berlotti selten genug mit einem brutalen Mörder in Einklang.

»Außerdem isser ja nu eh tot«, fuhr der Anrufer fort. »Manchmal erledigen sich Angelegenheiten von selbst.«

Wer so zynisch über den Tod eines Menschen sprach, auch wenn es sich um einen Dieb oder Erpresser handelte, disqualifizierte sich in Berlottis Augen selbst. Am liebsten wäre er auf der Stelle bei dem Mann in Leipzig vorbeigefahren, um ihm auf den Zahn zu fühlen. Doch er konnte nicht auf allen Hochzeiten gleichzeitig tanzen.

»Wie heißen Sie eigentlich?«

»Gottwald. Siegbert Gottwald, so viel Zeit muss sein!«

Berlotti legte auf und dachte sich einen Mittelfinger. Danach rief er Kaiser an. »Moingiorno!«, bediente er sich in Abwesenheit von Peter Thies dessen Begrüßungsformel.

»Moinwas?«

»Vergessen Sie's.« Er berichtete ihr von dem Anruf und bat sie, bei dem Mann vorbeizufahren, die Kunstgegenstände sicherzustellen und sein Alibi zu überprüfen. Vielleicht konnte die Leipziger Staatsanwaltschaft Gomollas Anruf zurückverfolgen, auch wenn Berlotti einigermaßen sicher war, dass der nicht von seinem eigenen Anschluss aus angerufen hatte.

***

Es war schon nach Mitternacht, und Berlotti hatte im Fernsehstudio die Stellung gehalten, in der Hoffnung, weitere Hinweise zu bekommen, die sie unmittelbar weiterbrachten. Allerdings war das Einzige, das ihm entgegengebracht worden war, der Rucksack einer jungen Frau gewesen, den sie ihm beim Aufziehen schwungvoll gegen den Hinterkopf geschleudert hatte. In solchen Momenten spürte er die Müdigkeit eines ganzen Lebens. Zumal sie sich allenfalls dürftig entschuldigt hatte.

Missmutig hatte er kurz darauf den Anruf von Kommissarin Kaiser entgegengenommen, die umgehend zu Siegbert Gottwald gefahren war. Sie hatten einen Nautiluspokal sichergestellt, von dem Berlotti immer noch nicht wusste, was es eigentlich genau war, sowie einen Siegelring. Er konnte nicht fassen, dass es seinen Auftritt in einer TV-Sendung gebraucht hatte, damit fünf Jahrzehnte lang verschollenes Diebesgut wiederaufgetaucht war. Was Hinweise auf ihren Toten betraf, war Kaiser allerdings weniger erfolgreich gewesen. Gomolla hatte den Mann mit unterdrückter Nummer kontaktiert, und sie wollte nun klären, ob der Anruf zurückverfolgt werden konnte. Gottwalds Alibi, sofern es eines war, hatte ihm seine Ehefrau gegeben, die aussagte, in der Tatnacht neben ihm gelegen zu haben.

»Welchen Grund sollte er auch gehabt haben, Gomolla umzubringen, wenn der Kunstschätze von ihm wollte, auf die Gottwald gar keinen Wert legt und die er freiwillig der Polizei aushändigt?«

Berlotti musste Kaiser recht geben. Ein Mordmotiv war daraus nicht abzuleiten. Oder hatten sie etwas übersehen?

»Kennen Sie eigentlich einen Mann mit einem langen weißen Haarzopf und Stader Kfz-Kennzeichen?«, erkundigte sie sich.

Berlotti stutzte. »Das müsste Adam Torma sein, den habe ich neulich vernommen. Warum fragen Sie?«

»Wir beschatten Erwin Geeses Wohnung, und der hat Besuch von ihm bekommen«, gab Kaiser zurück, als wäre es keine große Sache.

»Geese und Torma kennen sich?«, rief er. »Das sagen Sie mir erst jetzt?«

Kaisers Schnauben brachte die Membranen des Lautsprechers zum Vibrieren. »Jetzt beruhigen Sie sich mal. Wir haben das im Griff und werden schon zur rechten Zeit einschreiten!«

Berlotti musste die Zähne zusammenbeißen, um nichts Unpassendes zu entgegen. Sein Schweigen interpretierte Kaiser als Aufforderung, weiterzureden. »Haben Sie denn etwas aus den Ermittlungsakten erfahren, die Rüdiger Ihnen geschickt hat?«

Berlotti zögerte nur kurz. »Leider nein.«

»Sag ich doch. Was soll da auch drinstehen?«

»Ja, war 'ne blöde Idee«, entgegnete Berlotti lahm und ärgerte sich gleichzeitig über sich selbst.

»Was hatten Sie sich denn erhofft zu finden?«

Berlotti unterdrückte ein Gähnen und tigerte mit großen Schritten durch die kleine und längst menschenleere Garderobe, in der er vor mehr als vier Stunden abgepudert worden war. »Selbst für den Fall, dass Gottwalds Alibi wasserdicht ist, gab es vielleicht noch andere, die Gomolla erpressen wollte. Was, wenn Gomolla noch mit weiteren Verdächtigen von damals Kontakt aufgenommen hat? Der Museumsdirektor hat am Telefon von mehreren Kunstgegenständen gesprochen, die nach wie vor fehlen.«

Keine Reaktion.

Berlotti blieb stehen und horchte in den Hörer. »Noch da?«

»Kein ganz dummer Gedanke.«

»Aus Ihrem Mund klingt das wie ein Kompliment.«

»Jeder hört, was er hören will.«

Berlotti meinte, durchs Telefon ein Schmunzeln zu hören. »Leider hat der Gedanke ja zu nichts geführt. Es sei denn …«

»Ja?«

Berlotti wog ab, ob er sie in seine Gedanken einweihen sollte, und entschied sich für einen vorsichtigen Vorstoß. »Es sei denn, es gibt Akten, die wir noch nicht kennen.«

Im Hörer war es kurz still. Seine Aussage war auf verschiedene Weisen interpretierbar. Eine davon war, dass Schrader Akten zurückhielt, was auch ein Affront gegen die Kollegin selbst wäre, da sie dem Mann offenbar vertraute.

»Sie haben recht, vielleicht gibt es in irgendwelchen Archiven noch weitere Akten. Ich frage ihn morgen mal danach.«

Berlotti dachte an die Drohung der Polizeipräsidentin, ihn zu suspendieren. Die Zeit rannte ihm davon, auch wenn er das der Kaiser nicht auf die Nase binden wollte.

»Noch da?«, erkundigte sich nun Kaiser.

»Halten Sie mich auf dem Laufenden. Je eher wir Infos zu weiteren Akten bekommen, desto besser.«

»Müssen Sie mir nicht sagen«, entgegnete Kaiser, diesmal patzig, und beendete das Gespräch grußlos.

Wer war diese Frau und wenn ja, wie viele? In dem einen Moment war sie völlig unnahbar, im nächsten zugänglich und dann wieder eiskalt. Wenn er es nicht besser wüsste, würde er eine soziale Störung vermuten. Oder zwei grundverschiedene eineiige Zwillinge.

Beim Blick aus der riesigen Fensterfront bot sich ihm ein Meer aus grünen, gelben, roten und blauen Lichtern, und für eine Weile gab er sich der Illusion hin, nicht in einer Ermittlung zu stecken, sondern sich auf einem Schiff auf dem Weg zu einer einsamen Insel zu befinden, wo er fortan als Eremit ein glückliches Dasein führte. Aber er würde nirgendwohin gehen. Er würde sich allem stellen, der Ermittlung, der Polizeipräsidentin, den Rechtspopulisten und sämtlichen Katastrophen, die ihn privat heimsuchen würden. Entschlossen wählte er Katharinas Nummer.

»Moin, Chef! Was gibt's?«

»Was machst du heute Nacht?« Als Katharina nicht sofort darauf antwortete, merkte er, dass die Frage durchaus zweideutig verstanden werden konnte. »Was ich sagen wollte: Sebastian kommt erst morgen aus Stuttgart zurück, das heißt, du hast sturmfrei.« Klang auch nicht besser, weshalb er nachschob: »Ich könnte deine Unterstützung gebrauchen.«

In knappen Sätzen erklärte er ihr, was er vorhatte.

Eine Viertelstunde später trat er vors Deichtor-Center am nordöstlichen Ende von Speicherstadt und Hafencity. Noch bevor er Ausschau halten konnte, bremste mit quietschenden Reifen eine schwarze Limousine neben ihm. Das Beifahrerfenster des Dienstwagens wurde heruntergelassen, und Katharina zog kurz nacheinander zweimal die Augenbrauen hoch.

»Na, die nächsten Stunden schon was vor?«

Trotz seiner Erschöpfung musste er breit grinsen.

Sie reichte ihm einen Thermobecher mit heißem Filterkaffee und nahm selbst einen Schluck aus einem zweiten Becher. Die Welt sah mit Kaffee im System gleich besser aus, dachte Berlotti. Solange es Kaffee gab, gab es Hoffnung.

Acht

Wir müssen ja sowieso denken,
warum dann nicht gleich positiv?

Es war nach halb vier Uhr am Morgen, als Katharina den Wagen von der Autobahn lenkte. Berlotti hatte im Internet nach einem Lokal gesucht, in dem sie die Zeit bis Sonnenaufgang verbringen konnten. Sie hielten vor dem Elsterartig im Leipziger Zentrum, aus dem laute Musik zu ihnen schallte.

»Sicher, dass wir da reinwollen?« Sie sah ihn zweifelnd an.

»Ich habe gefühlt vor vierundzwanzig Stunden das letzte Mal gegessen. Bevor mein Blutzucker ins Bodenlose fällt und meine schlechte Laune richtig mies wird, willst du bestimmt lieber mit mir da reingehen.«

Sie stiegen aus und beeilten sich, in den Laden zu kommen. So mild es tagsüber auch gewesen war, waren die Temperaturen doch rapide gesunken, sobald die Sonne unterging. Keine zehn Minuten später standen zwei Riesenburger mit jeweils einem Pfund dicker Pommes vor ihnen. Sie saßen im urigen Teil des Lokals, der mit seinen Holzwänden und der gedimmten Beleuchtung Almhüttenatmosphäre verströmen sollte.

»Du bist dir echt sicher, dass du ins Stasi-Archiv willst, um dort nach den Unterlagen zu suchen?« Sie hatte sich zwei Pommes eingeworfen und sprach mit vollem Mund. Berlotti tat es ihr gleich. Fast Food verlangte geradezu danach, ohne Manieren verschlungen zu werden. »Du weißt, dass das Ärger gibt, weil du der Leipziger Kripo nicht Bescheid gegeben hast!«

»Wir müssen ja sowieso denken«, schmatzte Berlotti, nachdem er in seinen Burger gebissen hatte, »warum dann nicht gleich positiv?«

Sie warf ihm einen skeptischen Blick zu, während sie sich ein halbes Dutzend Pommes in den Mund schob. »Dein Optimismus in allen Ehren, Chef, aber die Beil wird das nicht lustig finden. Wir sollen *mit* den Kollegen zusammenarbeiten, nicht *gegen* sie.«

»Mir will nicht in den Kopf, warum die Akten, die Schrader mir geschickt hat, unvollständig sind.«

»Bist du dir sicher?«, fragte Katharina, schon sanfter.

Berlotti versuchte die beiden ausgestopften Tierköpfe zu ignorieren, die links und rechts über der Bank an der Wand hingen, auf der Katharina saß. Inständig hoffte er, dass es sich dabei um Dekoartikel handelte und keine echte Jagdbeute.

»Nein. Aber ich habe das Gefühl, dass jemand die Dokumente vorsortiert hat. Jemand, der nicht wollte, dass wir gewisse Informationen bekommen.« Er sah ihren Blick und schob schnell hinterher: »Ich bin nicht paranoid. Glaub es mir oder nicht, aber unser Körper kann schlechte Schwingungen wahrnehmen. Wenn etwas in meinem Innern sagt, dass an der Situation etwas nicht stimmt, dann vertraue ich darauf.«

»Jemand bei der Stasi-Behörde?« Katharina schien nach wie vor nicht überzeugt.

Berlotti zuckte mit den Schultern. »Dort oder bei der Polizei. Deshalb soll auch niemand von unserem Besuch wissen.«

»Ach, dann ist das der Grund, warum Peter morgen früh jedem, der nach uns fragt, sagen soll, dass wir im Alten Land Hinweisen nachgehen?«

Berlotti wischte sich Ketchup aus dem Mundwinkel und nickte.

»Wenn die Beil erfährt, dass Peter für uns lügt, haben wir alle drei ein Problem!«

Berlotti sah zerknirscht drein. Er war sich bewusst, dass sein Vorgehen Ärger für die Kollegen bedeuten konnte.

»Du kennst ja mein Motto: Wenn es holprig wird, steigt man nicht aus, sondern schnallt sich an.«

»Ich dachte, dein Motto ist: Ein Leben ohne Kaffee ist möglich, aber sinnlos?« Sie sah ihn fragend an, konnte die Fassade aber nur wenige Sekunden aufrechterhalten und verzog den Mund zu einem Grinsen.

»Das auch. Echter Luxus ist, wenn man sich mehr als ein Lebensmotto leisten kann.«

Sie musterte ihn eine Weile. »Sei ehrlich, machst du dir Sorgen?«

»Ständig. Um alles und jeden. Aber was genau meinst du?«

»Um die Strafanzeige. Um deinen Job. Um deine Eltern. Um die Hetze gegen dich. Such dir was aus!«

Zu gerne hätte Berlotti jetzt ein Bier bestellt. Wann, wenn nicht morgens um vier, nachdem man einen üppigen Burger gegessen hatte, sollte man ein kühles Bier trinken? Doch er wollte fit sein, wenn er um Punkt acht Uhr auf der Matte des Stasi-Archivs stand. Weshalb er für sich und seine Kollegin die nächstbeste Droge bestellte: zwei doppelte Espresso. Er sah Katharina an, blickte ihr direkt in die Augen, die so blau waren wie das Meer an einem sonnigen Tag.

»Weißt du, dass ich immer dachte, der Sinn des Lebens wäre es, den Sinn des Lebens zu finden?«

Auch wenn Katharina überrascht war über die Gegenfrage, ließ sie es sich nicht anmerken. Sie wusste inzwischen, dass Berlottis Gedanken gelegentlich Haken schlugen. »Aber?«

»Aber immer wenn ich denke, das Rätsel des Lebens gelöst zu haben, stoße ich auf neue Fragen, die ich nicht ansatzweise beantworten kann. Inzwischen glaube ich, dass wir nichts wissen, niemals genug wissen werden, selbst wenn wir manchmal glauben, alles zu wissen. Das Leben ist ein einziges großes Rätsel.«

»Prost!« Katharina hob die Espressotasse und wartete, dass Berlotti seine dagegenstieß.

***

Um zwei Minuten vor acht warteten Berlotti und Katharina vor der noch verschlossenen Tür des Stasi-Unterlagen-Archivs. Dem abgerundeten Haupteingang des fünfgeschossigen Eckgebäudes hatte der Bau den treffenden Spitznamen »Runde Ecke« zu verdanken. Über ihnen türmten sich düstere Wolken. Ein Gewitter schien aufzuziehen. Leichter Nieselregen kündigte die Salven schwerer Tropfen an, die ihnen wohl bevorstanden. Doch nach der durchwachten Nacht waren durchnässte Haare sein geringstes Problem. Er war müde und gleichzeitig aufgekratzt, hatte gemeinsam mit Katharina seit ihrer Ankunft drei doppelte Espresso getrunken. Obwohl sein koffeinübersättigtes Herz den Pegel gewohnt sein sollte, spürte er mehr als sonst das unruhige Wummern in seinem Körper.

Am Eingang des früheren Sitzes der Staatssicherheit prangte noch immer riesengroß das Emblem jener Behörde, die zu einem Staat gehörte, den es seit Jahrzehnten nicht mehr gab. Kaum dass die Tür geöffnet wurde, standen sie an der Anmeldung. Berlotti zeigte seinen Ausweis. Der Mann am Empfang setzte eine Lesebrille auf, um einen Abgleich zwischen dem Dokument in seiner Hand und dem Besucher auf der anderen Seite des Tresens vorzunehmen. Er gab den Ausweis zurück und sah abwechselnd Berlotti und Katharina fragend an.

»Wir brauchen eine bestimmte Stasi-Akte für eine Ermittlung.« Berlotti legte ein freundliches Schwiegersohn-Lächeln auf, oder zumindest etwas, das er dafür hielt.

»Die Antragsformulare finden Sie –«

»Sofort!« Katharina unterbrach den Mann, der sie erstaunt ansah. »Entschuldigung. Es ist wirklich dringend. Könnte uns ein Mitarbeiter *jetzt* weiterhelfen?«

Der Mann sah sie einige Sekunden lang regungslos an. Dann griff er zum Schnurtelefon, murmelte einige Sätze in den Hörer, legte auf und deutete den beiden Besuchern mit der Hand an, auf den Besucherstühlen Platz zu nehmen. »Es wird sich gleich jemand um Sie kümmern.«

Nach wenigen Minuten, die sich für den übermüdeten Hauptkommissar deutlich länger anfühlten, kam eine hagere Frau auf sie zu. Sie trug ein geblümtes Kleid, dessen Muster ihn an einen altmodischen Sofabezug erinnerte. Ihr leicht ergrautes Haar saß so tadellos auf dem Kopf zusammengebunden wie ein Hut. Hinter den dicken Brillengläsern sah es so aus, als kneife sie immerzu die Augen zusammen. Ihr Lächeln war freundlich, die Zähne vom Nikotin oder Kaffee gelb verfärbt. Sie reichte ihm die Hand und drückte beherzt zu, während sie sich als Giselle Pischke vorstellte und sich nach dem Grund ihres Besuches erkundigte. Berlotti erklärte, dass er über zwei Wochen auf Kopien aus den Akten gewartet hatte und dann den Eindruck hatte, dass sie nicht vollständig gewesen waren. Giselle Pischke sah ihn mit in Falten gelegter Stirn an.

»Seltsam. Normalerweise dauert es vom Antrag bis zur Verfügungstellung der Akte zwei, maximal drei Tage. Warum haben Sie sich denn nicht direkt an uns gewandt?«

Darauf wusste Berlotti keine Antwort. Deshalb zuckte er zur Antwort mit den Schultern und erkundigte sich, ob sie ihnen die Akte bringen würde.

»Ich habe einen besseren Vorschlag: Sie kommen mit und machen sich gleich ein Bild von der Lage hier!« Jedes Wort raspelte in Berlottis Ohren, so sehr kratzte ihre Stimme. Sie folgten der Frau, die sie zu einem Paternoster führte und ihn als Erste bestieg.

»Nach dir«, sagte Berlotti grinsend zu Katharina, »und pass auf, dass du nicht rausfällst.«

»In meinem jugendlichen Alter könnte ich einen Sturz problemlos abfangen. Du dagegen …« Sie stieg mit vielsagendem Blick in die Kabine und winkte ihm zu, während sie nach oben verschwand. *See you soon!*«

Kurz darauf trat Berlotti aus der Holzkabine zu den beiden Frauen im dritten Stock. Giselle Pischke marschierte voran.

»Einhundertelf Kilometer Akten hat uns die DDR-Polizei hinterlassen«, sagte sie, während sie eine Brandschutztür passierten. »Allerdings eher unzuverlässig. Denn als klar war, dass die DDR scheitern würde, haben die Stasi-Mitarbeiter angefangen, Akten zu schreddern. Das hat uns noch einmal fünfzehntausendfünfhundert Säcke voller Papierschnipsel beschert.«

»Hundertelf Kilometer? Das Gebäude ist zwar groß, aber so groß auch wieder nicht«, warf Katarina ein.

»Gut beobachtet.« Giselle Pischke nickte anerkennend. »Hier in Leipzig liegen knapp achteinhalb Kilometer Akten, der Rest ist auf Behörden in ganz Deutschland verteilt.«

Sie betraten einen Raum, in dem ein Dutzend Metallschränke voller Karteikarten standen. Giselle Pischke setzte sich auf einen

Bürostuhl vor einen der mechanischen Schränke und suchte alphabetisch nach Konrad Gomolla.

»Mit dieser Registriernummer finden wir gleich im Archiv die Akte, die wir suchen«, sagte Pischke und zeigte ihnen einen fünfzehnstelligen Code aus Zahlen, Buchstaben und Sonderzeichen.

Kurz darauf standen sie wieder im Paternoster, diesmal ging es mehrere Stockwerke nach unten. Der Raum, den sie betraten, war in seinen Dimensionen nicht zu überschauen. Weiße Regale, wie Berlotti sie aus dem Baumarkt kannte, füllten endlose Reihen. In sieben Fächern übereinander stapelten sich Abermillionen Papiere zwischen rostroten Pappdeckeln. Die Zeit schien hier konserviert, sogar die Luft schien noch nach DDR zu riechen – leicht muffig und nach Bohnerwachs. Das giftige Erbe der DDR, es war mit allen Sinnen erlebbar an diesem unwirklichen Ort, der ihm so fremd vorkam mit seinen langen Gängen, Tausenden Akten, Millionen Karteikarten, Fotos, Tonbändern und Geruchsproben. Und trotz der Beklemmung wuchs in ihm auch die Hoffnung, gleich Gomollas komplette Akte in der Hand zu haben. Das unbestimmte Gefühl, sich in eine fixe Idee verrannt zu haben, schob er beiseite.

Beiseite schob nun auch Pischke ein metallenes Monstrum, auf dem »Gleitregalanlage 8« stand. Sie drehte dazu an einer Art Steuerrad mit drei Griffen. Vor einem Schild mit der Beschriftung »Regal 5, Bestand MfS, Tatbestand/Ablage 222/55 – 2.01« blieben sie stehen. Pischke zog ein mit Kordel zusammengebundenes Päckchen heraus und drückte es Berlotti in die Hände.

»Viel Spaß damit, der Lesesaal ist zwei Räume weiter auf der linken Seite.« Die Frau strahlte die beiden Ermittler aus dem Westen an. Berlotti strahlte zurück. Er konnte nicht fassen, dass er so lange auf diesen Moment warten musste und es doch so einfach gewesen war. Sie hatten einfach nur freundlich nach der Akte fragen müssen.

Er trug die Dokumente in den benachbarten Leseraum. Während Katharina die Kordel entknotete und anfing, die Papiere zu sichten und zu sortieren, war die Archivarin neben ihnen stehen geblieben. Eine Zeit lang sah Giselle Pischke ihnen mit einer gewissen Befriedigung im Blick zu. Die Tatsache, über solch einen umfangreichen Bestand der Geheimdienstaktivitäten eines Landes zu verfügen, schien sie – zu Recht – mit Stolz zu erfüllen. Schließlich zog sie sich lautlos zurück.

***

Katharina gähnte herzhaft, laut und mit weit aufgerissenem Mund. Berlotti konnte es ihr nicht verdenken. Auch er rieb sich kräftig die Augen. Vor ihnen auf dem Tisch verstreut lagen Vernehmungsprotokolle, Verhandlungsakten und Zeugenaussagen. Eine abgründige Welt hatte sich in den vergangenen zwei Stunden vor ihnen aufgetan, in der normale Menschen andere normale Menschen bespitzelten, hintergingen, denunzierten. Manchmal, weil sie sich Vorteile erhofften. Meist, weil sie von einem Staat dazu genötigt worden waren, der sich selbst als sozialistisch beschrieb und volksnah gab und behauptete, seine Bürger würden in Demokratie und Freiheit leben und hätten Mitspracherecht.

Wie sehr sich die Ermittler an Gomolla in den Verhören die Zähne ausgebissen hatten, hatte Berlotti schon aus den paar kopierten Seiten ersehen können, die Schrader ihm geschickt hatte. Was neu für ihn war, waren die drei als IKM bezeichneten Inoffiziellen Kriminalpolizeilichen Mitarbeiter, die zu Gomolla in Untersuchungshaft gesteckt wurden. Einer der Spitzel schaffte es tatsächlich, Gomollas Vertrauen zu gewinnen. Berlotti las das Protokoll des IKM Zalatimo:

Er würde den Tathergang nie gestehen, und ewig könne man ihn nicht in Untersuchungshaft festhalten. Sein »Schatz« läge sicher, allerdings habe er nicht vor, die Kriminalpolizei zum Versteck zu führen. Er fragte mich, ob ich Verbindungen in die BRD hätte, wohin er später die Kunstgegenstände verkaufen wollte.

Katharina legte ihren Kopf auf seinem rechten Schulterblatt ab. »Sorry, Chef, nur eine Minute die Augen schließen. Danach geht's weiter, aber ich kann gerade nicht mehr.«

Berlotti wusste nicht so recht, wie er zu dieser körperlichen Nähe stehen sollte. Unangenehm fand er es sicher nicht, und er wollte auch keiner jener Männer sein, die Freundlichkeit mit Zuneigung verwechselten. Also tat er: nichts. Ließ Katharinas Kopf, wo er war, und versuchte, die Unterlagen mit der linken Hand zu blättern, damit sich sein rechtes Schulterblatt so wenig wie möglich bewegte.

Vier Monate lang hatte Gomolla alle Vernehmungen mal cool, mal mit frechen Widerworten, mal gleichgültig über sich ergehen lassen. Und beharrlich geleugnet. Nur einmal siegte sein Stolz über die eigene Beharrlichkeit, als er seinem Mithäftling angeblich triumphierend anvertraute:

Ich habe die Bullen anscheinend unterschätzt, die sind nicht so dumm, wie ich dachte. Aber solange sie nicht am linken Ufer des Elsterbeckens suchen, besteht keine Gefahr.

Mit diesen Informationen bewaffnet, hatten die Ermittler am Ende leichtes Spiel. Am 30. September 1974 eröffneten sie Gomolla in einem ihrer regelmäßigen Verhöre, dass sie noch am selben Tag mit Metallsuchgeräten auf dem mehr als vierhunderttausend Quadratmeter großen Gelände nach der Diebesbeute suchen würden.

Zunächst sah Gomolla die beiden Kriminalpolizisten verblüfft an. Doch dann entgegnete er trotzig, beinahe wütend: »Schluss mit dem Gesülze. Wenn ihr schon danach suchen müsst, dann spart euch doch die Arbeit und versucht im Niederholz euer Glück.«

Und siehe da, keine falsche Fährte, auf die er sie schickte. Aufgrund von Gomollas Hinweis stieß ein Suchtrupp auf dem unzugänglichen Gelände eines alten Klärwerks recht schnell auf eine schwere Steinplatte, unter der in einer Kunststoffplane Zinnpokale, Schmuckbroschen, Ohrringe und Halsketten eingewickelt waren. Im Mai 1975, ein Jahr nach dem Einbruch ins Grassimuseum, wurde Gomolla vor dem Bezirksgericht Leipzig der Prozess gemacht. Sein spätes Geständnis änderte nichts daran, dass er zu dreizehn Jahren Haft verurteilt wurde.

Berlotti schwirrte der Kopf. Er blätterte weiter, las immer wieder neue Vernehmungsprotokolle, neue Namen. Sein Handy klingelte. Katharina schreckte auf und sah ihn etwas desorientiert an.

»Kaiser hier. Wo stecken Sie?«

Berlotti zögerte keine Sekunde und tischte der Leipziger Kollegin wie besprochen eine Lüge auf. »Wir sind noch einmal ins Alte Land gefahren, zum Fundort von Gomollas Leiche. Was gibt's denn?«

»Wir haben Geeses Wohnung durchsucht.«

»Wie haben Sie denn einen Durchsuchungsbeschluss bekommen?«

»Das ist doch jetzt egal.« Kaiser schien die Nachfragerei nicht recht zu sein, und Berlotti fragte sich, warum. »Jedenfalls haben wir eine Halskette hinter dem Küchenbüfett gefunden.«

Berlotti horchte auf. »Diebesgut vom Grassi-Einbruch?«

»Genau. Steht auf der Liste der vermissten Gegenstände.«

»Was sagt Gomollas Halbbruder, wie er dazu gekommen ist?«

Katharina schien sich aus den Satzfragmenten, die sie hörte, einiges zusammenzureimen und hob interessiert eine Augenbraue.

»Nichts sagt er. Jedenfalls noch nicht.«

»Wissen Sie, ob Gomolla ihn kürzlich zur Herausgabe der Kette gedrängt hat? Vielleicht hat er ja doch Kontakt zu ihm aufgenommen.«

»Wir haben noch etwas gefunden …« Kaiser ließ die gewohnte Pause folgen. Berlotti hatte endgültig beschlossen, sich davon nicht provozieren zu lassen. Ob sich Kaiser darüber ärgerte, dass er sich nicht ärgerte, konnte er nicht erkennen, als sie weitersprach. »Ein Handy mit freigeschalteter, aber nicht registrierter SIM-Karte.«

Wie man relevante Informationen so häppchenweise rausrücken konnte, blieb ihm ein Rätsel.

»Und?«

»Darauf ist nur eine Nummer gespeichert.«

»Von Gomolla?«

»Könnte.«

»Könnte?« Berlotti verkniff sich nur mit Mühe eine Beschimpfung.

»Nicht klar, noch nicht. Aber werden wir schon herausfinden, jetzt, wo wir den Fisch am Haken haben. Zumal die betreffende Nummer in den Tagen vor Gomollas Tod gleich mehrfach gewählt wurde.«

»Ich will informiert werden, sobald Sie etwas in diese Richtung herausfinden.«

»Ja, ja.« Im nächsten Moment hatte sie aufgelegt.

»Ich dich auch«, murmelte Berlotti und setzte Katharina, die ihn verschlafen ansah, ins Bild.

Sie brauchten beide eine Pause, so konnte das nicht weitergehen. Sie waren schon viel zu lange auf den Beinen.

»Aufs Ohr hauen scheidet leider aus, nicht bevor ich alle Akten gelesen habe«, sagte Berlotti. »Aber setz du dich doch ins Auto und mach 'ne Runde die Augen zu.«

»Damit du den ganzen Erfolg alleine einheimsen kannst? Nix da!« In ihrem müden Gesicht zeichnete sich der Versuch eines Lächelns ab. »Aber gegen eine Tüte frische Luft hätte ich nichts einzuwenden.«

Draußen hatte der Regen aufgehört, von dem sie im Inneren des Gebäudes nichts mitbekommen hatten. Dicke Wolken ließen vereinzelte Lichtstrahlen hindurch, die vom nassen Asphalt reflektiert wurden. Berlotti und Katharina mussten die Augen mit den Händen abschirmen, als sie aus dem ehemaligen Stasi-Bau traten, um sich zu orientieren. Katharina hatte auf Google Maps eine Kaffeemanufaktur in der Nähe ausfindig gemacht, zu der sie nun spazierten.

»Ich kann immer noch nicht fassen, dass in der DDR Menschen hingerichtet wurden«, sagte Katharina. »Dass die hier anfangs noch 'ne Guillotine hatten, macht mich echt fertig.«

»Apropos …« Berlotti war zu müde, um dem angefangenen Satz noch eine unverfängliche Richtung zu geben. »Streich das ›apropos‹. Ist das mit Weller und dir was Ernstes?«

Katharina sah ihn amüsiert an. »Apropos Hinrichtung oder apropos macht dich echt fertig?«

Berlotti spürte, wie er rot wurde, was ihn ärgerte, aber nur dafür sorgte, dass ihm noch mehr Blut in den Kopf schoss. »Wie gesagt: Streich das ›apropos‹.«

Ihr Grinsen wurde von Sekunde zu Sekunde breiter. »Wie gesagt: Seit wann reden wir über unsere Beziehungen?«

»Nicht über *unsere*, über *deine*. Diese Information obliegt meiner professionellen Sorgfaltspflicht.«

»Soso, na, dann will ich meiner professionellen Auskunftspflicht natürlich nachkommen.«

Berlotti beobachtete Katharina und suchte nach Hinweisen, wie sie sein Interesse wohl deutete. Hoffentlich wirklich rein professionell, schließlich wusste sie von Benicia, auch wenn sie sich bislang nicht kennengelernt hatten.

»Wir halten es casual. Basti … Sebastian hat wie ich kein Interesse an etwas Festem.«

Berlotti war mehrfach Zeuge geworden, wie Sebastian seine Kollegin angeschaut hatte, und bezweifelte, dass der das wirklich ebenso entspannt sah. Wie souverän er damit umgehen würde, falls er den Laufpass bekam, da war sich Berlotti nicht sicher.

»Hallo? Noch da?« Katharinas Lockenmähne schob sich in sein Blickfeld.

Berlotti tauchte aus seinen Überlegungen auf. »Klar, bei neunundneunzig Prozent!«

»Dann sorge ich jetzt für das restliche Prozent.« Sie verschwand durch die Tür des Coffeeshops.

***

Kurz darauf saßen sie wieder an ihrem Tisch, der übersät war mit Papierstapeln. Er blätterte und blätterte und dachte mehrfach, einen Hinweis gefunden zu haben. Da war die Inoffizielle Kriminalpolizeiliche Mitarbeiterin IKMR Ilse Hammer, die in einem Zoorestaurant arbeitete. Besuchten tagsüber vornehmlich Familien die Gaststätte, zog das Lokal abends vor allem Kriminelle an. Kurz nach dem Einbruch war Gomolla dort aufgetaucht und hatte Ilse gebeten, einen Ring zu Geld zu machen. Was er nicht wusste, war, dass Ilse schon von der K 1 der Deutschen Volkspolizei den Auftrag erhalten hatte, nach einem Verdächtigen Ausschau zu halten, der etwas über den Einbruch ins Grassimuseum wusste. Mitsamt dem kunstvoll gefertigten Ring überreichte Ilse dem Oberstleutnant auch gleich den Mann, der ihr den Ring übergeben hatte.

»Jetzt wissen wir immerhin schon mal, wem Gomolla den Knastaufenthalt zu verdanken hat. Ob er sich an der Verräterin rächen wollte?«, überlegte Berlotti laut, mehrmals unterbrochen von einem herzhaften Gähnen.

»Aber warum ist dann Gomolla tot und nicht Ilse?« Katharina sah Berlotti fragend an.

»Guter Punkt. Vielleicht ist das Treffen eskaliert? Jedenfalls sollten wir checken, ob Ilse Hammer noch lebt und ob Gomolla Kontakt aufgenommen hat.«

»Ilse Hammer, was für ein bescheuerter Name!« Katharina schüttelte den Kopf.

»Da werden sich Dolly Buster und Gina Wild ärgern, dass sie nicht selbst darauf gekommen sind!«

»Wen du alles kennst!«

»Allgemeinbildung. Habe mal eine Doku über die Damen gesehen. Muss auf Arte oder 3sat gewesen sein.« Berlotti grinste.

»Is klar!«, brachte Katharina noch hervor, bevor sie in schallendes Gelächter ausbrach.

Die Akte zeichnete ein düsteres Bild von Gomolla. Als Elfjähriger hatte er drei Brände gelegt. Mit vierzehn ertappte die Polizei ihn bei einem Einbruch. Als Sechzehnjähriger erhielt er seine erste Haftstrafe für Diebstahl, zunächst auf Bewährung. Am 25. November 1968 war er nicht zur Arbeit erschienen, weil er über die Mauer nach Westberlin flüchten wollte. Natürlich wurde er dabei erwischt. Nach zweieinhalb Jahren Gefängnis durfte er die Strafvollzugsanstalt in Bautzen verlassen. Doch von Läuterung keine Spur. Den Haftaufenthalt hatte er dazu genutzt, den nächsten Coup vorzubereiten.

Er machte sich an Adam Torma heran, der fürs Grassimuseum fotografierte, und horchte ihn über die dortigen Sicherheitsvorkehrungen aus. Die Beute versteckte er unter einer Steinplatte. Als Gomolla festgenommen und in U-Haft gesteckt wurde, leugnete er, am Einbruch beteiligt gewesen zu sein, und gab sich als Hehler aus, der für einen unbekannten Mann die kostbaren Stücke lediglich aufbewahrte. Zunächst forderte Gomolla vor Gericht die Einstellung des Ermittlungsverfahrens und damit verbunden seine Freilassung, dann würde er die Beute herausgeben. Doch am dritten Tag brach sein Widerstand, als der Fahndungsdienst einen Mann präsentierte, dem Gomolla Kunstgegenstände im Wert von siebzigtausend Mark zum Weiterverkauf überlassen hatte. Das Gericht verurteilte ihn zu dreizehn Jahren Freiheitsentzug und vierundvierzigtausend Mark Schadenersatz.

In Berlottis Hirn begann es wieder zu arbeiten. Dreizehn Jahre. Warum dreizehn, wenn er in Wahrheit doch deutlich länger in Haft gesessen hatte? Was war passiert?

»Schau mal hier.« Katharina schob ihm zwei verblichene Zettel rüber. »Gomolla hatte es echt faustdick hinter den Ohren.«

Berlotti begann zu lesen und konnte es nicht fassen. Gomolla war in Untersuchungshaft zurückgekehrt, bis das Urteil rechtskräftig wurde und er in eine Haftanstalt überführt werden konnte. Beim Hofspaziergang ließ er sich in einem unbeobachteten Moment von einem Mithäftling per Räuberleiter helfen, damit er den Blitzableiter an der Wand des Hauptgebäudes greifen konnte. Von dort kletterte er aufs Dach und war schneller verschwunden, als auch nur ein Wächter reagieren konnte. Handzettel mit Gomollas Foto und einer detaillierten Beschreibung wurden verteilt, was schließlich zu seiner Ergreifung führte. Denn die Friseurin, von der er sich die Haare blondieren und den Oberlippenbart abrasieren ließ, erkannte ihn und rief die Polizei.

»Gomolla hat den langen Arm der Justiz und die Möglichkeiten der Volkspolizei eindeutig unterschätzt. Was für eine absurde Geschichte.« Berlotti schüttelte einigermaßen fassungslos den Kopf.

»Die Realität schreibt eben immer noch die wildesten Storys. Kannste dir nicht ausdenken!«, stimmte Katharina zu. »Für die gelungene Flucht bekam Gomolla noch einmal sieben Jahre Haft aufgebrummt.«

Daher stammten also die zusätzlichen Jahre hinter Gittern. Das ergab durchaus Sinn. Warum war von dem Fluchtversuch bislang nirgends die Rede gewesen? Er dachte noch einen Augenblick darüber nach, schüttelte noch einmal den Kopf und wandte sich wieder seiner Akte zu. Doch irgendetwas irritierte ihn, etwas verlangte nach mehr Aufmerksamkeit, etwas schrie geradezu seinen Namen, eine Stimme in seinem Kopf wollte ihn auf etwas lenken, etwas, von dem er nicht wusste, was es war. Berlotti blätterte zurück. Hatte er etwas übersehen?

Er griff nach den Zetteln, die Katharina ihm eben gezeigt hatte. Die Buchstaben verschwammen vor seinen Augen. Sie bewegten sich auseinander, bis nur ein einziges Wort übrig blieb, und je länger er daraufschaute, desto mehr trat es hervor wie mit dem Farbmarker bearbeitet. Dieses Wort brüllte ihn an, es tanzte derart auf dem Papier, dass Berlotti fürchtete, es würde ihm gleich ins Gesicht springen. Schlafmangel konnte Halluzinationen hervorrufen, das war ihm bewusst. Er hatte es mehr als einmal selbst erlebt. Aber das hier war mehr. Die Verbindung von Gomolla zu seinem Mörder, das hier konnte sie sein.

»Räuberleiter«, sagte er leise.

Katharina sah auf.

»Räuberleiter, nicht Abendmahl«, wiederholte er. »Räuberleiter!«, rief er, nun sehr laut, was ihm einen empörten Blick des einzigen anderen Menschen in Sichtweite einbrachte.

Auf Katharinas fragende Miene entgegnete er noch einmal »Räuberleiter«, als müsste sie es verstehen, wenn er das Wort nur oft genug wiederholte. Erst als er die Handflächen übereinanderschob wie bei ihrer Leiche im Alten Land, schien Katharina zu dämmern, was Berlotti ihr zu sagen versuchte. Er nickte aufgeregt, die Hände noch immer zu einer Schale geformt. »Wir sind von einer christlichen Geste ausgegangen. Total falsch, wie dumm!«

»Der Mörder hat Gomolla die Hände ineinandergelegt wie bei einer Räuberleiter?«, flüsterte Katharina beinahe ehrfürchtig. »Symbolhafter geht's ja kaum!«

»Steht der Name des Fluchthelfers in den Unterlagen?« Berlotti griff wahllos nach Zetteln, überflog sie, warf sie zurück und packte eine Handvoll neuer Papiere.

»Fluchthelfer?« Katharina sah ihn verständnislos an.

»Der Mann, der Gomolla per Räuberleiter geholfen hat, übers Dach zu fliehen!«

Katharina begriff und suchte nun ebenfalls. Nur wenige Minuten später hielt sie inne.

»Den Namen kennen wir doch. Ist das nicht …?« Sie schob Berlotti das Dokument zu und tippte auf eine Stelle.

»Das gibt's doch nicht!« Einige Sekunden starrte er den Namen an. »Das kann doch kein Zufall sein!«

Am liebsten hätte er Katharina umarmt, geküsst oder seiner Freude sonst wie Ausdruck verliehen. Stattdessen nickte er ihr mit strahlenden Augen zu und verschwand mit dem Zettel.

Eine Viertelstunde später kehrte er mit der hilfsbereiten Mitarbeiterin zurück, die ihn zu einer anderen »Gleitregalanlage« brachte und ihm nach kurzem Suchen eine flache Kiste in die Hände drückte.

Noch auf dem Weg zurück zum Arbeitsplatz entknotete Berlotti die Schnur, die um die Kiste gewickelt war, hängte sich die Kordel um den Nacken und begann im Gehen zu lesen. Am Tisch angelangt, ließ er sich auf den Stuhl fallen, als hätte er gerade zehn Runden gegen die Welt geboxt. Er legte den

Zeigefinger auf den Namen, der auf einem der Vernehmungsprotokolle ganz oben stand.

»Schrader.« Katharina flüsterte den Namen und klang dabei beinahe feierlich.

»Der muss mit Rüdiger Schrader verwandt sein, den die Kaiser angeschleppt hat.« Auch Berlotti sprach in gedämpftem Tonfall, als dürfte die Erkenntnis nicht zu laut ausgesprochen werden, um kein Risiko einzugehen. »Kurt Schrader, geboren 1951 in Meißen, saß wegen des Verdachts der Doppelspionage zeitgleich mit Konrad Gomolla hier in Leipzig ein. Nach Gomollas Flucht hatte er ausgesagt, dass der sich nicht an die Abmachung gehalten habe. Schrader sollte mit der Räuberleiter helfen, dass Gomolla auf die Mauer kommt. Wenn er oben war, so die Vereinbarung, sollte Gomolla ihn hochziehen.«

»Stattdessen ist Gomolla einfach abgehauen!« Katharina sah ihn entgeistert an.

Berlotti nickte. »Die ineinander fixierten Hände als Zeichen für die Räuberleiter ...«

»... und der Kelchlöffel im Mund des Toten als Zeichen für das gebrochene Versprechen«, führte Katharina seinen Gedanken zu Ende.

Wieder nickte Berlotti, während er weiterlas. Nach einigen Sekunden ließ er das Dokument sinken, das er in der Hand hielt. »Und das ist nicht das Schlimmste. Schrader wurde wenige Tage später wegen angeblicher Doppelspionage und Fluchthilfe in der Todeskammer hingerichtet.«

Katharinas Hand flog zum Mund. »Das ist es! Mörder und Motiv, fein säuberlich versteckt in einer Kiste von der Größe eines Schuhkartons.«

Berlotti fotografierte die wichtigsten Dokumente, dann stürmten sie zum Ausgang.

»Kein Wunder, dass Rüdiger Schrader uns nur unvollständige Unterlagen geschickt hat. Irgendwie ist er mit dem Kurt Schrader verwandt, der vor siebenundvierzig Jahren hingerichtet wurde. Mich würde nicht wundern, wenn er sein Sohn ist!«

Katharina setzte sich schwungvoll in die Limousine, stieg

aber gleich wieder aus, weil unter dem Scheibenwischer ein Flyer klemmte, der Brazilian Waxing zu einem unglaublichen Preis versprach. Dann startete sie den Wagen. »Wohin fahren wir?«

Berlotti schnallte sich an. »Ich ruf schnell Peter an, damit er Schraders Adresse raussucht.«

Katharina legte den Rückwärtsgang ein und lenkte den Wagen rasant aus der Parklücke. »Warum erkundigst du dich nicht bei der Kaiser? Die muss es doch wissen, die sind befreundet.«

Berlotti wischte auf seinem Handy herum. »Du sagst es, die sind befreundet!«

»Meinst du echt? Du kannst doch nicht ernsthaft glauben, dass die den warnt. Nicht nach dem, was wir herausgefunden haben.«

»Ich will kein Risiko eingehen.« Er tippte in seiner Adressliste auf Peters Namen.

Katharina ließ Berlottis Verdacht noch immer nicht los. »Das ist 'ne Kollegin, die wird doch nicht …«

»Moingiorno!«, meldete sich Peter Thies mit seiner tiefen Stimme. Er klang gut gelaunt, wie fast immer, wenn er Berlotti an der Strippe hatte. Mit wenigen Worten erklärte der ihm, was sie herausgefunden hatten. Berlotti hörte ihn auf der Tastatur tippen, dann hatte er die Adresse gefunden. Katharina gab Gas.

Berlotti verstaute das Handy wieder in der Innentasche seines Cordsakkos. »Sobald wir ihn in Gewahrsam haben, informiere ich die Kollegin. Deal?«

Katharina sah ihn an, entgegnete aber nichts, und Berlotti war froh darüber. Er war sich bewusst, dass er oftmals nicht so handelte, wie er es eigentlich sollte, und sein unorthodoxes Vorgehen in den Dienststellen meist skeptisch beäugt wurde. Dabei verstieß er selten gegen Gesetze, er hielt sich nur nicht gern an Vorgaben, die seiner Ansicht nach dem gesunden Menschenverstand widersprachen.

* * *

Es war nicht weit zu der Adresse am Stadtrand im Leipziger Süden. Einfamilienhäuser in Pastelltönen reihten sich aneinander, dazwischen Garagen aus Stahl, Holz oder Beton, davor gepflegte Vorgärten mit exakt gestutzten Rasenflächen. Das zweigeschossige Haus unweit des Eiscafés mit dem unitalienischsten Namen aller Zeiten – »Sabine« –, vor dem Katharina hielt, tanzte dabei aus der Reihe. Es strahlte für diese Gegend erstaunlich wenig Bürgerlichkeit aus. Seine moderne Wellblechfassade wirkte inmitten der Kulisse fast schon provokant. Zur Straße hin gab es nur eine Tür im Erdgeschoss und ein schmales, langes Fenster im ersten Stock. Die mutige Architektur rang Berlotti Respekt ab. Auf dem Parkplatz vor dem Haus stand ein dunkelblauer Škoda SUV.

»Wohnt er hier allein?«, fragte Katharina, während sie den Motor ausschaltete und ausstieg.

»Keine Ahnung, so weit ist meine Bekanntschaft nicht vorangeschritten.« Er achtete darauf, die Wagentür leise zu schließen.

»Wäre die Kaiser hier, wüssten wir, worauf wir uns einstellen müssten.« Katharina schaute ihn vielsagend an.

Berlotti wusste, dass sie recht hatte, sah aber keine Veranlassung, darauf zu antworten. Er klingelte. Einmal, noch mal, dann Sturm. Sie gingen getrennt ums Haus herum, vorsichtig, denn Berlottis Warnsystem war angesprungen. Wenn ein Wagen vor dem Haus stand, warum öffnete dann keiner? Schrader war doch wohl nicht gewarnt worden? Schließlich wusste doch niemand, dass sie ihm auf die Schliche gekommen waren, oder?

An der Hauswand links neben der Eingangstür gab es kein Fenster, das einen Blick ermöglicht hätte – weder hinein noch heraus. Auf der Rückseite war unter einem riesigen Ahornbaum, dessen Stamm Katharina und er nicht hätten umfassen können, selbst wenn sie einander die Hände gereicht hätten, eine Terrasse eingerichtet, auf der ein Kugelgrill und schlammfarbene Gartenmöbel aus einem Kunststoffgeflecht standen. Nichts sah danach aus, als hätte hier vor Kurzem noch jemand gesessen. Sie spähten durch die Terrassentür ins Haus.

»War das eine Bewegung? Oder nur ein Schatten?« Berlottis Herz machte einen Satz.

»Ich hab nichts bemerkt. Vielleicht 'ne Katze? Oder eine Spiegelung der Bäume?« Katharina sah von der Scheibe zu Berlotti und wieder zurück ins Haus.

»Kann ich Ihnen helfen?«

Berlotti und Katharina fuhren herum. In einiger Entfernung stand Schrader mit einer Gartenspritze in der Hand. Auf seinen fragenden Gesichtsausdruck entgegnete Berlotti: »Hauptkommissar Berlotti, hallo, Herr Schrader.«

»Ich weiß noch, wer Sie sind, so lange liegt unsere Begegnung ja noch nicht zurück. Was ich nicht weiß, ist, warum Sie sich auf meinem Grundstück befinden und mein Haus ausspitzeln.« Er klang weder aggressiv noch bedrohlich, doch dieses Gerät in seiner Hand beunruhigte Berlotti.

»Im Rahmen unserer Ermittlungen sind neue Erkenntnisse zutage gefördert worden. Und Sie als kriminalhistorischer Berater der Leipziger Kripo könnten unter Umständen einige Dinge erhellen.«

»Und dafür schleichen Sie sich auf mein Grundstück und spionieren durch meine Fenster?« Schrader verharrte regungslos an seinem Platz.

»Wir stecken ermittlungstechnisch in einer Sackgasse und sind wirklich auf Ihre Hilfe angewiesen«, schaltete sich Katharina ein.

»Worum handelt es sich denn?«, erkundigte sich Schrader. Katharinas in einen bittenden Tonfall verpackte Lüge schien ihre Wirkung nicht zu verfehlen, der Mann entspannte sich sichtlich.

»Um Kurt Schrader«, ging Berlotti aufs Ganze und ließ Rüdiger Schrader nicht aus den Augen.

Der zog überrascht die Augenbrauen hoch. »Um meinen Vater? Der ist tot.«

»Das wissen wir.« In Katharinas Stimme schwang Mitgefühl mit. »Hingerichtet von einem Unrechtsstaat.«

Sie machte einen Schritt auf Schrader zu. Der blieb stehen,

schien aber den Sprüharm seiner Gartenspritze fester zu umklammern.

»Wie lange wissen Sie es schon?« Berlotti schloss zu Katharina auf. Noch immer versuchte er, die Situation einzuschätzen.

»Man hat mich als Kind eines Staatsfeindes ins Kinderheim gesteckt.« Die Arme baumelten schlaff an ihm herab. Mit tonloser Stimme fuhr er fort zu erzählen. »Von klein auf dachte ich, mein Vater sei ein Spion gewesen und im Gefängnis eines natürlichen Todes gestorben. Dann tauchte die Stasi-Akte auf, und plötzlich stellte sich heraus, dass mein ganzes Leben eine Lüge war.«

»Wer weiß noch davon?«, fragte Berlotti, jeglichen drohenden Unterton bewusst vermeidend.

Schrader sah ihn fragend, fast irritiert an. »Jeder, der die Akte gelesen hat, vermute ich. Sie ist ja seit einigen Monaten frei zugänglich.«

Ein Windstoß brachte die Äste des Baumriesen zum Schwingen. Sonst herrschte eine beinahe gespenstische Stille in dem Wohnviertel.

»Wie haben Sie Konrad Gomolla gefunden?«, fragte Berlotti und versuchte, es beiläufig klingen zu lassen.

Schrader schien abzuwägen, wie er auf den Vorstoß reagieren sollte. Er sah von Berlotti zu Katharina und wieder zurück. Dann schaute er sich suchend um, als würde er hinter den Hecken zu den Nachbargrundstücken unerwünschte Mithörer vermuten. »Warum sprechen wir nicht im Haus, da sind wir ungestört«, schlug er vor und ging voran, nachdem Berlotti ihm ein Handzeichen gegeben hatte.

Katharina sah ihn mit hochgezogener Augenbraue an. Berlotti zuckte die Schulter und folgte dem Mann. Vor der Terrassentür angelangt, suchte Schrader mit der freien Hand in seiner Multitaschen-Funktionsweste nach dem Schlüssel.

In dem Moment, als Berlotti seinem Blick in der widerspiegelnden Türscheibe begegnete, fuhr Schrader herum und schlug ihm den sicher zwanzig Kilo schweren Edelstahlbehälter des Unkrautsprühers gegen den Kopf. Berlotti schrie auf und riss den Arm hoch, doch er konnte nicht verhindern, dass er nach hinten und gegen Katharina prallte. Mit seinem ganzen Körpergewicht krachte er auf seine Kollegin, der erst ein Schmerzensschrei entfuhr, gefolgt von einem lauten Stöhnen, als er ihr die Luft aus dem Brustkorb presste.

Benommen blieb Berlotti einige Sekunden liegen, kleine silberne Flecken tanzten vor seinen Augen. Halb rollte er sich selbst von Katharina herunter, halb wurde er von ihr geschoben. Kaum dass er auf den Holzdielen der Terrasse gelandet war, krümmte Katharina sich zusammen, eine Hand auf die Rippen gepresst.

»Oh Mann«, stieß sie zwischen den Zähnen hervor. »So stürmisch hatte ich Sie gar nicht eingeschätzt.«

Im nächsten Augenblick hörten sie eine Autotür zufallen, gleich darauf startete ein Motor, und ein Wagen entfernte sich mit hoher Geschwindigkeit.

»Verdammt!« Katharina versuchte aufzustehen, doch erst als Berlotti ihre Hände ergriff und daran zog, kam sie wieder auf die Beine.

»Geht's?«, wollte Berlotti fragen, doch da war sie schon losgespurtet. Berlotti folgte ihr zu ihrem Wagen, der Motor lief schon, als er sich auf den Sitz fallen ließ. Schraders Vorsprung war groß. Zu groß? Katharina trat das Gaspedal voll durch.

Waren Schraders Rücklichter anfangs nur kleine Punkte in der Ferne, kamen sie ihnen nun sekündlich näher. Als sie sich auf fünfzig Meter genähert hatten, sprang die Ampel vor ihnen auf Rot. Der blaue Škoda fuhr, ohne langsamer zu werden, weiter, Reifen quietschten, als Fahrer versuchten, einen Zusammenstoß zu vermeiden.

»Der geht echt über Leichen!« Katharina bremste ab, um sich einen Weg zwischen den Autos auf der Kreuzung hindurchzubahnen.

»Dir ist schon klar, dass wir hier einen mutmaßlichen Mörder verfolgen?« Berlotti ließ das Beifahrerfenster herunter, klemmte das mobile Blaulicht aufs Autodach und schaltete es ein. »Natürlich geht der über Leichen, das haben Mörder so an sich!«

Katharina warf ihm einen vorwurfsvollen Blick zu. »Wenn ich

nicht beide Hände voll zu tun hätte, würde ich mir erst meine schmerzenden Rippen halten und mir dann glatt Notizen machen.«

In einiger Entfernung waren mehrere Autohupen zu hören. Als sie näher kamen, sahen sie, wie Wagen auf ihre Fahrspur auswichen, weil Schrader offenbar in den Gegenverkehr fuhr.

»Ist der betrunken? Steht der unter Drogen?« Berlotti konnte es nicht fassen.

»Ist doch gut, so muss er vom Gas gehen, wenn er keinen Unfall verursachen will.« Katharina umfasste das Lenkrad fester, entschlossen, Schraders Vorsprung zu verkürzen.

Wie um sie Lügen zu strafen, krachte der Škoda in eine Absperrung, streifte einen parkenden Wagen und schob zwei weitere Autos zusammen.

»So, das war's. Wir haben ihn!« Berlotti lehnte sich nach vorne, bis der Anschnallgurt spannte.

Doch Schraders Wagen wendete, als wäre nichts gewesen, und raste auf einem Gehweg in einen nahe gelegenen Park. Hundert Meter vor ihnen gelang es einer Frau mit Kinderwagen gerade noch, auszuweichen. Aus den Augenwinkeln sah Berlotti, wie der Kinderwagen umkippte.

»Stopp!«, schrie Berlotti auf. »Lass mich raus, ich will hier helfen. Versuch du, den Idioten zu stoppen, bevor er noch jemanden platt fährt.«

Katharina sah ihn irritiert an, hielt aber an und gab Gas, sobald ihr Chef ausgestiegen war. Berlotti ging zu der Frau, die ihn böse ansah. Er konnte es ihr nicht verdenken. Sie hob ihr Baby vorsichtig auf, das neben dem Kinderwagen auf dem Boden lag und schrie wie am Spieß. Hoffentlich kein Schleudertrauma oder, schlimmer noch, eine Gehirnerschütterung, dachte Berlotti. Er richtete den Kinderwagen auf, bot seine Hilfe an, die nicht erwünscht war, und wusste für einen kurzen Moment nichts mit sich anzufangen, als sein Mobiltelefon klingelte.

»Ich hab ihn verloren.« Katharina klang wütend. »Der ist mit 'nem Affenzahn durch diesen Park gerast. Ich schätze, jetzt bist du an der Reihe.«

»Ja, ja, ich weiß. Ich rufe die Kaiser ja schon an. Holst du mich ab?«

Widerstrebend wählte er die Nummer der Kommissarin. Ohne Umschweife erklärte er ihr, dass er in Leipzig war und sie die Fahndung nach einem blauen Škoda ausgeben sollte. Nachdem er ihr das Kennzeichen genannt hatte, blieb es still in der Leitung. Fünf Sekunden, zehn Sekunden.

»Das ist ein Scherz!«

»Leider nein! Wie wäre es, wenn Sie die Fahndung ausgeben und wir uns jetzt gleich auf dem Revier treffen würden. Dann erkläre ich Ihnen alles.«

**

Der Kaffee im Becher, den Loreen Odette Kaiser auf den Tisch knallte, schlug beachtliche Wellen. Ein beträchtlicher Teil schwappte über den Rand hinaus, obwohl die Tasse ohnehin nur halb voll gewesen war. Im Augenblick eher halb leer, dachte Berlotti.

Sie saßen in Kaisers Büro, die, mit dem Rücken an ihrem Schreibtisch lehnend, die beiden ortsunkundigen Ermittler düster anblickte. »Also?«

Katharina warf Berlotti einen aufmunternden Blick zu.

»Wir hatten … ich hatte das Gefühl, dass hier etwas nicht mit rechten Dingen zugeht. Die Unterlagen, die mir *Ihr Schrader* geschickt hat, erschienen mir unvollständig.« Bei Berlottis Formulierung verdüsterte sich Kaisers Gesicht noch mehr als ohnehin schon. »Was sie auch waren, wie wir festgestellt haben, als wir uns durch die Originaldokumente im Archiv der Stasi gearbeitet haben.« Berlotti war bei seinen Ausführungen darauf bedacht, weder trotzig noch rechtfertigend zu klingen.

»Und?« Die verschränkten Arme ließen eindeutige Rückschlüsse auf Kaisers Gemütszustand zu.

»Konrad Gomolla hat mit Kurt Schrader einen Pakt zur Flucht geschlossen –«

»Moment, Schrader? Das ist ein Witz, oder?« Kaiser hatte

sich mit dem Hintern von ihrem Schreibtisch abgestoßen und die zuvor vor der Brust verschränkten Arme zwischen ihnen auf den Tisch gestemmt.

»Leider nein, Schrader hat mit Gomolla –«, fuhr Berlotti fort, kam aber nicht weit.

»Kurt Schrader? Soll der etwa verwandt sein mit …? Nein, das kann nicht sein!«, brachte Kaiser in einer Mischung aus Unglauben und um Fassung ringend hervor. Berlotti fiel auf, dass sie blass um die Nase geworden war. »Das *muss* ein Zufall sein!«, ergänzte Kaiser, diesmal offenbar mehr zu sich selbst.

»Leider nein, werte Kollegin.« Fast hätte sie Berlotti leidgetan, aber in diesem entscheidenden Stadium der Ermittlung waren Mitgefühl und Rücksichtnahme unangebracht.

Nun drückte sich Kaiser mit den Händen vom Tisch ab, tastete nach hinten nach dem rettenden Schreibtisch, fand ihn aber nicht und geriet ins Taumeln. Katharina sprang auf, um der Kollegin beizustehen, die hob aber bloß abwehrend die Hand und ging um den Schreibtisch herum, um sich auf den Stuhl zu setzen. Die Blässe um die Nase hatte mittlerweile auch den Rest ihres schmalen Gesichts eingenommen.

Berlotti war der Ansicht, dass sich alle Anwesenden so weit gefangen hatten, dass er endlich fortfahren konnte.

»Konrad Gomolla hat mit Kurt Schrader einen Pakt zur Flucht geschlossen, sich dann aber nicht daran gehalten und sich zur Flucht verhelfen lassen, ohne ihn mitzunehmen. Kurt Schrader wurde wenige Tage später staatlich legitimiert in den Hinterkopf geschossen.«

Kaisers Fassade schien erneut zu bröckeln. Sie versuchte, sich ihre Fassungslosigkeit nicht anmerken zu lassen, was ihr nicht so recht gelingen wollte. »Kurt Schrader? Rüdigers Vater? Das bedeutet aber doch nicht automatisch, dass der Sohn Jahrzehnte später einen Menschen tötet, um seinen Vater zu rächen.«

Katharina schaltete sich ein. »Hätte er heute beinahe wieder, als er auf der Flucht vor uns durch den Lene-Voigt-Park gerast ist und ein Kinderwagen dabei umgekippt ist.«

Nun entglitten Kaiser doch die Gesichtszüge. Ihr Unterkiefer war heruntergeklappt, die Stirn eine einzige tiefe Falte. »Rüdiger? *Der* Rüdiger? Sind Sie sicher?«

»Das ist genau der Grund, warum wir nichts gesagt haben!«, entfuhr es Berlotti.

»Wir sind uns *ganz* sicher«, sagte Katharina ruhig. »Deshalb ist die Fahndung nach ihm so wichtig.«

Kaiser erlangte wieder die Kontrolle über ihre Gesichtszüge. Ernst sah sie von Katharina zu Berlotti. »Die Fahndung ist raus, Rüdiger ist von der Bildfläche verschwunden. Aber er wird bundesweit gesucht. Und jetzt erzählen Sie mir endlich, was hier genau los ist. Sonst können Sie sich auf gleich zwei Anschisse einstellen, einen vom Leipziger Polizeipräsidenten und einen von Ihrer Hamburger Chefin, die uns Zusammenarbeit auf Augenhöhe zugesichert hat.«

Neun

Du schmiedest Pläne, nur damit dich
das Leben immer wieder wie eine Lawine überrollt.

Der wolkenlose Himmel war stechend blau, das Gras saftig grün, nur die kühle Luft zeugte davon, dass der Sommer noch fern war. Das hielt aber weder die Einheimischen noch die Tagestouristen davon ab, in Horden in Fietes Kaffeeklappe einzufallen. Die Obstbäume hatten ihr Festgewand übergestreift und leuchteten den Besuchern rosa entgegen. Ihr verführerischer Duft mischte sich mit dem frischen, noch warmen Apfelkuchen, den Carmela im Dutzend verkaufte. Beherzt war sie hinter den Tresen getreten, um Fiete zu unterstützen, als die Schlange der Wartenden immer länger wurde und vom Ponton über die Gangway bis an Land reichte.

Am schwarz-weiß gestreiften Leuchtturm auf dem Deich standen ganz junge, aber auch betagtere Menschen, die sich mit einem Selfie vor dieser Bilderbuchlandschaft verewigen wollten. Und Berlotti konnte es ihnen nicht verdenken. Er kannte nichts, was so schön war wie diese Jahreszeit in seiner norddeutschen Heimat, wenn die Luft frisch und blumig duftete.

Er saß mit seinem Vater und Peter Thies auf einer Bank am Rande des Pontons mit Blick auf die Elbe, schloss die Augen und sog die Luft bis in den hintersten Winkel seiner Lunge, als könnte er sie in den Lungenbläschen konservieren bis zur nächsten Apfelblüte, um nicht elf Monate darauf verzichten zu müssen. Stimmen drangen an sein Ohr und umschwirrten ihn wie Bienen, die jetzt millionenfach unter anderem aus dem Hamburger Stadtgebiet ins Alte Land gebracht wurden, um die Blüten zu bestäuben und ihnen so Geburtshilfe zu leisten.

Berlotti hörte seinen Vater Alfio mit Peter Thies über die Vorzüge des Alten Landes fachsimpeln. Beide waren der Ansicht, dass es hier mindestens so schön war wie in Bella Italia. Er musste schmunzeln, weil der Italiener bei jeder Gelegenheit die Vorzüge des Lebens in Deutschland hervorhob und darauf hinwies, wie sehr seine Landsleute sich ein Vorbild an den Germanen nehmen sollten – während Thies, der italophile Computerexperte, nicht müde wurde zu betonen, am liebsten auswandern zu wollen, weil in Italien alles schöner, leckerer und sowieso besser war. Nicht umsonst hatte er die letzten drei Wochen bei seiner Freundin in Bologna verbracht.

»Diesmal habe ich sogar ihre Familie kennengelernt, die in einem kleinen Dorf in der Toskana lebt«, erzählte Thies.

»Und? Abense dick gut aufgenomme?«, wollte Alfio wissen.

»Ja, haben sie.« Thies lachte. »Die halbe Chianti-Region grüßt sich inzwischen mit *moingiorno*.«

Alfios rasselndes Lachen erfüllte den Ponton. Mit geschlossenen Augen musste auch Berlotti schmunzeln.

»Meine Freundin Alessandra hat eine kleine Schwester, ein wildes, aber reizendes Mädchen. Sie müsste in demselben Alter sein wie deine Tochter, als sie … verschwunden ist.«

Schweigen breitete sich zwischen den beiden Männern aus. Irgendwann sagte Alfio leise: »Kinder sinde das Wichtigste auf die Welt.«

Erneut entstand eine lange Pause, ehe Thies das Gespräch wieder aufnahm.

»Was glaubst du, was damals passiert ist?«

»Ährlick? I weiß es nickt.« Nach einer Pause, diesmal einer kürzeren, fügte er hinzu: »Wäre sie tote, wäre dock ihr Körper irgendwanne wiederaufgetaukt, oda?« Er klang nun aufgewühlt, kein Wunder, wenn jahrzehntealte Wunden aufrissen, die ohnehin nie verheilt waren. »Hättema sie verschleppt und lebte sie nock, hätte sie doch Lebbezeiche gegeben nack alle die Jahre!«

»Hm …«

Berlotti öffnete seine Augen einen Spalt und sah, wie Thies die Stirn in tiefe Falten gelegt hatte.

»Die technischen Voraussetzungen sind heute ganz andere als noch vor fünfunddreißig Jahren«, sagte er zögernd, als würden sich die Gedanken in dem Moment formen, in dem er sie aussprach. »DNA-Analyse, bessere Vernetzung von Ermittlern innerhalb Deutschlands und mit der Polizei im Ausland. Hat die Staatsanwaltschaft mal überlegt, die Spuren von damals mit dem Wissen von heute noch mal zu prüfen?«

Alfio schüttelte vehement den Kopf. »Weiße ick von nixe. Hättese mir dock gesagte, oda?«

»Ja, vermutlich.«

Berlotti streckte sich wie nach einem tiefen Schlaf. Tatsächlich fühlte er sich erholt, was er der beruhigenden Wirkung der Kaffeeklappe, den Sonnenstrahlen und dem beständigen Plätschern der Wellen gegen den Ponton zurechnete, auf dem Fiete sein kultiges Café errichtet hatte. Einen kurzen wohltuenden Augenblick lang hatte er verdrängt, dass Schrader noch immer auf freiem Fuß und wie mit einem Tintenkiller von der Bildfläche gelöscht worden war. Er wollte gerade aufstehen und nachsehen, ob Fiete und Carmela Hilfe benötigten, als sein Handy klingelte.

»Benicia, wie schön. Seid ihr gleich da?«

»Gabbi!« Die sonst so warme Stimme drang schrill aus Berlottis Smartphone. »Felipe ist verschwunden. Eben war er noch auf dem Spielplatz, plötzlich ist er verschwunden. Einfach weg. Niemand hat etwas gesehen! Ich …«

»Wo seid ihr?« Berlottis Puls war schlagartig in einen bedenklich hohen Takt übergegangen.

»Wir sind …« Berlotti hörte, wie Benicia Luft holte, bevor sie weitersprechen konnte und die Worte wie ein Wasserfall aus ihr herausquollen. »Wir waren auf dem Weg zu euch, wie verabredet. Aber dann sind wir an einem Kinderspielplatz in Jork vorbeigekommen, wo er unbedingt noch einmal rutschen und schaukeln wollte. Ganz plötzlich ist er verschwunden. Ich kann mir das nicht erklären. Ich …« Berlotti konnte hören, dass sie kurz davor war, in Tränen auszubrechen. »Ich habe schreckliche Angst, dass etwas passiert ist!«

»Mach dir …« Keine Sorgen, hatte Berlotti sagen wollen, verkniff es sich aber. Natürlich machte sie sich Sorgen! Er suchte nach Worten. Den richtigen.

»Bleib, wo du bist. Ich bin gleich bei dir.«

»Ich … ja … danke!«

Beunruhigt ließ Berlotti das Smartphone in seine Hosentasche gleiten. Plötzlich war da ein Ton, den er mehr spürte als hörte, irgendwo zwischen Brustbein und Magengrube. Nein, jetzt wusste Berlotti, was es war. Kein Ton. Ein Gefühl, und er brauchte einen Augenblick, um es benennen zu können, weil es ihm zwar wohlbekannt war, ihn in Jahren der zwischenmenschlichen Isolation aber nicht oft beschlichen hatte. Es war Sorge um ihm nahestehende Menschen. Zum ersten Mal hatte es ihn heimgesucht am Tag, als seine Schwester verschwand. Zum ersten Mal seit langer Zeit und bislang auch zum letzten Mal hatte er es wahrgenommen, als bei seinem ersten Hamburger Fall gleich mehrere Menschen aus seinem Umfeld im Krankenhaus um ihr Leben kämpften und um ihn herum alles, was ihm etwas bedeutete, buchstäblich in Flammen aufging. Jetzt war es die Sorge um den kleinen Felipe, die den Ton in seinem Innern zum Schwingen brachte. Und noch etwas. Die unbestimmte Sorge, dass es seine Schuld sein könnte. Auch wenn er nicht sagen konnte, wie und weshalb.

»Peter?«

Sein Kollege sah ihn erstaunt an. Berlotti schien seinen Namen etwas zu laut und etwas zu aufgewühlt ausgesprochen zu haben.

»Wir haben da eine …«, Berlotti fing den besorgten Blick seines Vaters auf, »… Situation«, versuchte er den Satz unangebracht undramatisch zu beenden. »Wir müssen los!«

Auf dem Weg zu Berlottis Fiat schilderte er Peter Thies, was geschehen war.

»Und diese Benicia ist …?« Thies sah ihn fragend an.

»Meine Freundin, ja! Sie war auf dem Weg hierher, ich wollte sie dir und Fiete heute vorstellen.« Berlotti bemerkte das Zucken in Thies' Mundwinkeln. »Erzähle ich später«, fügte er halbherzig hinzu und wollte nahtlos dazu übergehen, Thies seinen Plan darzulegen. Doch ein erneutes Klingeln seines Smartphones, auf dem eine fremde Nummer aufleuchtete, wusste das zu verhindern.

Berlotti nahm das Gespräch im Laufen an und hielt das Telefon an sein Ohr. Zunächst hörte er nur seinen eigenen Herzschlag. Dann ein Atmen. Schließlich sagte jemand: »Hier ist Rüdiger Schrader.« Der Mann sprach betont leise.

Berlottis Herzschlag setzte für eine Sekunde aus. Er blieb abrupt stehen und versuchte, so ruhig wie möglich zu klingen. »Wo stecken Sie?«

Wieder nur Atmen in der Leitung. Dann, so leise, dass er es kaum verstehen konnte: »Ich habe im Radio gehört, dass Sie nach mir fahnden. Ziehen Sie die Fahndung zurück!«

Gedanken überschlugen sich in Berlottis Hirn. Warum war Schrader der Ansicht, Forderungen stellen zu können? Abgesehen davon wurde nicht nur im Radio nach ihm gefahndet. Auch im Internet waren Bilder veröffentlicht worden, und an ein Rückgängigmachen war nicht zu denken.

»Selbst wenn ich wollte, könnte ich es nicht«, antwortete Berlotti.

Thies war neben ihm stehen geblieben und sah ihn mit weit aufgerissenen Augen an. Er hatte verstanden, mit wem Berlotti da gerade telefonierte.

»Signore Berlotti«, sagte Schrader plötzlich in normaler Lautstärke und klang, als spräche er mit einem guten Bekannten, den er lange nicht gehört hatte. »Hier ist ein gemeinsamer Freund, der kurz Hallo sagen möchte.«

Plötzlich wusste Berlotti, was als Nächstes geschehen würde, und das Vibrieren zwischen Brustbein und Magengrube drohte ihn einmal der Länge nach zu zerreißen. Unterdrückte Gesprächsfetzen waren zu hören, dann sagte eine helle Stimme: »Hallo, Gabriele!«

Berlotti versuchte, seine Stimme so fest wie möglich klingen und sich die Wut und Verzweiflung nicht anmerken zu lassen. »Wie geht es dir, Felipe?«

»Gut! Und dir?«

Der Junge klang vergnügt, was Berlotti ein klein wenig die Panik nahm. Und doch stürmten Fragen durch Berlottis Hirnwindungen: Wie war Schrader auf Felipe gekommen? Hatte er ihn, Berlotti, beschattet? Und, viel wichtiger: Was hatte der Mann mit dem Jungen vor?

»Mir geht's super«, log Berlotti.

»Wo bleibst du denn?«, fragte Felipe.

»Was meinst du?«, brachte Berlotti so ruhig vor, wie es ihm unter diesen Umständen möglich war.

»Der Mann hat gesagt, ich soll mitgehen, weil du dann auch kommst und ihr mir gemeinsam etwas Tolles zeigen wollt!«

Berlotti atmete kurz durch. »Da hat der Mann recht, Felipe. Du musst dir keine Sorgen machen, ich komme bald. Das verspreche ich dir! Wo bist du denn?«

»Wir machen ein Abenteuer. Und stell dir vor, hier haben die Häuser Flügel. Wenn du dich beeilst, kannst du mitfliegen.«

Bevor Berlotti nachfragen konnte, war Schrader wieder dran und fuhr mit gesenkter Stimme fort. »Hören Sie auf, nach mir zu suchen. Pfeifen Sie Ihre Leute zurück, dann passiert dem Jungen nichts.«

»Aber ...« Berlotti wollte dem Mann zu verstehen geben, dass daran nicht zu denken war. Dass die Kripo erst recht nach Schrader fahnden würde, wenn sie wüsste, dass er ein Kind in seine Gewalt gebracht hatte. Doch mit jedem Hinweis darauf, dass seine Forderung illusorisch war, gefährdete er den Jungen nur noch mehr.

»Lassen Sie Felipe gehen«, brachte Berlotti hervor und merkte selbst, wie lahm das klang. »Er hat doch nichts mit der Sache zu tun!«

»Als mein Vater unschuldig ins Gefängnis kam, haben sie mich ins Heim gesteckt. Jahre habe ich auf ihn gewartet. Aber ich habe ihn nie mehr wiedergesehen. Wir beide wissen, warum und wer daran die Schuld trägt. Damals war ich ungefähr so alt wie Ihr Sohn heute und hatte auch nichts mit der Sache zu tun. Aber ich verrate Ihnen mal was: Das Leben ist nicht fair, es schert sich einen Dreck um Schuld und Unschuld.«

Die letzten Worte hatte Schrader förmlich ausgespien. »Ich bin in diesem Kinderheim von den Erzieherinnen misshandelt worden. Sie haben mir die Haare büschelweise ausgerissen. Wir wurden tagelang nackt in einem dunklen Kellerraum eingesperrt. Gomolla hat bekommen, was er verdient. Nicht mehr und nicht weniger. Und nach meinen Erfahrungen in dieser Folteranstalt glauben Sie doch wohl nicht, dass ich mich noch einmal staatlicher Willkür aussetze. In diesem Leben gehe ich in kein Gefängnis mehr.«

Schrader hatte aufgehört zu brüllen. Seine Stimme hatte etwas Entschiedenes, Endgültiges angenommen. »Wenn Sie nicht ohne Kind weiterleben wollen, erledigen Sie Ihre Hausaufgaben. Er bleibt bei mir, bis ich in Sicherheit bin. Sonst –« Im nächsten Moment war das Gespräch unterbrochen.

Berlotti sah das Smartphone in seiner Hand an, dann Peter Thies, den er während des Gesprächs ebenso ausgeblendet hatte wie die restliche Umgebung, ignorierte dessen fragenden Blick und rannte mit geschlossenen Lippen laut schreiend zum Auto, als würden die Blutgefäße in seinem Kopf eines nach dem anderen explodieren. Nachdem er die Tür hinter sich zugeschlagen hatte, ließ er Wut und Verzweiflung in einem einzigen lang gezogenen Schrei freie Bahn.

Thies, der die Aktion mit einem Stirnrunzeln verfolgt hatte, öffnete die Beifahrertür und setzte sich auf den freien Sitz. Keiner von beiden sagte ein Wort. Stumm verfolgten sie das rege Treiben jenseits der Frontscheibe, den chinesischen Containerfrachter, der sich an Fietes Kaffeeklappe vorbeischob, die Fahrradausflügler, die auf den weißen Bänken unterhalb des Leuchtturms Rast mit Blick auf Apfelbäume und die Elbe machten.

Du verbringst deine irdische Existenz damit, Pläne zu schmieden, jeden nächsten Schritt genau zu planen und umsichtig vorzubereiten, nur damit dich das Leben immer wieder wie eine Lawine überrollt, von der du jedes Mal nicht weißt, ob du dich unbeschadet wieder hinausgraben kannst. Und wenn es dir gelingt, hat sie dich an einen völlig anderen Ort geschleudert, an dem du dein Leben doch bitte ohne Murren weiterführen sollst, dachte Berlotti. Wir wissen das, sogar sehr gut, und verhalten uns trotzdem jeden Tag so, als hätten wir unser Dasein selbst in der Hand und hätten alles unter Kontrolle, wenn wir nur ernsthaft und gründlich unsere Arbeit machen. Und so tun wir nach jeder Erschütterung, jeder Lawine, jedem Steinschlag, jedem Donnerschlag, der uns das Trommelfell platzen lässt, jedem Windstoß, der die Seiten im Buch unseres Lebens durcheinanderbringt, jedem Unwetter, das uns die Kleider zerfetzt und uns bibbernd zurücklässt, woraufhin wir wieder aufstehen und vorgeben, dass alles okay ist und wir nicht beschädigt durchs Leben gehen, nach jedem Rückschlag tun wir so, als hätten wir alles im Griff, bis wir uns irgendwann einmal doch nicht mehr aus der Lawine befreien können, ein Sturm, ein Steinschlag zu viel auf uns eingeprasselt ist, und tschüss, das war's, basta, finito, arrivederci.

Noch immer hatte Berlotti das Gefühl, ihm würden die Blutgefäße im Kopf platzen, wenn er nicht Druck abließ. Also schrie er erneut so laut und so lang, wie er konnte. Als alle Luft aus seiner Lunge entwichen war, legte sich eine Stille über die beiden Männer in dem kleinen Wagen. Wieder verstrichen Sekunden, ehe sich Thies zu ihm umdrehte.

»Besser?«

Berlotti horchte in sich hinein. Es fühlte sich tatsächlich besser an, und doch war nichts gut. Felipe war in der Gewalt eines Mannes, der einen anderen brutal und bei lebendigem Leib verstümmelt hatte. Wie sollte in dieser Situation überhaupt etwas besser sein? Falls Felipe etwas zustieß, wäre nie wieder etwas gut. Hätte jemand Berlotti in diesem Moment gefragt, was er tun würde, um Felipe in Sicherheit zu wissen, hätte er geantwortet: »Alles, wirklich alles.« *Alles* wurde für alles und nichts verwendet, deckte in diesem Augenblick aber alles, wirklich alles ab, was Berlotti empfand und bereit war zu tun. Er spürte eine beißende Übelkeit in sich aufsteigen und fürchtete schon, sich übergeben zu müssen, schluckte die Panik jedoch herunter und schilderte Thies, was er eben am Telefon erfahren hatte und wer Felipe war.

»Woher weiß Schrader von dem Jungen?«

»Ich habe nicht die leiseste Ahnung.«

Der Mann hat mich beschattet, überlegte Berlotti. Er war ganz offenbar nicht untergetaucht, wie sie bislang vermutet hatten, sondern hatte sich an Berlottis Fersen geheftet, anstatt sich im Ausland in Sicherheit zu bringen. Und dann fiel Berlotti ein, wo er Schrader zuletzt gesehen hatte. Er war die Gestalt mit der Kappe gewesen, die ihn bei den Wasserspielen in Planten un Blomen beobachtet hatte! Er hatte ihn also tatsächlich beschattet. Und er hatte herausgefunden, wo er ihn am empfindlichsten treffen konnte. Und mit wem.

»Ich fahre zu Benicia.« Allein bei dem Gedanken, ihr von der Entführung berichten zu müssen, wurde ihm erneut übel. »Fahr du zurück nach Hamburg und versuch, Schraders Handy zu orten. Jede Sekunde zählt.«

Thies hatte die zwei Zentner seines Körpers erstaunlich behände aus dem Wagen befördert und wollte die Tür schon hinter sich zuwerfen.

»Peter?«

Thies faltete sich zusammen, um seinen Kopf noch einmal in den Wagen zu schieben.

»Katharina und Sebastian sollen nach Jork kommen. Sofort!«

Thies bedachte ihn mit einem kurzen Blick, in dem zu gleichen Teilen Sorge und Entschlossenheit standen, und schloss dann mit einem kurzen Nicken die Autotür.

Keine fünf Sekunden später hatte Berlotti mit quietschenden Reifen den Parkplatz verlassen. Während er den Fiat mit viel zu hoher Geschwindigkeit den Deich rauf- und wieder runterlenkte, versuchte er, seine Gedanken zu sortieren, in denen seit Schraders Anruf Anarchie herrschte. Warum hatte Felipe von einem Abenteuer gesprochen? Und von Häusern mit Flügeln?

Hoffentlich wurde Peter bei der Ortung schnell fündig. Ebenso wenig, wie er die Fahndung nach Schrader zurückziehen konnte, würde er Felipes Entführung melden. Jedenfalls vorerst nicht. Denn ein Großaufgebot des Sondereinsatzkommandos könnte bei Schrader eine Kurzschlussreaktion auslösen.

Wenn auch bei vielem große Ungewissheit herrschte, war Berlotti eines jedoch völlig klar: Er brauchte einen Plan, und zwar schnell.

***

Benicia flog ihm in die Arme und klammerte sich an ihn, als hätte sie Sorge, den Boden unter den Füßen zu verlieren, würde er sie je wieder loslassen. Über ihre Schulter hinweg inspizierte er den Spielplatz, der verlassen zwischen hohen Hecken dalag, hinter denen er Wohnhäuser mehr vermutete, als dass er sie sehen konnte. In einem der Gärten hing eine Deutschlandflagge schlapp am Fahnenmast. Aus einiger Entfernung drang das Motorengeräusch eines Rasenmähers zu ihnen. Die Sonne stand schon tief und würde in wenigen Stunden hinter den hohen Bäumen verschwunden sein.

Er sog den Geruch ihrer Haare ein, dachte, wie schön sie war in der strahlend weißen Tunika, über der sie einen dunkelblauen Blouson trug, und besann sich dann wieder auf die Zeit, die drängte. Sanft schob er sie von sich und sah in ihre kastanienbraunen Augen.

»Gut, dass du da bist«, sagte sie mit belegter Stimme, der man anhörte, dass sie geweint hatte. Ob es wirklich so gut war, dass er *da* war, in ihrem Leben, da war er sich in diesem Moment leider nicht so sicher. Während er über ihren Rücken streichelte, forderte er sie auf, noch einmal zu erzählen, was passiert war.

»Ich war nur kurz am Auto, weil Felipe Durst hatte. Als ich keine sechzig Sekunden später mit seiner Trinkflasche zurückkam, war er verschwunden.« Bei den letzten Worten brach ihr die Stimme und ihm ein wenig das Herz.

»Und niemand hat etwas gesehen?« Er führte sie zu der einzigen Sitzgelegenheit auf dem großen Areal, einem Tisch aus Holz mit zwei Bänken.

Sie schüttelte den Kopf. »Wir waren allein.« Ungeachtet ihrer weißen Stoffhose und des Mooses, das von der Holzbank Besitz ergriffen hatte, ließ sie sich darauf nieder, und er setzte sich zu ihr.

Berlotti hatte kurz erwogen, sie zu schonen und ihr nicht zu sagen, was Felipe zugestoßen war. Sie könnte die Fassung verlieren, und er würde sie auf der Suche nach dem Jungen zurücklassen müssen, verrückt vor Sorge. Niemand wäre dann bei ihr, um ihr beizustehen. Doch er brachte es nicht übers Herz, sie anzulügen, und stellte sich dem Unvermeidlichen. Sein Bick folgte zwei Eichhörnchen, die auf dem imposanten Stamm des Silber-Ahorns Fangen spielten. Er seufzte. »Felipe ist entführt worden«, sagte er schließlich, so behutsam es ihm möglich war.

»Das wissen wir doch noch nicht«, sagte sie. »Er könnte auch –«

Verlegen knetete Berlotti seine Hände. »Sein Entführer hat sich bei mir gemeldet.«

Benicia schlug sich eine Hand vor den Mund und sah ihn einige Sekunden lang konsterniert an. In ihren Augen konnte Berlotti sehen, wie die Erkenntnis einsickerte, gefolgt von Unverständnis. Fast zwangsläufig schlossen sich die entscheidenden Fragen an: »Bei dir? Aber … warum? Woher …?«

Berlotti berichtete ihr von seinem Fall und Schraders Anruf.

»Dann wirst du die Fahndung zurücknehmen.« Sie hatte es nicht als Frage formuliert, eher wie eine unumstößliche Tatsache. Berlotti zögerte, was ihr natürlich nicht entging.

»Das kann nicht dein Ernst sein!« Sie sprang auf, trat einige Schritte zurück und strauchelte dabei über einen der vielen Maulwurfshügel. »Du kannst doch nicht … Es geht um Felipe!« Ihre Stimme bebte.

Berlotti überbrückte mit wenigen Schritten die Distanz zu ihr und nahm ihre Hände in seine. »Ich kann die Fahndung nicht zurücknehmen, das geht einfach nicht, wenn sie einmal draußen ist.« Benicia wollte ihm widersprechen, doch er kam ihr zuvor. »Aber wir werden Felipe finden. Du weißt, wie viel er mir bedeutet.«

Er spürte, wie sie ihre Hände den seinen entziehen wollte. Deshalb drückte er sie sanft und fügte hinzu: »Und du mir auch.«

Endlose Minuten vergingen, die sie fast ausschließlich schweigend verbrachten. Berlotti wartete auf einen Rückruf von Peter Thies, doch er wusste, dass der seine Zeit brauchte, um aufs Revier zu kommen und seine technische Ausrüstung zum Laufen zu bringen. Immer mal wieder kam Benicia zu ihm, um ihn zu umarmen oder vielmehr von ihm gehalten zu werden. Sie

hatten sich gerade auf den beiden Sitzen einer Wippe niedergelassen, als sich zwei Autos in der verkehrsberuhigten Zone
viel zu schnell näherten. Sie sprangen auf und tauchten unter
der schrägen Kiefer hindurch, die sich über das Holztor beugte,
das den Spielplatz von der Straße trennte.

Weller sprang aus seinem Wagen. Katharina hielt direkt hinter ihm und ließ das Fahrerfenster herunter. Zwei Augenpaare
hefteten sich auf Berlottis Begleitung, doch gerade als er Benicia vorstellen wollte, erschien Thies' Festnetznummer aus dem
Präsidium auf dem Display an Katharinas Armaturenbrett. Sie
stellte den Lautsprecher an. Weller ging zur Beifahrerseite und
steckte seinen Kopf durchs Fenster, um besser zuhören zu können.

»Schraders Handy befindet sich nicht weit weg von euch. Er
ist immer noch im Alten Land. Oder nicht weit davon entfernt.«

Berlotti sah in die Gesichter seiner Kollegen und entdeckte
dort ebenfalls Erleichterung. Also hatte Schrader nicht vor, den
Jungen zu verschleppen. Ein Versteckspiel schien ihnen bevor-
zustehen, keine Verfolgungsjagd. Benicia legte ihm von hinten
eine Hand auf die Schulter. Berlotti ergriff sie und umschloss
sie fest mit seiner Hand.

»Geht's genauer?«, meldete sich Weller zu Wort.

»Leider nicht! Er ist auf jeden Fall jenseits der Elbe, von
Hamburg aus gesehen, und nicht südlicher als Harburg.« Durchs
Telefon war zu hören, wie Thies während des Gesprächs fortwährend auf die Tastatur einhackte. »Ich habe zuerst versucht,
das Handy im Funknetz zu orten. Offenbar hat er sein Telefon zunächst noch im Stand-by-Modus gehabt, deshalb konnte
ich zumindest die Gegend ungefähr eingrenzen. Aber der Bereich kann mehrere Quadratkilometer und viele Funkstationen
umfassen. Als ich ihm eine stille SMS schicken wollte, um den
Standort genauer zu bestimmen, gab es keine Rückmeldung des
Mobiltelefons bei der Funkzelle. Schrader muss es ausgeschaltet
haben.«

»Das klappt also nicht, wenn 's Handy ausgeschaltet ist?«,
wollte Katharina wissen.

»Jupp, das Mobiltelefon muss eingeschaltet und mit einer gültigen SIM-Karte im Netz eingebucht sein. Ich versuche es die ganze Zeit, aber bislang ohne Erfolg.«

»Alles klar«, sagte Katharina und hatte ihren Finger schon über dem Auflegen-Icon. Berlotti rief durch das Fenster in den Wagen: »Versuch es weiter und sag Bescheid, wenn du sie lokalisiert hast.« Im nächsten Moment hatte Thies das Gespräch beendet.

»Das Alte Land ist vielleicht nicht riesig.« Katharina sah Weller und Berlotti abwechselnd nachdenklich an. »Aber dann doch groß genug, dass eine Suche nach Felipe wie die Nadel im Heuhaufen wäre.«

Berlotti schüttelte den Kopf. »Felipe hat von einem Haus mit Flügeln gesprochen. Dabei kann es sich nur –«

»Um eine Mühle handeln!« Weller schrie seine Erkenntnis heraus, sodass Benicia, Berlotti und seine Kollegin zusammenzuckten. »Er meint eine Mühle. Welche Mühlen fallen uns ein?«

»Die in Jork. Eine andere steht in Hollern, wenige Meter von Fietes Kaffeeklappe entfernt.« Berlotti stöhnte auf.

Katharina murmelte sich etwas in den nicht vorhandenen Damenbart, zückte ihr Smartphone und kaute auf der Unterlippe, während sie über das Display wischte. »Ich finde hier mehr, sogar ein halbes Dutzend Windmühlen.«

Erneut stöhnte Berlotti auf, und diesmal stimmten Benicia und Sebastian Weller mit ein.

✳✳✳

Während Katharina nach Stade und von dort nach Düdenbüttel fahren wollte, nahm sich Sebastian Weller die Motormühle in Buxtehude vor und, westlich davon, die Windmühle »Anna Maria« in Mulsum. Alle vier lagen innerhalb des Bereiches, den Peter Thies für möglich gehalten hatte.

Benicia war widerstrebend nach Hamburg zurückgekehrt.

»Bring mir meinen Sohn heil zurück«, hatte sie sich von ihm verabschiedet, woraufhin er wortlos genickt und ihr einen Kuss gegeben hatte. Sie hatte einsehen müssen, dass sie sie bei einem Zugriff eher behindern würde, als hilfreich zu sein. Stattdessen sollte sie Peter Thies über die Schulter schauen, der den Einsatz vom Präsidium aus koordinieren und gleichzeitig ein Auge auf Benicia haben würde. Denn alleine lassen wollte Berlotti sie auf keinen Fall.

Berlotti selbst hielt schon zwei Minuten später vor der Mühle in Jork, die nur fünfhundert Meter entfernt vom Spielplatz lag. Die Terrasse war bis auf den letzten Platz besetzt, ein paar Kinder spielten auf der Deichkrone Fangen. Die Apfelbaumplantagen lagen ruhig zu den Füßen der mächtigen Rotorblätter, kein Lüftchen rüttelte an ihren Zweigen. In der Ferne tutete ein Dampfer.

Doch Berlotti hatte keinen Sinn für all das. Er stürmte an den Tresen des Mühlenrestaurants und zeigte der jungen Kellnerin ein Foto von Schrader, das ihm Loreen Kaiser geschickt hatte, danach ein Foto von sich und Felipe vor dem weihnachtlich geschmückten Baum in Benicias Wohnung. Weder sie noch ihr Chef, ein freundlicher Mann, der kaum älter war als die Bedienung, wussten etwas mit den gesuchten Personen anzufangen. Berlotti bat darum, sich auf dem Gelände umsehen zu dürfen, und erklomm zielstrebig die vier Stockwerke der Mühle. Nachdem er nirgends etwas Auffälliges entdeckte und auch keiner der Cafégäste angab, die beiden Personen gesehen zu haben, saß er wieder im Cinquecento auf dem Weg zum nächsten, elf Kilometer entfernten Ziel.

Während er auf den Deich zufuhr, hinter dem Fietes Kaffeeklappe lag, tauchte linker Hand die Mühle »Venti Amica« auf. Auf den letzten Metern, die er in seinem Fiat auf die ausladenden weißen Flügel zufuhr, kam ihm das Bild des Don Quijote in den Sinn. Sosehr Berlotti sich dem tragikomischen Helden an diesem Punkt der Ermittlungen verbunden fühlte, hoffte er doch, anders als dieser keinen aussichtslosen Kampf aufzunehmen.

Die weiße Farbe am Steinsockel der Windmühle war abgeblättert, das graubläulich gestrichene Holzportal verschlossen. Ratlos blickte Berlotti sich um und klingelte kurz entschlossen an der angrenzenden Tür des zweigeschossigen, weiß verklinkerten Hauses. Ein hagerer, weißhaariger Mann öffnete und sah ihn ungläubig an, nachdem Berlotti »Entführung« und »Mühle« im selben Satz verwendete und bat, sich in der »Venti Amica« umsehen zu dürfen. Er habe nichts Auffälliges bemerkt, sagte er, schloss ihm aber, ohne zu zögern, die Tür auf, die mit einem Knarzen aufschwang, als wären ihre Scharniere das letzte Mal kurz nach ihrem Bau vor über hundertsiebzig Jahren in Aktion gewesen.

Im Erdgeschoss standen Regale voller Cerealien und verschiedener Mehle in Pappsäcken. Offenbar war die Mühle noch in Betrieb und verkaufte ihre Erzeugnisse. Er nahm die Wendeltreppe, deren Stufen aus windschiefen Brettern bestanden und mehrere Kriege hinter sich haben mussten. Als er sich an diversen Armaturen und Rohren vorbeigeschoben hatte und durch eine niedrige grüne Tür auf die Galerie trat, verschlug es ihm für einen Moment den Atem. Nicht nur wegen der Höhe, die ihm in Kombination mit dem allenfalls hüfthohen Geländer weiche Knie bescherte. Sondern auch wegen der Aussicht, die ihm den Blick ermöglichte auf ein Meer aus weißen und rosafarbenen Apfelblüten bis über den Deich und die Elbe hinaus nach Schleswig-Holstein.

Er suchte die Wiesen und Plantagen, die schmalen Gassen und noch schmaleren Gräben nach Schrader und Felipe ab. Sein Smartphone klingelte. Es war Weller, der die erste Mühle in Buxtehude nach erfolgloser Suche gerade verlassen hatte und in wenigen Minuten die zweite Mühle erreichen sollte. Kaum dass er aufgelegt hatte, wählte Berlotti Katharinas Nummer, die sofort ranging, aber aus Stade ebenfalls nichts Brauchbares zu vermelden hatte. Er stützte sich auf das weiße Holzgeländer der umlaufenden Galerie. Er musste sich beherrschen, seinen Frust nicht schon wieder herauszuschreien, und zwang sich, fokussiert zu bleiben.

Hatte Felipe etwas anderes als eine Mühle meinen können, als er das Haus mit Flügeln erwähnte? Hatten sie etwas übersehen? Er ging hinein und wählte beim Herabsteigen Thies' Nummer,

ließ es bestimmt fünfzehnmal klingeln und wollte gerade auflegen, als doch jemand abnahm.

»Moingiorno, Capitano.« Der IT-Experte klang außer Atem.
»Ich musste erst die Polizeichefin abwimmeln, bevor ich ans
Telefon gehen konnte.«

»Was wollte die Beil denn?«, erkundigte sich Berlotti alarmiert und blieb zwischen zwei Etagen auf den Holzstufen stehen. »Du hast ihr hoffentlich nichts von Felipes Entführung
gesagt?«

»Keine Sorge. Ich habe ihr gesagt, ihr verfolgt eine Spur und
seid deshalb nicht erreichbar. Aber lange werden wir das Versteckspiel nicht aufrechterhalten können.« In Thies' Stimme
schwang Sorge mit.

Ohne darauf einzugehen, erkundigte sich Berlotti, ob Schrader sein Handy wieder eingeschaltet und sie eine genauere Ein-
grenzung hatten. Als Peter verneinte, fiel Berlotti noch etwas
ein: »Kannst du den in Frage kommenden Bereich noch einmal
darauf scannen, ob wir wirklich alle Mühlen in Betracht gezogen
haben? Allmählich gehen mir die Ideen aus, wo wir noch nach
Felipe suchen könnten.«

»Geht klar, Commissario!« Im nächsten Moment hatte Thies
aufgelegt.

Berlotti bedankte sich bei dem Müller, zeigte ihm die beiden
Handybilder und drückte ihm seine Visitenkarte in die Hand mit
der Bitte, ihn zu informieren, sollte ihm eine der beiden Personen
über den Weg laufen. Dann stieg er in seinen Fiat und öffnete
das Verdeck. Gerade als er sich bei Benicia melden wollte, um
sich zu erkundigen, wie es ihr ging, kam ihm Peter mit einem
Anruf zuvor. Wenig zuversichtlich nahm Berlotti ab.

»Ihr habt tatsächlich alle Windmühlen auf dem Zettel …«

»Verdammt!«

»… bis auf …«

Berlottis Puls beschleunigte sich. Vor Aufregung verschluckte
er sich an seinem eigenen Speichel, was in einem Hustenanfall
mündete.

»Bis auf eine Bockwindmühle im Freilichtmuseum in Stade.«

»Museum?« In der Denkblase über seinem Schädel erschien ein großes Fragezeichen. »Eine Deko-Mühle? Wie soll die –«

»Nix Deko! Eine echte Mühle, die dort wiederaufgebaut wurde.«

»Aber ist das Museum nicht geöffnet? Wie sollen sich da zwei Personen verstecken?«

»Das Museum ist open air, liegt auf einer Insel in einem Nebenfluss der Elbe und ist frei zugänglich. Da fällt ein Mann mit Kind doch gar nicht auf!«

Berlotti ließ Peters Worte nachwirken. Hatte er recht? Würde sich ein Entführer und mutmaßlicher Mörder, nach dem öffentlich gefahndet wurde, am helllichten Tag auf einer Museumsinsel herumtreiben? Andererseits hatte ihm Thies geliefert, wonach er gesucht hatte: eine Mühle im in Frage kommenden Gebiet, die sie nicht bedacht hatten. Mit neuer Zuversicht startete er den Wagen und bog mit quietschenden Reifen auf die Straße am Deich Richtung Stade ab.

∗∗∗

Keine Viertelstunde später hielt er an der Fußgängerbrücke, die die Museumsinsel mit der Straße verband. In der nahenden Dämmerung riefen sich die Vögel lautstark Gute Nacht zu. Mit Katharina und Weller hatte er auf dem Weg hierher telefoniert, und beide waren zehn beziehungsweise zwanzig Minuten entfernt. Ohne sie würde er Schrader nicht konfrontieren, das hatten sie vereinbart. Aber es konnte nicht schaden, sich schon einmal einen Überblick zu verschaffen. Leise schloss er die Autotür.

Die Sonne stand schon tief, strahlte aber immer noch so unverdrossen, als wollte sie ihn verhöhnen. Eine Gruppe hochgewachsener Teenagermädchen in Trikots und Trainingshosen, mit Volleybällen in den Händen, kam ihm entgegen, in eine angeregte Diskussion vertieft. Auf der anderen Straßenseite führte eine ältere Frau einen kleinen Hund Gassi. Als der Vierbeiner einen anderen, deutlich größeren anbellte, schimpfte sein Frauchen laut und ausgiebig mit ihm. Berlotti nahm das alles wie im

Rausch wahr. Alle seine Sinne waren auf Empfang gestellt. Vor seinem geistigen Auge tauchte ein Bild von Felipe auf, aus dessen Augen zwei Löffel ragten. Blut floss ihm über die Wangen. Er zwang sich, das Bild aufzulösen, als wäre es in Kontakt mit einer zerstörerischen Chemikalie geraten.

Von der Straße aus konnte er ein reetgedecktes Bauernhaus entdecken, eine Prunkpforte mit kunstvoll verzierten Buchstaben in lateinischer Sprache und ein Altländer Haus mit dem so typischen weißen Holzfachwerk. Von einer Windmühle war nichts zu sehen, was ihn ernstlich in Unruhe versetzte. Was, wenn er doch am falschen Ort war? Das Schließen einer Autotür drang zu ihm durch, und kurz darauf stand Katharina neben ihm.

»Sind wir hier in den Dreharbeiten für einen Rosamunde-Pilcher-Film gelandet?« Sie bemühte sich um einen lockeren Tonfall, aber die Anspannung war deutlich zu hören.

Berlotti musste ihr recht geben. So bedrohlich die Situation, in der sie sich befanden, auch war, so wirkte das Gelände doch wie die Kulisse für einen Kitschfilm.

»Auf Weller würde ich ungern warten, auch wenn wir dann gleich zwei frisch verliebte Protagonisten ins Filmset schicken könnten.«

Katharina schnitt eine Grimasse. »Verstärkung rufen, um das Freilichtmuseum zu räumen und Kollegen vor den beiden Zugängen zur Insel zu postieren, scheidet wohl aus?«

Berlotti nickte. »Das Gelände ist zu einsichtig, der sieht uns, lange bevor wir ihn entdecken. Das können wir nicht riskieren.«

»Aber mit gezückten Pistolen können wir auch nicht herummarschieren.« Katharina versuchte, mehr von dem Gelände zu überblicken, und stellte sich dazu auf Zehenspitzen.

»Dann muss es eben ohne gehen.« Berlotti fasste widerstrebend einen Entschluss. »Allerdings weiß der Typ, wie ich aussehe. Dich kennt er nicht. Sieh du dich unauffällig um, ich gebe dir Deckung.«

**

Berlotti spähte um die Ecke des Altländer Hauses und sah Katharina an einem Denkmal vorbeischlendern. Für Unbeteiligte mochte sie wie eine Spaziergängerin aussehen, doch Berlotti erkannte an ihren etwas höher gezogenen Schultern und dem steiferen Gang, wie angespannt sie war. Er ließ den Blick über das Areal schweifen, so gut es ihm aus dieser Position möglich war. Immerhin waren nur wenige Personen hier unterwegs. Eine junge Frau saß auf einem abgesägten Holzstamm und starrte in ihr Handy. Ein Mann mit Kinderwagen durchquerte den kleinen Park und strebte auf eine Brücke mit weißem Holzgeländer zu, die über den alten Burggraben führte.

Plötzlich spürte er, wie ihm jemand von hinten die Hand auf die Schulter legte. Reflexartig griff Berlotti danach, bereit, den Angreifer mit einem Schulterwurf auf den Rücken zu befördern. Im letzten Moment erkannte er die braun gebrannte Hand, die ihn gepackt hatte.

»Sind Sie verrückt, mich während eines laufenden Einsatzes so zu erschrecken?«, zischte Berlotti.

Weller sah ihn durch mehrere Strähnen, die ihm über die Augen fielen, bedröppelt an. Doch dafür hatte Berlotti keine Zeit. Er wandte sich wieder Katharina zu und konnte sehen, wie sie einige kleinere Gebäude passierte. Vom Lageplan am Eingang des Freilichtmuseums, den sie zuvor studiert hatten, wusste Berlotti, dass es sich dabei um ein Backhaus, eine Remise und eine Schrotmühle handelte. Unauffällig rüttelte Katharina an den Griffen und spähte vorsichtig durch die Fensterscheiben, sofern welche vorhanden waren. Schließlich nahm sie den schmalen Pfad, der zum hinteren Teil des Geländes führte. Berlotti meinte, trotz der Entfernung den Kies unter ihren Turnschuhen knirschen zu hören. Dann fiel ihm auf, dass die Geräusche von Weller kamen, der hinter ihm ungeduldig von einem Fuß auf den anderen trat. Berlotti drehte sich zu ihm um.

»Als ich gesagt habe, dass Sie ohne mein ausdrückliches Kommando weder eingreifen noch mit jemandem sprechen sollen, hieß das nicht automatisch, dass Sie nicht Ihre Augen benutzen dürfen.«

Weller rührte sich nicht, sah seinen Vorgesetzten aber hoffnungsvoll an. Da dämmerte Berlotti, dass Weller tatsächlich auf eine ausdrückliche Aufforderung wartete, weshalb er flüsternd hinzufügte: »Nun kommen Sie schon neben mich. Zwei Augenpaare sehen mehr als eins.«

Weller ging in die Hocke und lugte nun unterhalb von Berlotti um das Haus herum. In dieser Sekunde verschwand Katharina aus ihrem Sichtfeld.

»Verdammt!«, stieß Berlotti leise hervor. Er überlegte kurz, ob er es wagen konnte, weit genug hinter dem Haus hervorzutreten, doch dann wäre er gut sichtbar und würde unter Umständen den Einsatz gefährden. Da stieß ihm der hockende Kollege sanft den Ellenbogen gegen den Unterschenkel und zeigte auf einen kleineren, reetgedeckten Bau, der nicht weit von ihnen entfernt neben der Prunkpforte lag. Berlotti versuchte, die Situation einzuschätzen, und nickte. Weller ließ ihm den Vortritt, und so spurteten sie die wenigen Meter hinüber zum anderen Gebäude.

Weller hatte recht behalten. Linker Hand tauchte die Windmühle auf. Sie war deutlich größer, als Berlotti angenommen hatte, und doch von dem hohen Bauernhaus verdeckt worden. Die Mühle schien drei Meter über dem Boden zu schweben. Erst auf den zweiten Blick war der Pfahl zu erkennen, der in einem Holzgestell steckte und den gesamten Aufbau trug.

Katharina ging darunter hindurch, an dem Bock vorbei, und wollte die Mühle offenbar unauffällig umrunden, schreckte dann aber auf und machte drei schnelle Schritte rückwärts und wählte einen anderen Weg um die Konstruktion.

»Was war das?« Weller klang alarmiert.

»Pscht, nicht so laut!«, mahnte Berlotti, der sich Katharinas Verhalten allerdings auch nicht erklären konnte. Er kniff die Augen zusammen. »Sind das Bienenstöcke unterhalb der Windmühle?«, flüsterte Berlotti.

Katharina spazierte um das Bauwerk herum, gab weiterhin die Touristin, hatte jetzt sogar ihr Smartphone herausgeholt und fotografierte die ausladenden Flügel ebenso wie Krokusse, die hier überall blühten.

Eine Holztreppe führte seitlich zur einzigen Tür in rund drei Metern Höhe. Frontal ging eine Rutsche vom Eingangsportal zum Boden, über die einst wohl das gemahlene Mehl hinabgelassen wurde.

Katharina stand einige Sekunden am Fuße der Treppe, schien abzuwägen, ob sie einen Blick hinein wagen sollte, sofern die Tür nicht abgeschlossen war. Sie trat auf die unterste Stufe und verharrte dort. Berlotti fragte sich, ob wohl das Holz geknarzt hatte. Dann stieg sie hinauf, öffnete die Tür und verschwand in dem kleinen, nicht mehr als zwölf Quadratmeter großen, aber hohen Aufbau.

Keine fünf Sekunden später erschien Katharina auf der winzigen Plattform davor. Sie stieg die Treppe wieder hinunter und setzte ihren Erkundungsrundgang fort.

Als Berlotti schon annahm, dass sie alles gesehen hatte und zu ihnen zurückkehren würde, sah er sie kurz innehalten, dann ihren Gang verlangsamen. Neben der weißen Brücke, die den einzigen anderen Zugang zur Museumsinsel darstellte, blieb Katharina stehen, zückte ihr Smartphone und schien etwas zu fotografieren, das sich unterhalb von ihr abspielte, wo der Wassergraben sein musste. Berlotti lief es eiskalt den Rücken hinunter, fast zeitgleich brach ihm der Schweiß aus. Bitte, lass Felipe nicht dort unten liegen, dachte er. Bewusstlos, oder, schlimmer noch, tot! Aber würde Katharina dann Bilder machen, anstatt dem Jungen zu Hilfe zu eilen? Sie steckte das Telefon in ihre Jeans und schlenderte, scheinbar beiläufig, zurück in ihre Richtung.

**

»Und?«, bestürmten Berlotti und Weller sie gleichzeitig, mehr oder weniger flüsternd, kaum dass sie um das Haus gebogen war, aus dessen Schutz sie den Erkundungsrundgang beobachtet hatten. Katharina zeigte ihnen ein Handyvideo. Berlotti und Weller drängten sich vor den Bildschirm, so nah, dass sich ihre Köpfe berührten. Ein Kinderlachen war zu hören. Neben der weißen Brücke ging es einen Abhang hinunter Richtung Wassergraben. Auf einem Ponton, dessen Zweck sich in dem schmalen und kaum Wasser führenden Graben nicht erschloss, angelte ein dunkelhaariger Junge Brot aus einer Papiertüte, die ihm ein Mann mit wenigen, aber sorgsam über die Kopfhaut gekämmten Haaren hinhielt, und warf es den Enten hin.

Berlotti nickte. »Das ist er, das ist Felipe. Mit Schrader!«

»Yesss!« Weller ballte die Faust. Er drückte auf den Pfeil und ließ das Video erneut ablaufen. »Sieht so jemand aus, der einem anderen Besteck in den Schädel rammt?«, sagte er mehr zu sich selbst und sprach damit aus, was Berlotti gerade dachte. Auch er brachte den Anblick des Mannes, der mit Felipe zu scherzen schien, nicht mit dem Täter eines brutalen Mordes und den Bildern der misshandelten Leiche überein.

Für Berlotti sprach das dafür, dass Schrader kein schlechter Mensch an sich war, sondern von Hass vor allem auf Gomolla getrieben, was angesichts seiner Leidensgeschichte auch wenig verwunderte. Dennoch hatte er einen Jungen entführt und wollte, seinen eigenen Worten zufolge, unter keinen Umständen ins Gefängnis. Welche Mittel er dafür einzusetzen bereit war, darüber wollte Berlotti lieber nicht nachdenken.

»Jetzt haben wir ihn!« So überzeugt, wie Berlotti klang, war er ganz und gar nicht. Seit Schraders Anruf hatte er überlegt, was er tun würde, wenn sie ihn fänden. Das Gespräch suchen? Verhandeln? Stürmen?

Katharina schenkte ihm einen warmherzigen Blick. »Lass uns lieber Verstärkung rufen, damit sie uns einen Verhandlungsführer schicken, der auf Geiselnahmen spezialisiert ist. Felipe schien es gut zu gehen, er hat sogar gelacht.«

Berlotti zögerte. Sosehr es ihm widerstrebte, Felipe auch nur eine Sekunde länger als nötig in der Gewalt eines Mörders zu lassen, sah er doch ein, dass Katharina recht hatte.

»Also gut. Aber sie sollen sich beeilen«, fügte er hinzu und wusste selbst, dass das unnötig war.

»Was soll ich –«

Weller wurde von Berlottis Handyklingeln unterbrochen.

Eine unbekannte Nummer. Sein Herz raste.

»Ja?«, sagte er in den Hörer.

Wieder bloß der Atem, Stille, dann: »Wo stecken Sie?«

Berlotti wurde schlagartig heiß. Es war wirklich Schrader.

»Auf dem Revier in Hamburg.«

Einige Sekunden nur Atmen.

»Ich habe das Fenster geöffnet.« Berlotti gab Weller und der telefonierenden Katharina mit Handzeichen zu verstehen, wen er da in der Leitung hatte. Dann deutete er mit der freien Hand, so gut es ging, die Körpermaße von Peter Thies an, reckte den Arm erst in die Höhe, dann in die Breite. Weller sah ihn ratlos an. Es war Katharina, die ihren Telefonanruf unterbrach und Weller mit einem Augenrollen zu verstehen gab, gefälligst den IT-Experten von dem Anruf zu unterrichten.

»Haben Sie die Fahndung nach mir zurückgenommen?«

Berlotti ging in Gedanken ein halbes Dutzend Optionen durch. »Wir arbeiten daran.«

»Arbeiten Sie schneller. Sie wissen, was sonst passiert.«

»Ich hatte Ihnen gesagt, dass das nicht einfach wird.«

»*HSV, forever and ever! HSV, all the way, all the way!*«

Alarmiert blickte Berlotti sich um und sah eine Gruppe Fußballfans, die Schlachtgesänge skandierend in ihre Richtung kam. Er versuchte, das Mikrofon des Smartphones abzudecken. Bitte, lass ihn nichts gehört haben, schickte Berlotti ein Stoßgebiet gen Himmel. In der Leitung blieb es einige Sekunden lang still.

»Sie haben eine Stunde. Wenn bis dahin die Fahndung nicht zurückgezogen ist und ich mich unbehelligt absetzen kann …«

»Wir sind die Könige des Nordens, und es wird alles, wie es einmal war.«

Schraders Worte gingen im erneuten Schlachtgesang unter.

»Wir werden wieder deutscher Meister, denn das ist doch wohl klar.«

Stille in der Leitung. Allmählich sickerte bei Schrader die Erkenntnis durch, dass er die Fangesänge stereo hörte, sowohl durchs Telefon als auch live vor Ort.

»Wo sind Sie?« Schraders Stimme überschlug sich.

»Tun Sie nichts –« Unüberlegtes, wollte Berlotti noch ergänzen, doch das Gespräch wurde schon unterbrochen.

»Er weiß, dass wir hier sind!«, rief er seinen Kollegen zu, während er vorsichtig hinter dem Reetdach hervorlugte und sah, wie Schrader, Felipe hinter sich herziehend, auf die Windmühle zusteuerte.

»Shit!« Weller stand der Schreck ins Gesicht geschrieben. Selten war Berlotti mit ihm derart einer Meinung gewesen.

Einige Augenblicke geschah nichts. Als die Fangruppe das Freilichtmuseum über die weiße Holzbrücke verlassen hatte, hallte Schraders Stimme zu ihnen herüber.

»Verpissen Sie sich, Berlotti! Sie wissen, was sonst passiert und wozu ich in der Lage bin.«

Der Park war mittlerweile menschenleer, außer ihnen hielt sich niemand mehr hier auf. Es dämmerte.

Berlotti warf seinen beiden Kollegen einen Blick zu, trat aus dem Schutz des historischen Bauernhauses und schritt langsam auf die Mühle zu. Schrader hatte sich offenbar in ihren Schutz zurückgezogen. Wie musste es dem Mann wohl gehen, wissend, dass sich die Schlinge um seinen Hals kontinuierlich zuzog? Menschen, die ums Überleben kämpften, war alles zuzutrauen. Und das verhieß nichts Gutes für alle anderen, die ihnen im Weg standen.

»Waffe zeigen und fallen lassen!«

Berlotti meinte, in Schraders barschem Tonfall auch Panik zu hören. Er zog die Walther P99 aus dem Gürtelholster und legte mit ihr auch sein Sakko ab, um zu signalisieren, dass von dort ebenfalls keine Gefahr drohte.

»Ich will nur reden!«, rief Berlotti und näherte sich Schritt für Schritt der historischen Mühle.

»Gabriele?« Eine helle Stimme war aus dem Inneren zu hören. »Bist du das?«

Es war Felipes Stimme. Berlotti gefror das Blut in den Adern.

»Felipe, ist mit dir alles in Ordnung?«

»Dem Jungen geht's gut«, rief Schrader. »Noch!«

»Lassen Sie –«, unternahm Berlotti einen Versuch, den Mann zur Aufgabe zu bewegen, doch der unterbrach ihn.

»Wie viele Polizisten sind auf dem Gelände?«

»In zehn Minuten ist Verstärkung hier, aber noch sind wir allein.«

»Dann lassen Sie mich gehen.« Schraders Stimme hatte einen zunehmend schrillen Tonfall angenommen.

»Sie wissen, dass ich das nicht –«

»Und ziehen Sie endlich die gottverdammte Fahndung zurück!« Die Tür öffnete sich. »Sonst ...!«

Felipe wurde auf die schmale Plattform geschoben. Aus dem Schutz der Mühle drückte Schrader ihm die Hand in den Rücken. Eine Jacke über dem Arm verhinderte, dass Berlotti erkennen konnte, was Schrader in der Hand hielt.

Der Junge schien unverletzt, aber Berlotti war vor Schreck wie gelähmt.

»Der Mann hat keine ...«, rief Felipe, doch bevor er den Satz zu Ende sprechen konnte, drückte Schrader ihm so fest die Schulter, dass Felipe aufschrie und in die Knie ging.

Berlotti konnte sogar auf die Entfernung sehen, wie dem Jungen Tränen in die Augen schossen. Hielt Schrader eine Waffe in der Hand? Oder hatte Felipe ihm gerade sagen wollen, dass er eben keine Waffe besaß? Was sollte er tun? Er hatte sich in seiner Laufbahn schon mehr als ein halbes Dutzend Mal in ähnlichen Situationen befunden, und doch war es diesmal anders. Zum ersten Mal war er persönlich involviert. Kein gutes Gefühl.

»Keine Angst, Felipe. Alles wird gut«, sagte Berlotti so zuversichtlich, wie er konnte.

»Nichts wird gut, wenn Sie mich nicht gehen lassen«, stieß Schrader hervor. Noch immer hielt er sich im Schutz der Mühle verborgen.

Berlotti hatte Angst vor einer Kurzschlusshandlung. Was hatte der Mann mit Felipe vorgehabt? Doch egal, was es auch war, nun war alles ganz anders als von Schrader geplant, und das machte die Lage so gefährlich. Wie viel Zeit war vergangen? War die Polizei schon angekommen? In dieser Situation zuzuschlagen war nicht ratsam. Er hoffte, dass Katharina und Sebastian das ebenso sahen und keine Schüsse aus der Ferne abfeuerten.

»Rüdiger, kommen Sie raus und lassen Sie uns wie zwei Männer von Angesicht zu Angesicht reden. Ich habe meine Waffe doch fallen lassen!«

Wie zwei Männer reden? Er ahnte schon, dass ihm Katharina den Machospruch später aufs Brot schmieren würde.

Zu seiner Überraschung erschien Schrader tatsächlich im Türrahmen. Er hielt sich den Jungen wie einen Schutzschild vor den Körper, was gar keinen Sinn ergab, da der ihm gerade einmal bis zum Bauchnabel reichte.

Vorsichtig rückwärts tastend, um Berlotti im Blick zu behalten, trat er mit einem Fuß auf die oberste Stufe der Treppe, die von Berlotti weg Richtung Burggraben führte. »Ich werde jetzt mit dem Jungen diese Anlage verlassen, und Sie werden mich nicht daran hindern, wenn Ihnen sein Leben lieb ist.«

Schrader drohte lebenslange Haft, der Mann hatte wenig zu verlieren. Vielleicht konnte ein psychologischer Verhandlungsführer zu ihm durchdringen, aber der ließ auf sich warten, und wenn Berlotti jetzt nichts tat, war es zu spät. Ihn durchzuckte ein Gedanke, der Fetzen eines Gesprächs, das er erst vor wenigen Tagen geführt hatte. Plötzlich wusste er, was zu tun war. Es war gewagt, riskant. Aber wenn er jetzt nicht handelte, war Felipes Entführer in wenigen Sekunden verschwunden und der Junge mit ihm.

Berlottis Herz begann schneller zu pochen. Sein Körper war in höchster Alarmbereitschaft, jeder Muskel angespannt, wie ein Sprinter unmittelbar vor dem Startschuss. Erneut machte Schrader einen Schritt nach hinten, suchte zugleich nach allen Seiten das Areal auf der Insel nach weiteren Polizisten ab.

»Felipe, erinnerst du dich, was ich dir über Luhmiche gesagt habe?«

Ängstlich sah der Junge ihn an, schien kurz zu überlegen und nickte dann kaum vernehmlich.

»Was soll das? Halten Sie die Klappe!« Schrader sah ihn mit einer Mischung aus Skepsis und Besorgnis an, während er sich eine Stufe weiter nach unten orientierte, eine Hand im Rücken des Jungen, die andere an dessen Schulter.

Berlotti fuhr unbeirrt fort und sah Felipe fest in die Augen, als er eindringlich weitersprach: »Und weißt du noch, wie man einen Luhmich fängt?«

»Seien Sie still!« Schraders Stimme war schrill.

Wieder nickte Felipe, diesmal entschlossener.

»Der Mann hinter dir ist ein Luhmich!«

Der Junge schien kurz zu überlegen, dann versuchte er, sich umzudrehen. Doch seine Schulter befand sich nach wie vor im Schraubgriff. Da holte Felipe auch schon mit dem rechten Bein aus und trat, so fest er konnte, nach hinten.

Er traf den Mann zwei Stufen unter ihm mit einer solchen Wucht am Hüftknochen, dass dieser sich nicht mehr am Geländer festhalten konnte. Wie in Zeitlupe schien erst der rechte Fuß, dann der linke abzuheben, und ehe er nach hinten überkippte, konnte Berlotti noch einen Blick auf Schraders Gesicht werfen, in dem sich Erstaunen, Wut und Furcht spiegelten.

Wie der Sprinter im Moment des Startschusses, im Stadium höchster Fokussiertheit, rannte Berlotti los. Schrader krachte keine fünf Meter von ihm entfernt auf den Holzkasten, in dem sich eines der Bienenvölker befand.

Ob das Krachen allein vom splitternden Holz herrührte oder auch menschliche Knochen dabei brachen, vermochte Berlotti nicht zu sagen. Und noch ehe er sich dessen vergewissern konnte, war Schrader in einer Wolke wütender Bienen verschwunden.

Berlotti versuchte, ihn an einem Bein zu fassen zu bekommen, wurde aber binnen Zehntelsekunden mehrfach selbst gestochen, sodass er von dem Mann abließ. Dessen Schreie wurden Sekunde um Sekunde lauter, verzweifelter und höher.

Nun waren auch Katharina und Sebastian bei ihm. Während Weller mit einem Feuerzeug irgendwelche Coffeeshop-Bonuskarten und einige seiner Visitenkarten aus seinem Portemonnaie anzündete, um die Bienen mit Rauch zu vertreiben, suchte Katharina nach einem Gefäß, mit dem sie Wasser aus dem Inselgraben schöpfen konnte.

Berlotti überließ Schrader seinem Schicksal und stieg mit großen Schritten die Treppe hinauf. Felipe sah mit weit aufgerissenen Augen auf seinen Entführer, die Hände auf die Ohren gepresst, um die erstickten Schreie nicht länger mitanhören zu müssen. Berlotti riss den Jungen förmlich in seine Arme und drückte ihn an sich, so fest er konnte.

»Genau so fängt man einen Luhmich«, flüsterte er ihm ins Ohr. Felipe weinte leise in Berlottis Halsbeuge. »Du hast alles richtig gemacht, ich bin so, so stolz auf dich.«

Er drehte sich um hundertachtzig Grad, damit Felipe nicht auf das Bienenmassaker blicken musste, und sah nun selbst aus drei Metern Höhe auf Katharina und Sebastian herab, wie sie vergeblich versuchten, Schrader von den Aberhunderten Bienen zu befreien. Die Schreie, die aus der tobenden Wolke drangen, waren in ein Wimmern übergegangen.

Durch die Äste der Bäume sah er Blaulicht näher kommen. Türen wurden geöffnet und zugeschlagen, und kurz darauf schwärmten Polizisten von beiden Zugängen auf sie zu.

Berlotti erlebte alles wie durch einen Filter, als würde es ihn nichts angehen. Felipe war wohlauf, das war alles, was für ihn in diesem Moment zählte. Der Junge klammerte sich an ihn und er sich nicht minder fest auch an den Jungen.

Katharina schöpfte mit den Händen Wasser aus dem Graben und warf es auf die Bienen, was allenfalls den gegenteiligen Effekt hatte und sie nur noch mehr aufbrachte. Es schien, als hätte sich deren Anzahl in den vergangenen Minuten mehr als verdreifacht, fast, als wären weitere Völker aus den anderen Holzkästen ihren Artgenossen zur Hilfe geeilt. Weller hatte seine Räucherbemühungen bereits eingestellt und zog nun auch seine Freundin in Sicherheit. Katharina blickte zu ihm hinauf, winkte ihn zu sich. Doch weder konnte noch wollte er sich bewegen und sah einfach weiter auf die alptraumhafte Szenerie zu seinen Füßen hinunter. Dann schloss er die Augen, setzte sich auf das oberste Plateau und nahm Felipe noch fester in die Arme.

Als er wahrnahm, wie die bis auf wenige Knospen noch kahlen Bäume ihre schwarzen Zweige in alle Himmelsrichtungen in den schnell dunkler werdenden Abendhimmel streckten, musste er bei ihrem Anblick an Illustrationen des menschlichen Blutgefäßsystems denken. Wie eine unheilvolle Allegorie für das Gift, das sich gerade in Schraders Körper ausbreitete.

Er ahnte, dass der Mann um sein Leben rang. Aber nicht deshalb rannen ihm Tränen übers Gesicht. Es waren Tränen der Erleichterung. Dass es nicht Felipe war, der dort unten lag. Und Tränen kitschiger Rührseligkeit, dass eine Studie des menschlichen Leids, das sich gerade zu seinen Füßen abspielte, als anatomische Entsprechung in Baumform in den Stader Abendhimmel ragte.

Zehn

Die Zeit heilt keine Wunden,
man gewöhnt sich einfach nur an den Schmerz.

Berlotti versuchte, seinem Spiegelbild mit einem Lächeln Mut zu machen, doch es lächelte nur halbherzig zurück, und er stellte seine Gesichtszüge wieder auf neutral. Alt sah er aus. Wahrscheinlicher war aber, dass er heute endlich einmal so alt aussah, wie er tatsächlich war und sich auch fühlte.

Die wohltuende Stille, die ihn umgab, zerplatzte, als die Tür aufgestoßen wurde. Das laute Stimmengewirr der wartenden Journalisten flutete den gekachelten Raum. Seine Hände packten den Waschbeckenrand so fest, dass die Knöchel weiß hervortraten. Zwei Männer kamen herein. Ihre Unterhaltung am Pissoir über ein Fußballspiel vom Wochenende war gerade laut genug, um die Stimmen in seinem Kopf zu übertönen, die ihn auffordern wollten, wegzurennen und niemals zurückzukommen. Stattdessen atmete er tief durch und machte sich auf den Weg in den Konferenzraum des Scandic Emporio Hotels, den die Kripo aufgrund seiner unmittelbaren Nähe zum Emporio Tower für die Pressekonferenz angemietet hatte.

Auch wenn er Elvira Beil nur von hinten sehen konnte, meinte Berlotti doch zu erkennen, wie angespannt die Frau war – die Schultern hochgezogen, der Rücken leicht gekrümmt, als würde sie sich für einen Orkan wappnen. Sie erblickte ihn, drückte die Schultern durch, nickte ihm zu und setzte sich in Bewegung. Berlotti folgte ihr mit einem gemurmelten »Auf ins Gefecht«.

Nach der üblichen Einleitung und lobenden Worten für die Ergreifung des Täters übergab die Polizeipräsidentin an ihren Hauptkommissar. Berlotti schaute in zwei Dutzend erwartungsvoller Gesichter, die sich teilweise hinter Fernsehkameras und Fotoapparaten verschanzten. Eine Journalistin mümmelte an einem pinken Lippenstift und überprüfte mit der Handykamera anschließend das Ergebnis.

»Mein Name ist Berlotti, Gabriele Berlotti. So viel Zeit muss sein«, sagte ein Mann, nicht sehr laut, aber laut genug, um diverse Lacher zu ernten.

Berlotti zwang sich, ruhig zu bleiben. »Bei dem Mörder von Konrad Gomolla handelt es sich um Rüdiger Schrader. Er ist – war – nicht nur Mitglied im Verein zum Erhalt der ehemaligen zentralen Hinrichtungsstätte, sondern auch kriminalhistorischer Berater der Kripo Leipzig.«

Da kein Raunen zu hören war, ging Berlotti davon aus, dass die Anwesenden das Dossier zumindest überflogen hatten, das vor der Konferenz verteilt worden war.

»Zu den Hintergründen komme ich gleich, zunächst der Tathergang.« Berlotti musste sich mehrmals räuspern, um einen hartnäckigen Frosch im Hals zu vertreiben.

»Schrader hat Gomolla erst mit Pfefferspray kampfunfähig gemacht und dann mit Chloroform betäubt, ehe er mit Gegenständen aus dem Museumsraub hingerichtet wurde und langsam ausgeblutet ist.« Berlotti sah den Journalisten in den ersten Reihen nacheinander in die Augen. »Die unappetitlichen Details entnehmen Sie dem Dossier, das Sie am Eingang ausgehändigt bekommen haben.«

Berlotti beobachtete, wie die meisten Anwesenden nach den zusammengetackerten Papierstapeln griffen und darin nach den *unappetitlichen Details* suchten. Nichts fixte die Menschen mehr an als die Aussicht auf Befriedigung ihrer Sensationslust, dachte er grimmig. Um die elende Veranstaltung so schnell wie möglich hinter sich zu bringen, leitete er zu den Hintergründen der Tat über.

»Rüdiger Schrader ist im Stasi-Archiv der Stadt Leipzig auf eine erst kürzlich zugänglich gemachte Akte der K 1 gestoßen, der Geheimpolizei der DDR. Das haben die Kollegen der Kripo Leipzig anhand der Ausleihprotokolle inzwischen bestätigt.«

Berlottis Stimme wurde immer belegter, bis er kaum noch weitersprechen konnte. Erneut räusperte er sich, goss sich ein Glas Wasser randvoll und trank es in einem Zug aus. Er spürte förmlich, wie die Anwesenden zunehmend unruhiger auf ihren Stühlen hin und her rückten. Doch Berlotti versuchte, sich nicht beirren zu lassen. Manche Fälle waren nun einmal komplizierter als andere. Mit fester Stimme fuhr er fort.

»Der Vater von Rüdiger Schrader, Kurt Schrader, hatte damals mit Gomolla gemeinsam in Untersuchungshaft gesessen und ihm am Samstag, den 17. Juli 1975 mit einer Räuberleiter zur Flucht aus der U-Haft Leipzig verholfen. Gomolla, der mit Schrader vereinbart hatte, gemeinsam zu fliehen und ihn aufs Dach zu ziehen, hielt nicht Wort und floh allein, konnte aber nach einigen Tagen in Freiheit wieder festgenommen werden. Schrader allerdings wurde wegen des Verdachts der angeblichen Doppelspionage sowie der Fluchthilfe für Konrad Gomolla in der Todeszelle der DDR per Nahschuss in den Hinterkopf ermordet.«

In der ersten Reihe wurde eine Hand gehoben, die Berlotti geflissentlich ignorierte.

»Der Mord an Gomolla war ein Racheakt für die Hinrichtung seines Vaters, für die Rüdiger Schrader ihm die Schuld gab –«

Während die Hand wieder heruntergenommen wurde, fiel ihm der dazugehörige Besitzer ins Wort. »Warum so spät? Warum erst nach fünfzig Jahren?«

»Achtundvierzig«, entgegnete Berlotti barsch. »Außerdem –«

»Außerdem …«, nahm Elvira Beil den Faden auf und legte dabei kurz die Hand auf Berlottis Unterarm. Angesichts der vertrauten Geste brach ein Blitzlichtgewitter los. Beil zog ihre Hand zurück, als hätte sie auf eine heiße Herdplatte gefasst. Berlotti sah schon die Schlagzeilen der Boulevardpresse, die ihnen eine Affäre unterstellten. Erschrocken sah Elvira Beil in die Kameras. Ihrer Stimme war anzumerken, dass sie sich über die Situation und ihr unvorsichtiges Verhalten selbst am meisten ärgerte. »Außerdem würde ich Sie bitten, Fragen bis zum Ende der PK aufzuheben.«

Berlotti hatte seine Vorgesetzte während der letzten Sekunden beobachtet. Wie im Zeitraffer eines Hollywoodfilms schien sie zu altern. Ihr Gesicht wurde bleich, die Falten tiefer, selbst die Haare schienen dünner geworden. Er sprach weiter, auch um den Fokus von ihr zu nehmen.

»Kurz nach dem Mauerfall und noch vor der Wiedervereinigung wurden Urteile der DDR-Strafjustiz einer Prüfung unterzogen und neu beurteilt. Gomolla wurde freigelassen und zog zunächst nach Stuttgart, ist dort noch einmal wegen eines gestohlenen Mobiltelefons mit dem Gesetz in Konflikt geraten. Danach verläuft sich seine Spur. Mein Team fand aber heraus, dass Gomolla seitdem unter falschem Namen am Ortsrand von Buxtehude gelebt hat. Dort wohnte er die vergangenen Jahrzehnte bei einem älteren Landwirte-Ehepaar und ist ihnen zur Hand gegangen. Sie waren froh über die Hilfe und haben nie nach einem Ausweis gefragt. Gomolla selbst hatte kaum Kontakte und hat sehr zurückgezogen gelebt. Laut seines Halbbruders hat Gomolla beschlossen, unter neuem Namen und an neuem Wohnort neu anzufangen. Einem Zufall haben wir die Information zu verdanken, wo Gomolla zuletzt wohnte. Ein Nachbarsjunge hat ihn erst vor wenigen Tagen auf unserem Fahndungsfoto erkannt. Als Mutprobe nach einer verlorenen Wette mit Freunden musste er Kirschen vom Hof klauen und war dabei von Gomolla verjagt worden.«

Die Hand in Reihe eins schüttelte ungläubig den Kopf. Die pinken Lippen eine Reihe dahinter verzogen sich zu einem Lächeln wie nach einem gelungenen Witz.

»Wenn die Kripo Gomollas Aufenthaltsort nach dessen Tod nur mit Mühe herausgefunden hat«, sagte eine Journalistin und ignorierte die Bitte der Polizeipräsidentin, »wie konnte der Mörder ihn dann finden?«

Berlotti stellte fest, dass die Frau neben einer Fernsehkamera stand, weshalb er sich eine Zurechtweisung verkniff. Ohnehin wäre die Antwort auf die Frage der nächste Punkt auf seiner Agenda gewesen.

»Nachdem Rüdiger Schrader auf die Akte der K 1 und die wahren Hintergründe über den Tod seines Vaters gestoßen war, hat er zunächst erfolglos versucht, Konrad Gomolla aufzuspüren, der – wie erwähnt – unter falschem Namen und extrem zurückgezogen auf einem Bauernhof am Stadtrand von Buxtehude wohnte. Deshalb hat er dessen Halbbruder kontaktiert, Erwin

Geese, natürlich unter falschem Namen, und sich als Kunsthändler ausgegeben, der die letzten verschollenen Gegenstände vom Einbruch ins Grassimuseum erwerben wollte. Geese hat sich zunächst dumm gestellt, aber Schrader war hartnäckig und hat eine hohe Summe geboten, weshalb Geese ihn nicht abgewiesen, sondern nur vertröstet hat. Mit einem Prepaidhandy, in dem er als einzige Nummer die seines Bruders für Notfälle gespeichert hatte, hat er daraufhin Konrad Gomolla angerufen und nach der restlichen Beute gefragt. Gomolla, der dem Verbrechen eigentlich abgeschworen hatte, wurde angesichts der gebotenen Summe schwach. Er hat darauf bestanden, das Diebesgut selbst zu verkaufen. Seinem Halbbruder hat er nicht mehr vertraut, seitdem der eine Halskette aus der Beute einfach behalten hatte. Um noch mehr Geld beim Verkauf des Diebesguts zu bekommen, hat er Siegbert Gottwald kontaktiert, dessen Vater er einst einen Nautiluspokal verkauft hatte.«

»Woher wissen Sie das alles so genau?«, hakte die Fernsehjournalistin ein.

»Die Kripo Leipzig hat unter Führung von Kommissarin Loreen Odette Kaiser hervorragende Arbeit geleistet und in der Vernehmung von Erwin Geese die Hintergründe zur Tat aufgeklärt.«

Berlotti hörte vereinzeltes Kichern, als er den Namen der Kollegen erwähnte. Er schenkte sich Kaffee aus einer Kanne ein und trank einen Schluck. Das Gebräu war ihm viel zu dünn und schmeckte überdies bitter. Als er das Gesicht verzog, brandete erneut ein Blitzlichtgewitter auf. Na toll.

»Weil Gomolla unter falschem Namen lebte, hatte er weder einen gültigen Führerschein noch ein eigenes Auto zur Verfügung. Um dem vermeintlichen Kunsthändler keine Rückschlüsse auf seinen Aufenthaltsort zu geben, ist er am Abend seines Todes die zehn Kilometer nach Neuenfelde mutmaßlich zu Fuß gegangen. Mutmaßlich deshalb, weil wir es nicht sicher wissen, uns den Tathergang aber nur auf diese Weise erklären können. Was dann auf dem Friedhof passierte, ist Ihnen ja bereits bekannt.«

»Ich habe eine Frage an die Polizeipräsidentin!«

Berlotti kannte die Stimme, aber erst als er die dunklen Rollenlöckchen in der letzten Reihe entdeckte, wusste er sie zuzuordnen. Das Ziehen in Berlottis Magengrube war so stark, dass es ebenso gut eine Geburtswehe hätte sein können, zumindest, soweit er das beurteilen konnte. Timo Kowalsky, Betreiber einer rechtspopulistischen Nachrichtenseite, verzog seine Lippen zu einem breiten Grinsen, das den Blick auf gebleichte Zahnreihen freigab. Als er sich der Aufmerksamkeit aller Anwesenden sicher sein konnte, holte er zum ersten Schlag aus.

»Wie lange gedenken Sie eigentlich noch an Ihrem Hauptkommissar festzuhalten?«

Berlotti bemerkte aus den Augenwinkeln, wie Elvira Beil neben ihm die Hände zu Fäusten ballte.

»Ich weiß nicht, was Sie meinen. Aber würden Sie uns bitte die Pressekonferenz weiter–«

»Ach, wirklich nicht, Frau Beil? Dann lassen Sie mich Ihnen auf die Sprünge helfen: Ihr Täter ist ums Leben gekommen, noch bevor er auch nur vernommen und seine Schuld – oder Unschuld – bewiesen werden konnte. Wie praktisch: Tote können sich nicht gegen Verdächtigungen wehren, stimmt's? Ihr italienischstämmiger Kollege schlägt unbescholtenen Bürgern, die vor dem Polizeipräsidium protestieren, grundlos die Frontzähne ein. Und ein Bürger, dem Ihr Hauptkommissar die Morde an zwei Journalisten anhängen will, ist unter nie aufgeklärten Umständen aus dem Fenster gestürzt. Um da kein Schema zu erkennen, muss man schon beide Augen fest zugekniffen haben.«

»Haben Sie nun eine Sachfrage an mich oder nicht?« Die Schärfe in Beils Stimme war der von Pfefferspray ebenbürtig. Ihr Tonfall war eisig. »Sonst würde ich gerne die Pressekonferenz fortsetzen.«

Das überhebliche Grinsen schien dem Kerl ins Gesicht getackert. »Herzlich gerne wiederhole ich meine Sachfrage. Angesichts dieser Beweise: Wie lange wollen Sie an Ihrem Hauptkommissar festhalten?«

Berlotti war nicht entgangen, dass Kowalsky kein einziges Mal seinen Namen in den Mund genommen hatte.

»Was Sie als Beweise bezeichnen, sind Behauptungen und Unterstellungen. Ich muss Sie nicht daran erinnern, dass falsche Verdächtigungen gemäß Paragraph 164 Strafgesetzbuch strafbar sind, üble Nachrede gemäß Paragraph 186 und Verleumdung gemäß Paragraph 187.«

»Mit Drohungen gegen investigativ recherchierende Journalisten werden Sie nicht weit kommen!« Der Mann schien die Aufmerksamkeit zu genießen.

Berlotti dämmerte, dass diese Aktion sorgsam im Vorfeld orchestriert und mit den Rechtspopulisten der Deutschen Nationalpartei geplant worden war. Wieder einmal waren sie unvorbereitet in die Falle getappt.

»Alle Vorkommnisse, auf die Sie sich beziehen, wurden von einer unabhängigen Dienststelle innerhalb der Kripo überprüft.« Sogar im Dunkeln wäre Beils Geduldsfaden mittlerweile zu sehen gewesen, denn er hatte sich in eine Zündschnur verwandelt. »Dabei hielt kein einziger Vorwurf den Ermittlungen stand. Hauptkommissar Berlotti hat sich nichts, aber auch gar nichts zuschulden kommen lassen.«

»Das Handyvideo beweist –«

Beil fiel ihm ins Wort. »Das Handyvideo beweist gar nichts, Herr Kowalsky. Es handelt sich um einen Fake. Im Laufe des Tages werden wir eine technische Analyse des Videos veröffentlichen, die deutlich macht, dass es sich um eine Falle handelte.« Sie senkte die Stimme, was die nächsten Sätze noch bedrohlicher klingen ließ. »Zeitgleich erstatte ich gegen alle involvierten Personen Strafanzeige wegen Verleumdung und Volksverhetzung – und zwar höchstpersönlich. Sie sollten beten, dass die Beteiligten in den Vernehmungen nicht Ihren Namen fallen lassen!«

Kowalskys wie immer leicht solariumsverbranntes Gesicht färbte sich einen Ton dunkler. In seinem Blick loderte kurz etwas auf. Statt etwas zu erwidern, mahlte er so fest mit den Zähnen, dass Berlotti selbst aus großer Distanz den Kiefer hervortreten sah. Doch er ahnte, dass wohl nur diese Schlacht gewonnen war, der Krieg gegen rechts aber deshalb noch lange nicht.

Der Rest der Pressekonferenz verlief vergleichsweise gesittet. Auch wem Berlotti das beinahe tödliche Bad in der Elbe verdankte, hatten sie mittlerweile aufgeklärt. Es hätte ihn nicht verwundert, wenn es ein weiterer Anschlag von Rechtspopulisten gewesen wäre. Dagegen sprach allerdings von Anfang an, dass er mit einem Mietwagen unterwegs gewesen war. Niemand hätte ihn darin vermutet. Niemand außer Schrader, der ihm von dem Leipziger Bierlokal zur Autovermietung hatte folgen können. Und tatsächlich stießen Streifenpolizisten im Hamburger Stadtteil Harburg auf einen im Halteverbot abgestellten Wagen, der ein Leipziger Kennzeichen hatte und stark verbeult war. Auch die Lackspuren unterhalb der Motorhaube stimmten mit jenem E-Auto überein, mit dem er in die Elbe gestoßen worden war. Schrader hatte zwar seine Fingerabdrücke abgewischt, dennoch waren Haare und Hautschuppen im Wageninneren gefunden worden.

Während Beil die Veranstaltung abmoderierte, schweiften seine Gedanken zum morgigen Nachmittag. Per WhatsApp hatte er Benicia vorgeschlagen, mit ihr und Felipe zum Altländer Blütenfest in Jork zu gehen. Nachmittags würde es einen großen Festumzug mit Blütenkorso geben. Und das Konzert am Abend mit üppigem Feuerwerk sollte für die Ereignisse der vergangenen Tage entschädigen. So zumindest seine Hoffnung, denn Benicia hatte bislang nicht auf seine Nachricht geantwortet.

Vor seinem geistigen Auge spielten sich die Stunden nach Felipes Befreiung ab. Nicht nur Benicia, auch Berlotti hatte Tränen der Erleichterung vergossen, als er ihr am Telefon berichtete, dass Felipe wohlauf war. Am späten Abend erwartete Benicia sie bereits in der Tiefgarage des Emporio Tower, gemeinsam mit Peter Thies. Minutenlang hatte sie ihren Sohn gedrückt, ihn mit Küssen überhäuft, nur um ihn noch fester wieder in die Arme zu schließen.

Obwohl sie mit ihrem eigenen Auto da war, bestand Berlotti darauf, sie nach Hause zu fahren. Am Ende hatte sie ihn allerdings nicht ins Haus gebeten, sich stattdessen mit einem »Wir reden später« verabschiedet. Das war bereits fünf Tage her. Jetzt, wo Berlotti darüber nachdachte, erschien ihm das nicht gerade als gutes Zeichen.

***

Seine Schritte hallten von den Wänden wider, stiegen hinauf bis zu Christus, der es sich auf einem Regenbogen gemütlich gemacht hatte. Kerstin Kohler saß auf der grün und braun gestrichenen Kirchenbank in erster Reihe, und er setzte sich neben die Pastorin. Berlotti folgte ihrem Blick zum Deckel des Taufbeckens, der in mehreren Metern Höhe über dem Boden schwebte. Einige der kunstvoll geschnitzten Figuren hatten die Münder zu einer Anklage verzogen, zu einem Schrei oder sahen aus, als würden sie heftig weinen. Unwillkürlich lief Berlotti ein Schauer über den Rücken.

»Wir haben den Mörder gefunden«, sagte er schließlich.

Ohne den Blick abzuwenden, nickte sie sachte.

»Wenn Sie möchten, können Sie auch für seine Seele beten. Er ist tot.«

Nun schaute sie ihm in die Augen, und Berlotti erkannte darin eine Trauer, die in die Tiefen ihrer Seele eingekerbt schien. Er widerstand dem Bedürfnis, nach ihrer Hand zu greifen, die sie kurz darauf faltete. Sie schloss die Augen. Wieder verstrichen Minuten, wie viele, vermochte Berlotti nicht zu sagen.

Zwei Engel in der Altarwand erregten seine Aufmerksamkeit. Links und rechts neben dem Kanzelkorb, der aus dem Altar herausragte, stützten sie die aufwendig bemalte Holzdecke, damit sie der Pastorin bei der Predigt nicht auf den Kopf fiel. Auch wenn er nicht sagen konnte, warum, fühlte er sich den Putten verbunden. Zu schwer an etwas zu tragen, damit die Welt nicht über anderen zusammenbrach, das war ihm durchaus vertraut.

Kerstin Kohler entfaltete ihre Hände, sah aber nicht zum Besucher, sondern auf einen Punkt vor sich auf dem Boden.

Doch Berlotti war nicht gekommen, um in der Kirche nach Allegorien auf sein Leben zu fahnden. »Meine Kollegen haben den Unfalltod Ihres Mannes untersucht.«

Keine Reaktion.

»Wir hielten zunächst einen Zusammenhang mit unserem Fall für möglich.«

Keine Reaktion.

»Wir haben uns getäuscht.«

Berlotti ließ die Pastorin nicht aus den Augen, doch die starrte unbeirrt weiter auf den Boden.

»Die Person, die Rudi von der Fahrbahn gedrängt hat, ist nicht dieselbe Person, die mich von der Straße gedrängt hat«, fuhr Berlotti sanft, aber unbeirrt fort.

Überrascht schaute ihn nun doch ein dunkles Augenpaar an. Berlotti deutete ein Nicken an.

»Dabei hatte ich mehr Glück als Ihr Rudi, ich habe den Unfall überlebt.«

Sie legte den Kopf in den Nacken, und er sah ihre Augen über das Tonnengewölbe huschen, als suchten sie etwas.

»Aber ich habe mich auch nicht für einige Stunden in ein Hotel im nahen Hamburg eingemietet und dort mutmaßlich meine Frau betrogen«, fuhr Berlotti fort, sprach dabei so leise und einfühlsam, wie es ihm möglich war. »Es war übrigens sehr fürsorglich von Ihnen, Ihrer Tochter anzubieten, ihr Auto abzumelden und es für sie zum Schrottplatz zu bringen.«

Kerstin Kohler hatte nun einen Punkt an der Kirchendecke fixiert. Offenbar hatte sie gefunden, wonach sie gesucht hatte. Berlotti legte seinen Kopf ebenfalls in den Nacken und folgte ihrem Blick, während er weitersprach.

»Der Mitarbeiter der Autoverwertung konnte sich noch an Sie erinnern. Und an den Wagen, den Sie dort abgegeben haben.«

Er sah aus dem Augenwinkel, wie sie bei seinen Worten mehrfach schwer schlucken musste.

»Hat wohl wie ein Unfallwagen ausgesehen, mit verbeulter Motorhaube und hässlichen Autolackspuren eines anderen Wagens. Dabei war der Wagen äußerlich noch ganz in Ordnung, als Ihre Tochter ihn Ihnen übergeben hat. Behauptet Ihre Tochter zumindest.«

Kerstin Kohler hatte ihre Position nicht verändert, aber er

beobachtete, wie ihre Augen feucht wurden und eine einzelne große Träne vom Augenwinkel über ihre bleiche Wange rann. Sie öffnete den Mund, doch heraus kam kein Ton, sondern etwas, das aussah wie eine Seifenblase, sich zwischen Ober- und Unterlippe fing und schließlich zerplatzte. Die Pastorin wischte sich mit der Hand die Träne von der Wange, wandte ihren Blick aber nicht vom Gewölbe.

»Wissen Sie, was das Schreckliche an St. Pankratius ist?« Ihre Stimme war leise, aber fester, als Berlotti erwartet hatte. Ohne eine Antwort abzuwarten, fuhr sie fort: »Es ist eine der schönsten Kirchen, in denen ich je gewesen bin.«

Berlotti ahnte, dass noch etwas folgen sollte, weshalb er nicht nachhakte.

»Und doch hat man als Pastorin immer das Jüngste Gericht im Rücken. Wie ein Damoklesschwert, das über einem schwebt und ständig droht, auf einen herabzustürzen. Dieser gewaltige Jesus, der auf dich herabschaut, all deine Taten beurteilt und fortwährend entscheidet über Himmel und ewig währende Verdammnis.«

Auch wenn Berlotti an all das nicht glauben konnte, fühlte er doch mit ihr. Mit Elvira Beil und seiner Mutter hatte er gleich zwei Halbgötter, die auf ihn herabsahen und all seine Taten beurteilten. Es hieß nicht umsonst, jemandem »die Hölle auf Erden bereiten«.

Niemand fühlte sich für die nächsten Sätze zuständig. Schließlich stand Kerstin Kohler auf, strich das schwarze Kleid glatt, das sie trug, und stellte sich vor ihn hin. »Egal, was mich auf Erden erwarten möge. Mein Richter erwartet mich erst nach diesem Leben. Und das Urteil ist längst gefällt, da gebe ich mich keiner Illusion hin.«

Auch Berlotti erhob sich und ging mit ihr dem Ausgang entgegen, über dem in sieben Metern Höhe die barocke und weithin bekannte Orgel thronte. »Der Wagen ist längst zerlegt und verschrottet. Wir haben nur die Aussage eines Schrottplatzmitarbeiters. Darauf lässt sich schwer eine Anklage bauen.«

Der überraschte Blick, der ihn traf, sprach Bände. »Aber die

Staatsanwaltschaft wird es dennoch versuchen, darauf sollten Sie sich gefasst machen«, ergänzte er.

Ob Kerstin Kohler sich schon damit abgefunden hatte, verhaftet zu werden, wusste Berlotti nicht. In jedem Fall war er dankbar, dass sie während des Gesprächs kein Geständnis abgelegt hatte. Sollten doch andere Instanzen den Stab über diese Frau brechen, die den Rest ihres Lebens in einem irdischen Fegefeuer verbringen würde.

Kaum dass er den Organistenweg verlassen hatte, klingelte sein Telefon.

»Morschn!«

»Lauren Odette Kaiser? Sind Sie das? Sie klingen so fröhlich, ich hätte Sie fast nicht erkannt!«

»Sie sind ja doch kein Egotripper!« Kaiser wirkte unbeirrt gut gelaunt und fest entschlossen, jede Frotzelei des Wessi-Kollegen zu kontern.

»Falls das ein Kompliment war, müssten Sie es mir erklären. Ich bin ein Mann, wir können nicht zwischen den Zeilen lesen!«

»Na, ich habe fast rote Ohren bekommen, so überschwänglich haben Sie in der Pressekonferenz die Arbeit der Leipziger Kripo gelobt.«

Berlotti riss das Lenkrad herum, um nicht über die platte Taube zu fahren, die auf der Straße klebte. Im Rückspiegel sah er die Federn im Luftwirbel seines Fiats tanzen. Er hatte mit Vorwürfen gerechnet, schließlich war durch den Einsatz ein enger Freund der Kommissarin ums Leben gekommen.

»Ehre, wem Ehre gebührt«, sagte er deshalb nur. »Und danke noch mal für die Zusammenarbeit.« Er war froh, dass sie sich zusammengerauft und den Fall gemeinsam abgeschlossen hatten. Er musste sie ja nicht gleich heiraten.

Doch für Kaiser schien das Telefonat noch nicht beendet. Berlotti schaute auf die Uhr. Gleich war er in Rübke verabredet, und es waren keine fünf Kilometer mehr bis dorthin zu fahren.

»Ich habe zu danken«, sagte sie. »Dank unseres Fahndungserfolgs stehen die Chancen nicht schlecht auf eine Beförderung.«

Daher rührte also die gute Laune, dachte Berlotti.

»Apropos nicht schlecht«, sprach Kaiser weiter. »Wir konnten uns doch nicht erklären, welche Verbindung es zwischen dem Fotografen Adam Torma aus Stade und Gomollas Halbbruder Erwin Geese gab.«

Berlotti versuchte, sich auf das Gespräch zu konzentrieren, aber seine Gedanken kehrten immer wieder zu seinem bevorstehenden Treffen zurück. Geistesabwesend nickte er, und als ihm bewusst wurde, dass die Kollegin das durchs Telefon nicht sehen konnte, brummelte er einige zustimmende Konsonanten.

»Sie werden es nicht glauben!« Kaiser klang wie auf einem Geburtstag, kurz bevor die Kerzen ausgepustet wurden. »Schnallen Sie sich an.«

»Bin ich. Buchstäblich!« Berlotti parkte seinen Wagen auf dem Kiesplatz vor seinem Elternhaus.

»Die beiden waren ein Paar. Na ja, zumindest hatten sie was am Laufen. Seit kurz nach der Wende!«

»Verrückt!« Berlotti klang deutlich weniger euphorisch als seine Kollegin. Er stieg aus und hielt nach seinem Besuch Ausschau, den er aber noch nirgends sichten konnte. »Dann wissen wir ja jetzt, was Torma bei Geese in Leipzig wollte. Gute Arbeit, Kommissarin Kaiser.«

✳✳✳

Benicia stieg aus ihrem Wagen, und als sie auf ihn zukam, verschlug es ihm wieder einmal den Atem. Sie trug ein schwarzes Kleid, das ihr bis zu den Knien reichte, hochgeschlossen war und doch Haut zeigte dank durchsichtiger Ärmel, die durch eine Schleife zusammengehalten wurden. Ihr milchkaffeefarbener Teint schien in der Sonne zu leuchten. Er hatte angeboten, zu ihnen nach Hamburg zu fahren, allerdings wollte sie ihn ohne Felipe treffen und hatte darauf bestanden, zu ihm ins Alte Land zu kommen.

Er konnte seine Mutter nicht sehen, spürte aber ihren Blick im Rücken, als er auf Benicia zuging. Er beugte sich zu einem

Begrüßungskuss zu ihr. Sie wich seinen Lippen aus und hielt ihm die Wange hin. Hatte er eben noch gedacht, dass sie in die nächste Phase ihrer Beziehung eintreten und ihre künftigen Schwiegereltern kennenlernen wollte, ahnte er nun, dass dieses Gespräch eine andere Richtung nehmen würde. Erneut wäre er am liebsten davongerannt oder hätte sich die Hände auf die Ohren gepresst.

Sie hakte sich bei ihm unter und lief einfach los, vorbei am Apfelhof von Fietes Eltern, vorbei am Rübker Ortsschild. Wäre ihnen jemand entgegengekommen, man hätte sie wohl für ein einträchtig miteinander schweigendes Paar gehalten. Doch mit jedem Schritt wuchs in Berlotti eine Trauer, die ihm körperlich zu schaffen machte. Vor einem Magnolienbaum hielt er das Schweigen nicht länger aus.

»Wie geht's Felipe?« Seine Stimme kratzte und knarzte, als hätte er sie zwei Jahre lang nicht benutzt.

»Gut.« Sie sah auf den Boden, blieb stehen, entschied sich dann doch weiterzugehen und zog ihn mit, da sie noch immer untergehakt waren. »Ich weiß nicht, warum ich das gesagt habe. Es geht ihm nicht gut. Er schlägt im Schlaf um sich, als würde er von Bienen angegriffen, und wacht schreiend auf.«

Nun senkte auch Berlotti betreten den Blick. Auf seinem weißen Sneaker hatte sich ein Marienkäfer niedergelassen, wie um ihm Trost zu spenden. »Ich weiß nicht, was ich sagen soll. Es tut mir so leid. Wenn ich etwas tun kann …«

Sie löste den Griff, entzog die Hand, die in seiner Ellenbeuge ruhte, und blieb stehen.

»Das ist es ja gerade.« Mit ihren braunen Augen sah sie unmittelbar in seine. Er meinte darin Traurigkeit zu sehen und noch etwas anderes: Entschlossenheit. »Ich weiß, wie leid dir die ganze Sache tut. Und ich bin dir sehr dankbar, dass du Felipe ansatzweise wohlbehalten aus dieser Angelegenheit befreit hast.«

Ihr »Aber« überschnitt sich mit seinem, bloß dass er seines als Frage formuliert hatte. Er schob die Hände in die Hosentaschen seiner navyblauen Chinos und wappnete sich für das Unvermeidliche.

Sie lächelte traurig, ergriff seine Oberarme, die in einem weißen Hemd steckten. »Aber mir ist bewusst geworden, dass ich so nicht leben kann. Ich wäre jeden Tag in Sorge, wenn du zur Arbeit fährst, und würde nachts in dem Bewusstsein im Bett liegen, dass du am nächsten Morgen wieder fortgehst. Ich würde die blauen Flecke an deinem Körper zählen und im Krankenhaus an deinem Bett sitzen, wenn du mal wieder das Bewusstsein verlierst. Ich würde wünschen, dass du nie Polizist geworden wärst, obwohl es das ist, was du liebst.«

»Was ich liebe, das bist du, das ist Felipe!« Nun war es raus. Das L-Wort, das er nicht hatte sagen wollen. Nicht heute, nicht in dieser Situation.

Falls sie überrascht war, ließ sie es sich nicht anmerken und sagte leise: »Und deshalb solltest du uns gehen lassen, Gabriele!«

Er sah sie lange an. Dann schüttelte er kaum merklich den Kopf. »Das möchte ich aber nicht. Ihr seid mir ans Herz gewachsen.«

»Ich weiß!« Sie nahm einen kurzen Moment seine Wange in die Hand, hakte sich wieder bei ihm unter und ging mit ihm den Weg zurück, den sie gekommen waren. »Aber ich trage die Verantwortung für Felipe.«

Sie sah, dass er etwas sagen, womöglich widersprechen oder anbieten wollte, die Verantwortung mit ihr zu teilen. Doch sie drückte nur kurz seinen Oberarm und gab ihm mit einem Blick zu verstehen, dass sie ihn aussprechen lassen sollte.

»Ich sage es nicht gerne, weil ich weiß, dass du unter all den Ereignissen ebenso leidest wie wir. Aber sieh dir an, was in den wenigen Monaten geschehen ist, seitdem du hier deinen Dienst angetreten hast. Deine Eltern leben in einem Wohnwagen hinter der Ruine, die einmal euer Haus gewesen ist. Deine Mutter hat im Koma gelegen. Du selbst musstest bewusstlos aus der Elbe gerettet werden. Im Internet wütet ein Mob gegen dich. Ein Mann hat aufgrund mehrerer hundert Bienenstiche einen Herzstillstand erlitten, und mein Sohn musste es mitansehen. Felipe wurde entführt, und es hätte genauso gut er sein können, der übermorgen beerdigt wird.«

Benicia hatte nicht vorwurfsvoll geklungen, im Gegenteil: Aus ihren Worten klang aufrichtige Sorge, was sie nicht weniger verletzend für ihn machte. Bei jedem Satz, jedem einzelnen ihrer Worte krampfte sich sein Herz zusammen, einem Zwerchfell gleich, wenn sein Besitzer lauthals schrie.

Doch Benicia war noch nicht fertig. »Egal, wie viel ich für dich empfinde, ich kann so nicht leben.«

Ein Mückenschwarm tanzte ausgelassen über ihren Köpfen, als gäbe es etwas zu feiern.

»Und Felipe?« Er kannte ihre Antwort und wusste, dass sie damit recht hatte, noch ehe sie es aussprach.

Sie schüttelte sanft den Kopf, tat ihm aber nicht den Gefallen, es dabei zu belassen. Sie sagte die Worte, die er nicht hören wollte. »Wenn ich sehen kann, wie viel er dir bedeutet, können es auch andere sehen. So schön es ist, dass es so offensichtlich ist, solange wird er nicht in Sicherheit sein.«

Sie hatten den äußersten Rand der Apfelbaumplantage von Fietes Eltern erreicht. Es waren nur noch wenige Minuten zu ihrem Auto. Mit jedem Schritt verspürte Berlotti Heimweh nach einem Ort, der nicht einmal existierte.

Darf ich es ihm selbst sagen und mich wenigstens von ihm verabschieden?, wollte Berlotti sie noch fragen. Doch er wollte es ihr nicht noch schwerer machen. So schnell würde er das Beste, das ihm seit sehr langer Zeit widerfahren war, nicht aufgeben, das stand für ihn außer Frage. Er wusste aber, dass Geduld der Begleiter der Weisheit war. Und Geduld war auch das Vertrauen darauf, dass alles zu einem kam, wenn die Zeit reif war.

Den Rest des Weges legten sie schweigend zurück. Am Auto angekommen, nahm er ihre Hände in seine, sah ihr in die Augen, rang sich ein Lächeln ab und sagte: »Gib Felipe einen Kuss von mir.«

Sie nickte und schenkte ihm ebenfalls ein Lächeln, nachdem er sie sanft auf die Wange geküsst hatte. Sie öffnete die Tür und wollte gerade einsteigen, als er ihr noch ein »Danke!« hinterherrief. Weil sie ihn fragend anblickte, schob er hinterher: »Danke für die schöne gemeinsame Zeit!«

Sie lächelte erneut und unternahm einen weiteren Versuch einzusteigen.

»Eines noch«, rief er. Sie tauchte wieder hinter dem Auto hervor. »Lass dich nicht von jedem Auffahrunfall zum Essen ausführen. Ist 'ne ganz billige Masche. Kann ich nur von abraten.«

Ihr warmes Lachen klang ihm noch in den Ohren, lange nachdem sie hinter der Kurve und somit fürs Erste aus seinem Leben verschwunden war. Er würde Benicia nicht aufgeben. Ob seine Bemühungen Früchte trugen, stand allerdings in den Sternen.

Etwas hinter sich zu lassen bedeutete nicht, es zu vergessen, sondern dass man akzeptierte, was passiert war, und weitermachte.

Würde die Zeit alle Wunden heilen?, fragte er sich auf dem Weg zurück in den Garten seiner Eltern. Nein, die Zeit heilte keine Wunden, das hatte sie noch nie vermocht, jedenfalls nicht bei ihm. Man gewöhnte sich einfach nur an den Schmerz und lernte, damit umzugehen.

»Wo ist sie hin?« Carmela kam, wie üblich ganz in Schwarz gekleidet, auf ihn zugelaufen und reckte den Hals, als ginge sie davon aus, dass Benicia sich vor ihr im Straßengraben versteckte. Dabei hatte sie den wegfahrenden Wagen garantiert gehört. »Hättest du sie mir nicht vorstellen können? Was ist das denn für ein Verhalten? Dabei sah sie so nett aus!«

»Ist sie auch.« Berlotti ging an seiner Mutter vorbei. »Nett, meine ich.«

»Aber warum ist sie dann einfach –«

»Nicht jetzt, Mutter.«

»Aber –«

»Bitte, nicht jetzt.« Und dabei beließ es Berlotti und ging zwischen Reihen üppiger Apfelblüten hinüber zu seiner Übergangsbehausung bei Fiete und seiner Familie.

Elf

Regen ist erst, wenn die Heringe
auf Augenhöhe vorbeischwimmen.

Der plötzlich auffrischende Wind wehte ihnen einige Blüten unter die Schuhe. Eben noch hatte die Maisonne ihnen ungewöhnlich warm ins Gesicht geschienen.

»Wir sollten uns beeilen, wenn wir nicht den restlichen Weg ins Café schwimmen wollen!« Berlotti sandte einen besorgten Blick zur dunklen Wolke, die sich vor die Sonne geschoben hatte.

Sebastian Weller wischte mit der freien Hand, die er nicht um Katharinas Schulter gelegt hatte, über das Display seines Smartphones. »Kein Problem, meine Wetter-App sagt, hier bleibt's trocken.«

Katharina und Thies trugen in beiden Händen jeweils zwei prall gefüllte Jutetaschen voller Äpfel. Sie waren bei dem Bio-Obsthof in Jork in einen wahren Kaufrausch verfallen, und beide hatten sich übertrumpft in Lobeshymnen auf das Alte Land. Sosehr es Berlotti manchmal verwunderte, dass viele Hamburger nichts von dem Paradies vor den Toren der Stadt wussten, so sehr amüsierten ihn die Reaktionen, wenn sie sich doch einmal aus ihren Kiezen bemüht hatten. Dann kam jede Biene, jeder Baum, jede Blüte und jeder Wassergraben einer Offenbarung gleich.

In diesem Augenblick traf ihn ein einzelner fetter Tropfen. So viel zu Wellers Wetter-App. Berlottis Schritte wurden länger. Weller nahm Katharina die beiden Beutel aus den Händen, grinste seine Kollegen an, sagte: »Wer zuletzt da ist, zahlt für alle«, und war im nächsten Moment davongejoggt.

»Er ist nicht erwachsen, er sieht nur so aus!«, sagte Katharina zu Peter Thies und Berlotti und versuchte, den Rückstand auf Weller zu verringern.

Als der Himmel seine Schleusen endgültig öffnete, verfiel auch Berlotti in einen Dauerlauf. Binnen Sekunden war er bis auf die Unterwäsche nass, und der Wind peitschte ihm unerbittlich die Tropfen ins Gesicht. Im überdachten Eingangsbereich hielt ihm Katharina ein Geschirrtuch entgegen. Während sie sich ebenfalls die Haare trocken rubbelte, sah sie an ihm vorbei. Erst Minuten später kam auch Thies in Sichtweite.

»Regen ist erst, wenn die Heringe auf Augenhöhe vorbei-schwimmen«, sagte er trocken. Das Geschirrtuch, das Weller ihm reichte, nahm er dann aber doch an.

Kurz darauf saßen sie an einem runden Holztisch mit Spitzen-deckchen und frischer Rose in der Vase. Katharina und Sebastian machten sich über Apfelkrokanttorte und Altländer Apfelku-chen her. Berlotti und Thies waren der Ansicht, dass für einen Kaffeeliebhaber nichts anderes als Kaffee in flüssiger und fester Form in Frage kam, und bestellten sich zum dreifachen Espresso ein Stück Mokkatorte.

»Genau die richtige Stärkung vor meiner Hausbesichtigung morgen in Mittelnkirchen.« Belustigt sah Katharina in die ver-blüfften Gesichter ihrer Kollegen. »Was denn? Mein Kiez geht mir auf den Sack.«

Berlotti hatte es aufgegeben, Katharina zu erklären, dass ihr für diese Redewendung die anatomischen Voraussetzungen fehl-ten.

»Wir ... du willst ins Alte Land ziehen?« Weller warf ihr einen Hundeblick zu, der wohl aussagen sollte: Und was wird aus mir?

»Ist ein kleines, altes Fachwerkhäuschen. Gibt noch einiges dran zu tun, aber ich liebe ja Herausforderungen.« Der doppel-deutige Seitenblick, den sie auf ihren Freund warf, war zwar Weller entgangen, ihm, Berlotti, aber nicht.

»Wo wir gerade so schön Überraschungen auftischen, will ich nicht nachstehen.« Mit der Serviette wischte Peter Thies sich über den Mund, faltete sie dreimal und legte sie auf den Teller.

»Du heiratest?«, platzte es aus Berlotti heraus.

»Neeee!« Thies lachte, als hätte Berlotti gerade den weltbesten Witz gebracht. »Darüber reden wir vielleicht, wenn Alessandra ihr Studium in Bologna endlich abgeschlossen hat. Aber Italien ist ein gutes Stichwort.«

»Peter, Geduld ist nicht meine Kernkompetenz!«, mahnte Berlotti.

»Deine Schwester Santina …« Plötzlich schienen Thies Zweifel gekommen zu sein, ob er wirklich weitersprechen sollte. Doch ein Blick in die aufmunternden Gesichter von Katharina und Sebastian, die offenbar eingeweiht waren, veranlasste ihn fortzufahren. »Wie sicher bist du dir, dass sie tot ist?«

»Ich …« Berlotti sah Thies überrascht an. Was sollte die Frage? Und: Wie lautete eigentlich seine Antwort darauf? »Sehr sicher. Und auch wieder gar nicht.«

Thies nickte, als hätte Berlotti die einzig richtige Antwort gegeben. »Nach dem, was du über deine Begegnung erzählt hast, die du hattest, als du bewusstlos warst, habe ich alles zusammengetragen, was ich von dir und deinem Vater wusste und aus den dreiunddreißig Jahre alten Ermittlungsakten erfahren konnte.«

»Du hast was?« Berlotti konnte nicht fassen, was Thies ihm da erzählte.

»*Wir*, bitte schön«, entgegnete Katharina.

»Stimmt, wir. Im Grunde war es sogar Sebastians Idee. Der wollte sich auf diese Weise bedanken, dass du dich so für ihn eingesetzt hast.«

»Die eine Hand wäscht dem andern seine«, sagte Weller und grinste wie ein kleiner Junge, der ein Geheimnis weiß, mit geröteten Wangen und tiefroten Ohren.

Berlotti sah einigermaßen fassungslos von einem zum anderen und konnte sich noch immer keinen Reim auf diese Intervention machen.

Es war Thies, der schließlich die Bombe platzen ließ. »Wir haben eine Santina Berlotti gefunden.«

»Sie lebt in Bella Italia«, ergänzte Weller und zog die Vokale lang, wie in seiner Welt wohl Italienisch klingen musste. Zu allem Überfluss brachte er auch noch Daumen, Zeige- und Mittelfinger zusammen und fuchtelte damit in der Luft herum wie die miserable Karikatur eines Italieners. »An der Riviera, bei den Cinque Terre«, ergänzte er, als er Berlottis fragenden

Blick sah. Wobei er Letzteres »Schinke Täche« aussprach, was eher tschechisch klang.

»Und das Alter kommt ebenfalls hin«, schloss Katharina den wie einstudiert wirkenden Vortrag vorerst ab.

Berlotti wusste einen Augenblick lang nicht, was er sagen sollte. Tausend Fragen tobten durch seine Gedanken. Wenn sie leben würde, wenn sie all die Jahre gelebt hatte, dann hätte sie sich doch gemeldet, oder? Wurde sie gegen ihren Willen festgehalten? Warum waren sich die drei überhaupt so sicher? Es konnte doch auch alles ein Zufall sein. Er räusperte sich. »Weder Santina noch Berlotti sind in Italien besonders seltene Namen.«

»Wann wurde deine Schwester denn geboren?«, fragte Katharina ihn, und er war überzeugt, dass sie die Antwort bereits kannte.

»Am 20. September 1976.«

»Diese Santina hier auch.« Thies zog einen gepolsterten Umschlag aus der Innentasche seiner Jacke, die er zum Trocknen über den Stuhl gehängt hatte, und schob ihn Berlotti herüber. Als der den Umschlag vom Tisch nahm, sah er seine Finger zittern, und er war recht sicher, dass es nicht die nassen Klamotten waren, die ihn erschauern ließen. Er zog das Foto aus dem Umschlag und betrachtete es. Es zeigte eine Frau in seinem Alter, die mit einer braunen Schürze hinter dem Tresen einer italienischen Bar stand und Espresso servierte.

»Und?«, wollte Weller wissen.

»Woher stammt diese Aufnahme?«, antwortete Berlotti mit einer Gegenfrage.

»Wir haben zusammengelegt und einen italienischen Privatdetektiv beauftragt. Er ist in die Bar gegangen, in der unseren Informationen zufolge Santina arbeitet.« Katharina schien zu irritieren, dass er weder in Jubelstürme ausbrach noch allen dreien vor Dankbarkeit längst um den Hals gefallen war. Zögerlicher als zuvor sprach sie weiter. »Er hat sich als normaler Kunde ausgegeben und sie in ein Gespräch verwickelt, sie nach ihrer Herkunft gefragt und ob sie Verwandte hätte. Das Foto hat er heimlich mit seinem Handy aufgenommen.«

Berlotti wollte wissen, wie die Erzählung weiterging, und hatte gleichzeitig Angst vor dem, was er zu hören bekommen sollte.

Thies übernahm die weitere Berichterstattung. »Sie hat wohl sehr ausweichend geantwortet und keine Verwandten in Deutschland erwähnt. Aber unser Mann meint, ihr Blick hätte etwas anderes gesagt. Auf jeden Fall schien sie sehr erleichtert gewesen zu sein, als der Privatdetektiv endlich ging.«

Berlotti hatte aufmerksam zugehört, die Augen aber nicht von der Aufnahme gewendet. Die schwarzen Haare, die Stupsnase. Es bestand eine gewisse Ähnlichkeit. Aber er konnte sich an seine Schwester kaum erinnern. Er kannte nur Fotos, die seine Mutter im Haus aufgehängt hatte. Und die zeigten sie nur im Alter bis zwölf Jahre. Ein Großteil war zudem beim Brand im vergangenen Spätsommer vernichtet worden. Dass ihr Name und Geburtstag übereinstimmten, konnte Zufall sein, in jedem Fall bewies es nichts.

Er legte das Bild aus der Hand und sah seine Kollegen an, die ihn erwartungsvoll anstarrten.

»Danke«, war alles, was er hervorbrachte.

»Was wirst du tun?« Katharina legte ihm eine Hand auf die Schulter.

Er zuckte mit den Schultern. »Erst mal sacken lassen.«

»Und dann fliegen Sie nach Italien, stimmt's?« Für Weller war der Fall längst klar. Für Berlotti war er das nicht. Er hatte das Gefühl, das Schicksal kam gerade unvorbereitet und mit voller Wucht auf ihn zu, und er hatte keine Chance auszuweichen. Wobei er selbst wusste, dass das nicht stimmte. Man hatte immer die Wahl. *Er* zum Beispiel hatte die Wahl, das Foto wegzupacken und nie wieder hervorzuholen. Tatsächlich schob er es zurück in den Umschlag.

»Darf ich euch um etwas bitten?« Ohne eine Antwort abzuwarten, fuhr er fort: »Sagt meinen Eltern fürs Erste nichts. Sie könnten nicht mehr ruhig schlafen, und die Informationen würden alte Wunden aufreißen.«

Er blickte in drei enttäuschte Gesichter, was ihm leidtat. Doch er hatte keine Lust, Euphorie zu verbreiten, wo keine war und sich in seinem Kopf eine Frage auf die andere türmte. »Aber ich bin euch sehr dankbar. Wirklich!«

Draußen hatte der Regen aufgehört. Als sie vor die Tür traten, riss der Himmel auf. Frisch gewaschenes Licht schob sich durch zwei Wolken hindurch und ließ die Straße wie Lakritze glänzen. Etwas befangen standen sie beieinander zwischen Café und einer Buchhandlung. Berlotti hatte seinen Fiat neben dem Café geparkt, während seine Kollegen noch den Weg zurück zum Apfelhof gehen mussten. Es hätte so viel zu sagen gegeben. *Ich würde mich sehr freuen, wenn du ins Alte Land ziehst, Katharina. Ich danke euch, ihr seid tolle Kollegen, die Freunde geworden sind.*

Hatten Schraders Tod, die Sorge um Felipe und schließlich die Trennung von Benicia ihm schon ordentlich zugesetzt, drohte die Möglichkeit, dass Santina leben könnte, ihm nun auch den letzten Rest Energie zu entziehen. So hob er zum Abschied nur halbherzig die Hand zum Gruß und ging zu seinem Wagen. Die ratlosen Blicke von Katharina, Peter und Sebastian konnte er in seinem Rücken spüren.

»Bis Spätersilie!«, hörte er Weller murmeln.

Zwölf

Wir können den Wind nicht ändern,
aber die Segel anders setzen.

»Bääääääh!«

»Ja, ich freu mich auch, dich wiederzusehen!« Berlotti rupfte einige Blätter von dem Salatkopf ab, den er mitgebracht hatte, und hielt ihn durch das Gatter. Gierig wurden sie ihm aus den Händen gerissen. Vom grausamen Mord an Gomolla war nur noch rot-weißes Flatterband übrig geblieben, das die Polizei zum Absperren des Tatortes verwendet hatte und das nun ohne Funktion um den Apfelbaum gewickelt war und von dort bis zum Gitter der kleinen Weidefläche reichte.

»Hättet ihr mir nicht gleich sagen können, dass wir nach Schrader suchen müssen? Dann wäre vieles anders gekommen. Schrader würde noch leben, und Benicia hätte mich nicht verlassen.«

Die Schafe ignorierten seine Vorwürfe und reckten ihre wollenen Hälse nach dem restlichen Salat. Als er dann auch noch drei Äpfel und drei Möhren aus der Tüte zauberte, hielt es sie nicht länger auf den Vorderhufen, die sie stürmisch auf die oberen Streben stellten.

Nachdem alle Leckerlis verteilt waren, ging er mit gemischten Gefühlen die wenigen Meter Richtung Friedhof. Unter seinen Schuhen knirschte der Kies. Weiße Blütenblätter wirbelten um seine Füße, während er auf den anthrazitfarbenen Grabstein aus Marmor zusteuerte. So früh am Morgen war kein Mensch hier. Aber er hatte die vergangene Nacht kein Auge zugemacht, sich nur unruhig herumgewälzt, sodass er im Morgengrauen aufgestanden und die fünf Kilometer zum Friedhof nach Neuenfelde zu Fuß gegangen war.

Auf der Marmorplatte lag eine frische Rose. Alfio oder Carmela mussten sie hierhergebracht haben. Er selbst war seit Jahren nicht hier gewesen. Und auch neulich, als er den Tatort von Gomollas Ermordung betrat, hatte er keinen Anlass gesehen, dem Grab einen Besuch abzustatten.

Es hatte eine symbolische Beerdigung gegeben. Vor seinen Füßen befand sich nichts als Erde. Und womöglich sogar ein Grab, das es gar nicht geben durfte. Falls es stimmte und Santina tatsächlich noch am Leben war. Aber diese Option überstieg seine Vorstellungskraft. Wenn sie damals verschleppt worden war und überlebt hatte, wäre sie doch nicht so einfach verschwunden. Andererseits: Wie wahrscheinlich war ein Zufall? Der Name, der Geburtstag, die Ähnlichkeit. Wenn es kein Zufall und sie wirklich seine Schwester war, stand er vor hundert Fragen, die er nicht beantworten konnte. Warum war sie spurlos verschwunden, als sie wieder in Freiheit war? Hatte sie das Verbrechen nur vorgetäuscht, um sich abzusetzen? Aber *warum* hätte eine Zwölfjährige das tun sollen? Und vor allem, *wie* hätte sie das zustande bringen können, allein gegen eine Hundertschaft der Polizei, die Tag und Nacht nach ihr gefahndet hatte?

Die letzte Nacht hatte er damit verbracht, sich die Sache logisch zu erklären. Litt sie unter Amnesie? War sie vor jemandem auf der Flucht? War sie irgendwo gegen ihren Willen festgehalten worden? Er hatte sich das Hirn so lange über diese Fragen zerbrochen, bis er Kopfschmerzen bekommen hatte und aufgestanden war, um sich eine Tablette zu holen. Auf dem Weg hatte er beschlossen, dass er sich bewegen musste, um seine Gedanken zu sortieren, und hatte sich hierhergebegeben.

Durch die simple Möglichkeit, dass Santina noch leben könnte, hatte sich sein Dasein auf einen Schlag geändert. Unweigerlich fragte er sich, wie sein Leben verlaufen wäre, wenn seine Schwester nicht verschwunden wäre. Viele Entscheidungen hatte er seither bloß aufgrund jenes Ereignisses getroffen. Nicht zuletzt die jahrelange Abkehr von seinem Elternhaus und den Wunsch, Polizist zu werden. Wäre er derselbe Mensch geworden? Sein Leben lang hatte er an der Logik festgehalten, doch die wurde plötzlich in Frage gestellt. Das, musste er zugeben, bereitete ihm eine Heidenangst. Aber konnte er wirklich frei entscheiden, nicht nach Italien zu gehen, um diese Person zu konfrontieren, die vielleicht seine Schwester war?

*Ich lebe nicht, und doch bin ich nicht tot. Suche mich, aber
du wirst mich nicht finden. Ich bin nicht die, die ich einst
war. Dein Sein an diesem Ort hat einen Sinn. Er wird sich
dir noch erschließen.*

Diese Worte, die nicht ausgesprochen worden waren, sondern
sich wie kosmische Botschaften anfühlten, hatten sich ihm ins
Gedächtnis eingebrannt. Er glaubte nicht an ein Leben nach dem
Tod. Er glaubte nicht an Übersinnliches, an schwarze Magie, an
Gott oder andere übernatürliche Wesen. Aber durfte er diese
seltsame Überschneidung ignorieren? Erst erschien ihm seine
Schwester, nicht viel später ergab sich die Möglichkeit, dass sie
lebte?

Erinnerungen begannen aufzutauchen wie die Spitze eines
Eisbergs. Ein Teil ragte heraus, von der Sonne hell erleuchtet.
Doch der weitaus größere Teil lag unter Wasser verborgen, zu
Eis erstarrt in der ewigen Dunkelheit der Weltmeere.

Er erinnerte sich an die seltenen Urlaube mit ihr und den
Eltern in Sizilien, die sie spielend am Strand verbrachten, den
ebenso faszinierenden wie furchteinflößenden Ätna immer im
Blick. An die Zöpfe, die sie ihm als Vierjährigem in seine kurzen
Haare geflochten hatte, weil sie später Friseurin werden wollte
und er für seine Schwester alles getan hätte und auch diese Aktion ihr zuliebe über sich ergehen ließ. Und an den Tag, an dem
er ihr Fahrrad auf der Straße gefunden hatte zwischen Schule
und Elternhaus.

Anstatt gemeinsam nach Hause zu radeln, hatte Gabriele
noch mit Fiete auf dem Schulhof Fußball spielen wollen, und
Santina war vorausgefahren. Er hatte sich die Seele aus dem Leib
geschrien, bis er keine Stimme mehr hatte und ihm die Kehle
so wund brannte wie niemals wieder. Doch Santina blieb verschwunden. Er war gerade zehn Jahre alt gewesen, Santina zwei
Jahre älter. Danach hatte er das Weite gesucht, sein Elternhaus,
wann immer es ging, gemieden und war, kaum dass er achtzehn geworden war, zur Polizeischule nach Frankfurt geflohen.
Niemand wusste, dass sich Berlotti am Verschwinden seiner

Schwester all die Jahre die Schuld gegeben hatte. Wenn er damals doch bloß an ihrer Seite gewesen wäre. Hätte, wäre, könnte …

Leise drang Orgelmusik an sein Ohr, und es dauerte einige Augenblicke, bis er sie der berühmten Schnitger-Orgel von St. Pankratius zuordnen konnte. Die Töne flatterten, gleich Schmetterlingen, zwischen den Gräbern im Wind, tanzten zu den knorrigen Ästen der alten Weide am Rande des Friedhofs, hoch zum Himmel und zu den Wolken, die hinzogen über das weite Land, das seine Heimat war, und immer weiter fort. Sie nahmen seine Zweifel mit sich und ließen in ihm einen Entschluss heranreifen. Berlotti schirmte die Augen mit der Hand ab, als er den Tönen auf ihrer Reise hinterhersah. Ein paar weiße Apfelblüten taumelten auf ihn herab.

Unvermittelt musste er an seine ungewisse Zukunft mit Benicia denken und an das überraschende Auftauchen seiner Schwester. Wir können den Wind nicht ändern, aber die Segel anders setzen, dachte Berlotti und ging mit entschlossenen Schritten zurück zu seinem Wagen. Es ist die Wahl, nicht der Zufall, die dein Schicksal bestimmt.

Nachbemerkung und Danksagung

Seit zwanzig Jahren arbeite ich als Journalist. Vermutlich rührt daher mein Wunsch zu erfahren, wie viel Realität in fiktiven Romanen steckt. Für alle, die dasselbe Bedürfnis haben:

Auf die Idee zu diesem Fall brachte mich die Recherche zu einem Artikel. Als ich für »Die letzten Geheimnisse der DDR« diverse Bibliotheken durchstöberte, stieß ich gleich in zwei Büchern auf Schilderungen zum Einbruch ins Leipziger Grassimuseum am 16. Mai 1974: »Flucht über die Todeszelle« von Henner Kotte, erschienen im Verlag Bild und Heimat, sowie »Die geheime K 1 der DDR« von Wolfgang Mittmann und Curt Klausmann aus dem Verlag Das Neue Berlin. Aus Stasi-Unterlagen erfuhr ich, dass der inhaftierte Einbrecher am 17. Juli 1975 über das Dach der Untersuchungshaftanstalt Leipzig floh. Dort befand sich eines der am strengsten bewachten Staatsgeheimnisse: die Hinrichtungsstätte der DDR. Im Stockwerk unter den Gefängniszellen war die Hausmeisterwohnung zum Todestrakt umfunktioniert worden.

Nach dem Flüchtigen wurde damals in der ganzen Stadt gefahndet. Der Einbrecher ins Grassimuseum, dessen Namen ich geändert habe, wurde schließlich im Friseursalon PGH Adrett festgenommen, wo er sich die Haare und Augenbrauen von Dunkelbraun auf Hellblond färben lassen wollte. Er wurde zu zwanzig Jahren Haft verurteilt, kam am 23. März 1990 aber vorzeitig frei. Am 13. Juli 1994 entwendete er in Stuttgart ein Mobiltelefon im Wert von 588 DM. Danach verläuft sich seine Spur. Nichts deutet darauf hin, dass er ins Alte Land gezogen ist, um noch einmal ganz neu anzufangen. Allerdings spricht auch nichts dagegen.

In den ehemaligen Büros der Stasi-Offiziere befindet sich heute das Museum in der Runden Ecke. Da kaum etwas verändert wurde, vermittelt ein Besuch in der Gedenkstätte einen guten Eindruck von der Atmosphäre zu der Zeit, in der der Grassi-Einbrecher in Leipzig gelebt hat. Die Todeszelle der DDR ist im originalen Zustand erhalten geblieben. Derzeit bietet das Bürgerkomitee Leipzig e. V. jährlich zur Museumsnacht und zum Tag des offenen Denkmals Führungen an. Vielleicht gelingt es dem Bürgerkomitee gemeinsam mit dem Sächsischen Staatsministerium, die frühere Hinrichtungsstätte regelmäßig zugänglich zu machen, damit dieses dunkle Kapitel der jüngeren deutschen Geschichte nicht in Vergessenheit gerät.

Dass es in der DDR die Todesstrafe gab, sollte damals niemand wissen. Nicht einmal die Häftlinge im selben Gebäude durften von den Hinrichtungen etwas mitbekommen. Vierunddreißigmal kam die fünfhundert Kilogramm schwere Fallschwertmaschine zum Einsatz, ab 1968 exekutierte man dann per unerwartetem Nahschuss in das Hinterhaupt. Insgesamt vierundsechzig Menschen wurden in Leipzig hingerichtet. Anschließend wurden die Toten im Krematorium auf dem Leipziger Südfriedhof verbrannt. Auf dem Totenschein notierte der Gefängnisarzt in der Regel: »akute Herz- und Kreislaufschwäche«. Wirklich bewiesen wurde die Schuld vieler Hingerichteter übrigens nie.

Da es sich hier um einen Roman und keinen Tatsachenbericht handelt, sind Personennamen und Ereignisse aus dramaturgischen Gründen geändert worden, auch wenn vieles auf wahren Begebenheiten beruht.

⁂

Bücherschreiben wird gemeinhin als einsame Tätigkeit wahrgenommen. Bei mir ist das dankenswerterweise anders. In den vergangenen beiden Jahren haben mich viele Menschen bei der Entstehung dieses Romans unterstützt.

Allen voran meine Freundin Meike Werkmeister, die auch diesmal wieder mit viel Hingabe und strengem Blick die Schwächen in der Rohfassung aufgezeigt hat. Danke für deine Unterstützung, den immensen kreativen Input, fürs Loben und Mutmachen – und für den tierischen Gastauftritt, den du Berlotti in deinem Bestsellerroman »Der Wind singt unser Lied« verschafft hast!

Meinen beiden Testlesern: Ich danke Ralf Grobe für seine sorgfältige Lektüre, die vielen klugen Anmerkungen und den emotionalen Support. Und Laurent Kratzenberg für seine Begeisterung ebenso wie für seine Kritik.

An den Verleger Hejo Emons und seine Frau Ulrike geht ein großer Dank für den Glauben an Berlotti und den unermüdlichen Einsatz für ihre Autoren. Dank auch an Lektorin Stefanie Rahnfeld für die freundliche Kommunikation, Dominic Hettgen und Leslie Schmidt von der Presseabteilung für das hervorragende Teamwork, Nina Schäfer für die schönsten Cover, die man sich wünschen kann, und an das gesamte Emons-Team für die fruchtbare Zusammenarbeit.

Meinem Lektor Carlos Westerkamp möchte ich herzlich danken für den regen Austausch, seine scharfsinnigen Kommentare und die Smileys an einigen Textpassagen, die mir die Überarbeitung versüßt haben.

Meinem Autorenkollegen Friedrich Dönhoff sei gedankt für die erhellenden und inspirierenden Gespräche übers Schreiben und alles, was das Buchbusiness betrifft. Und meinem Autorenkollegen Christian Schünemann für seine klugen Anmerkungen – nicht nur – zu Cover und Buchtitel. Nicht zuletzt Schauspieler Oliver Erwin Schönfeld, der »Tod im Alten Land« so famos als Hörbuch eingelesen hat.

Mein großer Dank gilt auch den Experten, die mich bei den Recherchen unterstützt haben:

Knuth Cornils von der Presse- und Öffentlichkeitsarbeit der Polizei Hamburg, an den ich mich jederzeit mit Fragen zu Ermittlungsarbeit, Waffen und Hierarchiestrukturen wenden durfte.

Dr. Olaf Thormann, Direktor des Grassimuseums Leipzig, der mit mir die Originalakten des Einbruchs durchgegangen ist. Und mir eine Privatführung durch die atemberaubende Ausstellung gegeben hat, damit ich meine »Mordwerkzeuge« begutachten konnte. Die Reise durch dreitausend Jahre Kunstgeschichte war allein schon die Fahrt nach Leipzig wert.

Ruth Meyer und ihren Kolleginnen von der Kulturstiftung Schloss Agathenburg für die Möglichkeit, Berlottis Übergangsbehausung exklusiv und ungestört erkunden zu dürfen. Und Schlossgärtner Matthias Paluch für die fachkundigen Auskünfte zum Schlossgarten.

Franziska Dillner-Koch und dem »Mundartisten« Klaus Petermann für die Unterstützung bei den sächsischen Passagen. Das hat sehr geholfen!

Marion Fechner vom Staatsarchiv Leipzig für die Auskünfte zur K 1 und den Akten zum Einbruch ins Grassimuseum 1974.

Dr. Monika Rulle und Andrea Flötotto vom Tourismusverband Landkreis Stade/Elbe e. V. für all die nützlichen Informationen zum wunderbaren Alten Land.

Sollten mir trotz fachkundigen Rats sachliche Fehler unterlaufen sein, sind diese nur auf mich und nicht auf die Auskünfte meiner Informanten zurückzuführen.

Zudem gilt mein Dank den Menschen, die Bücher genauso lieben wie ich. Den Buchhändlerinnen und Buchhändlern in Hamburg, dem Alten Land, in Schleswig-Holstein, Berlin und dem Rest der Republik dafür, dass sie mein Krimidebüt so herzlich aufgenommen haben. Den Journalisten, die über »Tod im Alten Land« berichtet haben. Und all jenen, die über Bücher reden und schreiben, die darüber bloggen und bei Instagram posten, sie empfehlen und lesen. Der herzlichste Dank geht an meine Leserinnen und Leser: Schön, dass es euch gibt.

Auch wenn sie nicht mehr leben, möchte ich meiner Großeltern gedenken, die mir zeitlebens ein Vorbild waren: meines Großvaters Carmelo in seiner unendlichen Güte, meiner Großmutter Giovanna in ihrer Emsigkeit und liebevollen Versponnenheit.

Nicht zufällig standen sie Pate für Berlottis Eltern. Wem die beiden Figuren zu klischeehaft oder übertrieben erscheinen, sei gesagt: Das mag zwar sein, macht sie aber nicht weniger real.

Einige Freunde waren mir eine besondere Stütze. Enrico, Martin, Arne, Uta, Gerald, Hanna, Michael, Jana und Claudia: Danke für euren moralischen Beistand. An euch, meinen Bruder Stefano, meine Eltern und meine ganze Familie: Ihr seid die Besten!

Daniel E. Palu
TOD IM ALTEN LAND
Broschur, 320 Seiten
ISBN 978-3-7408-0935-5

Gerade erst ist Gabriele Berlotti zurück in sein Elternhaus im Alten Land gezogen, und schon soll der Hamburger Hauptkommissar mit italienischen Wurzeln im Endspurt der Bürgerschaftswahl einen Journalistenmörder entlarven. Als ein weiterer Mord geschieht, stellen sich ganz neue Fragen: Was sind Fakten – und was Fake News? Berlotti muss an seine persönlichen Grenzen gehen, um den Fall zu lösen.

»Eine packende Geschichte.« taz

»Lasagne trifft auf Lügen und Leichen. Fesselnd!« Welt der Frau

»Gelungener Auftakt zur neuen Regionalkrimireihe.« Focus

www.emons-verlag.de